崑崙霸仙

곤륜패선

윤신현 신무협 장편소설

WISHBOOKS ORIENTAL FANTASY STORY

곤륜패선 2

윤신현 신무협 장편소설

초판 1쇄 찍은 날 | 2020년 1월 9일
초판 1쇄 펴낸 날 | 2020년 1월 16일

지은이 | 윤신현
펴낸이 | 권태완 우천제

기획 | 위시북스
편집책임 | 한준만
편집 | 위시북스

펴낸곳 | ㈜케이더블유북스
등록번호 | 제25100-2015-43호
등록일자 | 2015. 5. 4
KFN | 제2-15호

주소 | 서울시 구로구 디지털로31길 38-9, 401호
전화 | 070-8892-7937 팩스 | 02-866-4627
E-mail | fantasy@kwbooks.co.kr

ISBN 979-11-293-4620-9 04810
      979-11-293-4618-6 (set)

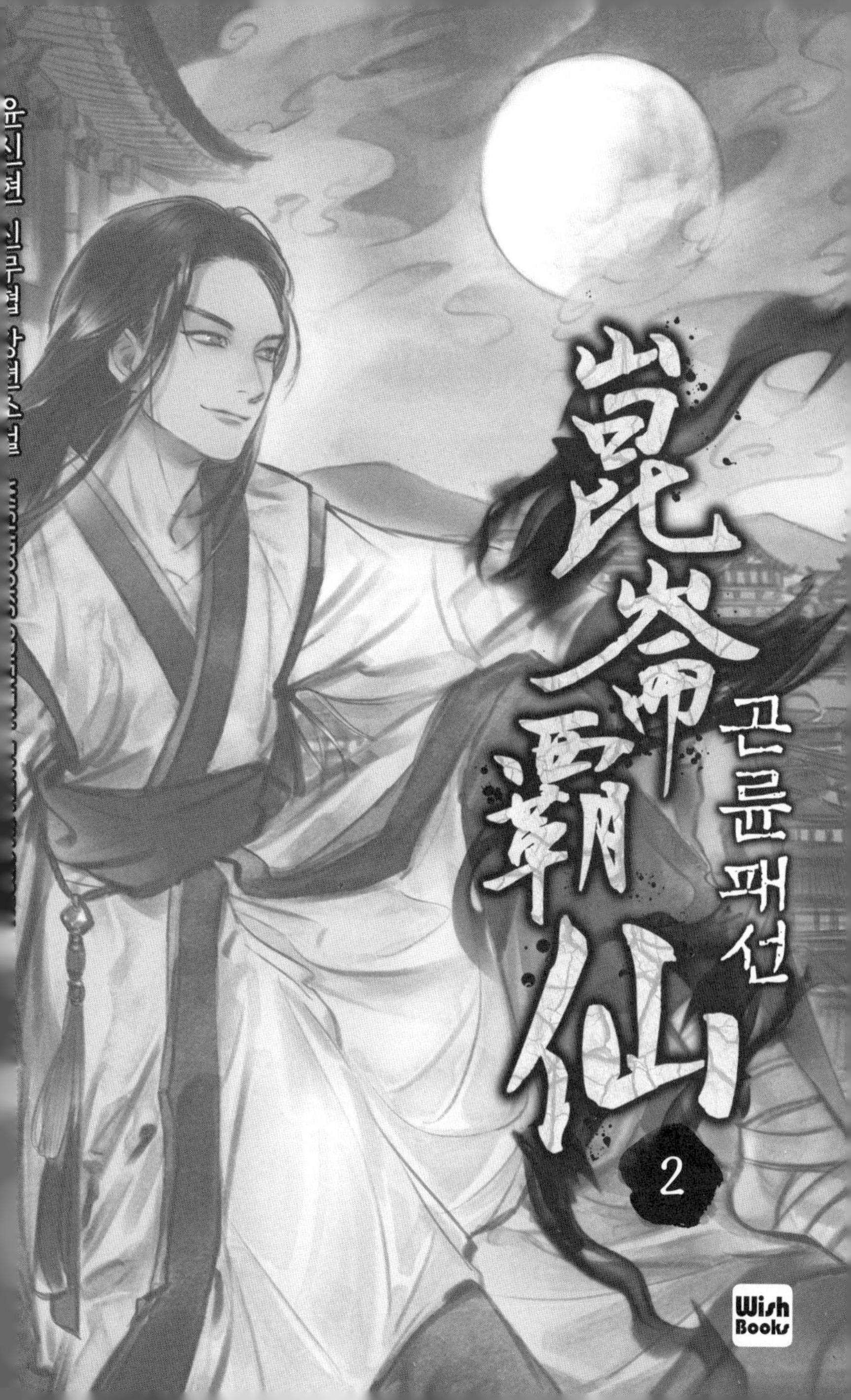
崑崙霸仙
곤륜패선
2
Wish Books

崑崙覇仙

곤륜패선

··· 목차 ···

··· 제1장 ···

인연은 기다리는 게 아니라
만드는 거야

두 사람이 마주 앉아 있으나, 정작 누구 하나 먼저 입을 열지 않았다. 그저 묵묵히 다탁 위에 놓인 찻잔을 들었다가 내려놓기만을 반복했다.

　"흠."

　당민호가 시원한 냉차를 한 모금 들이켜며 벽우진을 힐끔 쳐다봤다. 그 시선을 느끼지 못할 리가 없을 텐데도 그는 아무런 반응을 보이지 않았다.

　'끄응!'

　그 모습에 당민호의 속이 타들어 갔다. 먼저 독대를 청한 만큼 넌지시 운이라도 띄워주면 좋으련만, 벽우진은 아무런 말이 없었다. 아마도 이야기하려는 그것의 가치에 대해서 너무나 잘 알고 있기에 뜸을 들이는 것이리라.

　"똥 마려운 강아지처럼 끙끙거리기는."

"단도직입적으로 말하는 게 서로 편하겠지?"

"에둘러 말할 필요가 있나. 네가 원하는 게 딱 보이는데."

"도대체 어떻게 한 거냐?"

"약발?"

벽우진이 히죽 웃으며 말했다. 하지만 농담은 절대 아니었다. 약발이란 표현이 틀린 건 아니었으니까.

"영약이 그렇게 쉽게 발견될 리가 없잖아?"

"여기는 중원에서도 영험하다고 소문난 곤륜산인데? 중원 도맥의 발상지이자 한 때는 최고봉의 자리에 있던 산이야."

"그건 나도 알지. 하지만 상고무림 때부터 영초와 영물을 찾아 중원 방방곡곡을 돌아다닌 게 바로 무인들이다. 그런데 서예지를 환골탈태시켜 줄 정도의 영약이 아직도 남아 있다고? 물론 하늘이 내려주는 인연이 닿는다면 구할 수는 있겠지. 하지만 이렇게 절묘한 시기에 그 인연이 닿는다고? 그것도 두 번씩이나? 그게 넌 말이 된다고 생각하냐?"

"안 될 것도 없지. 이 세상에 절대적이라는 건 없잖아? 우연에 우연이 겹칠 수도 있지. 혹시 알아? 하늘이 날 불쌍히 여겨 이런 은혜를 내려주셨을지? 원시천존께서 날 너무나 아껴서 도움을 주려는 것일 수도 있고."

당민호가 어처구니없다는 표정을 지었다. 그럴 거였으면 굳이 곤륜파에 멸문지화라는 시련을 주지 않았을 것이기 때문이다.

"소설은 너 혼자 써서 너 혼자 봐라."

"믿기 싫으면 믿지 말든가. 난 너보고 믿으라고 한 적 없다."

"정말 이럴 거냐?"

"너야말로 양심이 너무 없는 거 아니냐? 남의 집에 와서 밑천을 달라고 하는 건 도둑놈 심보야."

당민호가 입을 다물었다. 안 그래도 그가 강하게 요구하지 못하는 이유가 바로 그것이었기 때문이다. 만약 다른 이가 자신에게 당가의 진신절기를 가르쳐 달라고 하면 그는 하독부터 할 터였다.

"그래서 내가 이렇게 저자세로 눈치 보며 묻고 있는 거잖아? 다 늙은 노구를 이끌고서."

"노구는 무슨. 지금도 마두들 몇백은 그냥 때려잡을 것 같은데. 그리고 입은 삐뚤어졌어도 말은 바로 하라고 너나, 나나 같은 나이야."

"신체 나이가 다르잖아!"

"그럼 너도 반로환동해. 지금부터 노력하면 그래도 10년 안에는 가능하지 않겠어?"

벽우진이 어깨를 으쓱거렸다. 남을 부러워하고 질투하며 허송세월을 보내는 것보다 스스로 이루려고 노력하는 게 골백번은 더 나은 선택이라고 생각해서였다. 그렇다고 당민호에게 아예 불가능한 일인 것도 아니었고.

"후우!"

"한숨 쉬지 마라. 복 달아난다. 정 한숨 쉴 거면 네 집에 가서 해. 이제 막 일어서는 본파에서 하지 말고."

벽우진이 진심을 담아서 손을 크게 휘저었다. 겨우겨우 들어오고 있는 복이 혹시라도 당민호의 한숨에 놀라 도망칠까 봐 걱정하는 모습이었다.

그 모습에 당민호가 헛웃음을 흘렸다.

"우리 서로 솔직해지자. 하나씩 주고받는 걸로. 어때?"

"난 받고 싶은 게 딱히 없는데?"

"……당가에 원하는 게 그렇게 없어?"

당민호가 살짝 자존심이 상한 얼굴로 말했다. 아무리 봉문을 했다지만 그래도 강호에서 명망 높은, 다섯 손가락 안에 들어가는 대가문이 바로 사천당가였다. 그런데 벽우진의 지금 모습을 보면 딱히 그런 위상이 느껴지지 않았다.

"독이나 암기가 있어 봤자 뭐 해? 우리는 쓸 사람이 없는데."

"그러니까 더 효과적이지 않겠어? 수적 열세를 뒤집을 수 있는 가장 좋은 패가 독이랑 암기인데."

"그 정체성은 너희 가문에게 양보할게. 우리는 정정당당하게 싸워 나갈 거야. 바로 나처럼."

"전혀 신뢰가 가지 않는데."

이번에는 당민호가 진심을 담아 고개를 저었다. 정정당당이라는 말이 이상하게 벽우진하고는 어울리지 않아서였다. 두들겨 패는 쪽이라면 모를까.

"그럼 말고."

"호법이라는 그 사람하고 연관이 있는 거지?"

"그분에게 물어보던가."

"끄응!"

당민호가 앓는 소리를 냈다.

안 그래도 진즉에 찾아가서 물어봤었다. 하지만 부드러운 인상과 달리 비현이라 밝힌 호법은 이 부분에 대해서 절대 입을 열지 않았다. 문 내 기밀이라면서 말이다.

"너도 어느 정도는 짐작하고 있잖아? 근데 왜 그렇게 알아내려고 해? 알아낸다고 해서 달라질 것도 없는데."

"거래하자."

"내가 왜?"

어느 정도, 진짜 수박 겉핥기식으로만 말해주었던 벽우진이 새끼손가락으로 귓구멍을 팠다. 안달복달하는 이유를 모르지는 않았지만, 굳이 사천당가와 거래를 할 필요는 없었기 때문이다.

당민호야 그의 친우이고 생각보다 많이 변하지 않았다고 하나 그건 그 혼자만이었다. 사천당가의 입장은 엄연히 다를 게 분명했다. 최소한 적은 아닐지 모르나 그렇다고 믿을 수 있는 우군이라고 장담할 수는 없었다. 그런데 아무것도 모르는 상황에서 퍼준다? 말도 안 되는 소리였다.

"진짜 원하는 거 없어?"

"흐음. 하나 있기는 한데. 내가 너무 손해 보는 장사라. 넌 두 개를 원하는데 난 하나만 받는 거잖아. 가뜩이나 내 물건의 가치가 훨씬 더 높은데."

벽우진이 장난스럽게 빈손에 무언가를 쥔 것처럼 손을 오므리고서는 좌우로 천천히 흔들었다.

그 모습에 당민호의 동공도 흔들렸다. 왜냐하면 그 역시 같은 생각이었기 때문이다.

"좋아. 그럼 나도 두 개를 저울 위에 올려놓지!"

"남아일언?"

"중천금!"

당민호가 과감하게 내질렀다. 지금은 득실을 따질 때가 아니라 약간의 손해를 보더라도 원하는 걸 얻어야 할 때라고 생각해서였다. 그리고 칼자루를 벽우진이 쥐고 있는 만큼 그로서는 어쩔 수 없이 저자세로 나가야만 했다.

"알고 싶은 거 물어봐."

"첫 번째는 두 사람을 어떻게 한 거야?"

"직접 제조한 영단의 약력으로. 물론 단순히 영단만으로 그런 성과를 거둔 건 아니고. 여러 가지 복합적인 요인이 있었지."

"역시."

시원스럽게 터져 나오는 대답에 당민호가 이제야 만족스러운 표정을 지었다. 그러면서도 머리는 빠르게 회전했다.

특히 그는 영단이라는 두 글자에 집중했다.

"이번에는 내가 요구할 차례인가."

"그래."

"당가의 비전 요상약을 줘."

"흠!"

"참고로 들은 이상 거절할 명분은 없다는 거 알지?"

당민호의 표정이 복잡해졌다. 단순히 요상약을 원하는 것이라면 몇 개 정도는 친우로서 줄 수 있었다.

하지만 문제는 곤륜파에 영단(靈丹)을 제조할 정도의 실력 있는 연단가가 있다는 점이었다. 물론 요상약과 영단의 제조 방식은 엄연히 다르지만 그래도 연단가인 만큼 어느 정도 의술에 대한 조예가 있을 게 분명했다.

"조율할 수도 있지 않나?"

"특급까지는 바라지도 않아. 그래도 중간 정도는 줘. 하급은 좀 그렇잖아? 내 체면도 있는데."

벽우진이 이 정도는 양보해 주겠다는 듯이 말했다. 괜한 욕심은 부리지 않겠다는 듯이 말이다.

그 모습에 당민호는 실소를 흘릴 수밖에 없었다.

"적당하네."

"장난질은 치지 말고. 다 아는 사이에 말이지. 만약 장난질 치면 손모가지 날아갈 각오해야 할 거야. 내가 직접 사천당가에 갈 거니까."

"네 마음대로 하기 힘들걸?"

"글쎄. 과연 그럴까?"

벽우진이 의미심장한 표정을 지었다.

별거 아닌 말일 수도 있는데 이상하게 불안감이 엄습해 왔다. 하지만 당민호는 이내 머리를 흔들어 그 불안감을 털어냈다.

"두 번째는 우리 소윤이도 해줄 수 있나? 아니면 영단을 주던가."

"주는 거야 어렵지 않은데 감당할 수 있으려나 모르겠네? 내가 찾은 방식은 강제로 환골탈태를 이루는 거라. 그리고 영단의 값어치에 대해서는 알고 말하는 거지?"

"……그에 상응하는 대가를 지불하면 되잖아."

"그래서 내가 생각해 봤지. 당가의 기술력으로 기관진식 하나를 만들어줬으면 해. 천혜의 요새처럼. 여기 곤륜산에."

"으음!"

당민호가 침음을 흘렸다. 보통의 제안을 하지는 않을 거라 예상했지만 그래도 이 정도일 줄은 몰라서였기 때문이다. 그리고 이 정도 일은 아무리 그가 태상가주라도 함부로 대답하기가 어려웠다.

"기술을 빼먹겠다는 뜻이 아냐. 만들어달라는 거지. 더불어 관리하는 방법도 좀 알려주고. 그래야 고치든지 아니면 보수하든지 할 거 아냐?"

"……."

"이 정도는 힘든가?"

"가주하고 얘기를 나눠봐야 할 것 같아."

"뭐, 나는 이쯤에서 끝내도 상관없어."

벽우진이 아쉬울 거 없다는 듯이 말했다. 영단에 들어가는 약초와 노력을 생각하면, 그것도 외인을 위해서 해야 하는 일임을 생각하면 하지 않는 게 오히려 나을 수도 있어서였다. 물론 당민호의 입장은 다르겠지만 말이다.

차라리 아예 몰랐다면 모를까 이미 결과를 봤기에 당민호로서는 영단을 포기하기가 쉽지 않을 터였다.

'하지만 그렇다고 공짜로 줄 수는 없지. 내가 어떻게 모셔온 호법인데.'

사문의 보물이자 곤륜산의 신물인, 어쩌면 인세에 존재하는 것조차 의문이라 할 수 있는 일월쌍환의 권위를 이용해 곤륜파로 데려온 인물이 바로 비현이었다. 비록 실질적인 무력은 형편없을지 모르나 그가 지니고 있는 가치는 어마어마했다.

　그리고 그런 인물이 각고의 노력 끝에 만든 것이 바로 영단이었다. 벽우진은 그렇게 힘들게 만든 영단을 결코 헐값에 넘겨줄 생각이 눈곱만큼도 없었다.

　"조금만 시간을 줘."

　"결정을 최대한 서두르는 게 좋을 거야. 나나 호법이 언제까지 곤륜산에 있는 건 아니니까. 게다가 재료도 무한하지는 않다고. 무슨 뜻인지 알지?"

　"잘 알지."

　당민호가 고개를 주억거렸다.

　재료가 무한하지 않다는 이야기를 굳이 꺼낸 이유를 알아듣지 못할 리 없어서다. 사실 그가 벽우진이라도 외인이라 할 수 있는 사천당가보다는 사문의 제자들 먼저 챙겼을 테니까.

　"그럼 됐어."

　"그리 오래 걸리지는 않을 게야."

　당민호가 자리에서 일어났다. 혼자서 결정할 만한 문제가 아니었기에 전서구로 보낼 서신을 작성하기 위해서였다.

　잠시 후 당민호가 빠르게 옥청궁을 벗어났다.

과거에는 곤륜파의 일대제자들이 수련 장소로 사용했던 연무장에 도착한 당소윤이 부러움이 가득한 눈으로 먼저 와서 몸을 풀고 있는 서예지를 쳐다봤다.

원래부터 백옥처럼 새하얗던 피부는 더욱 고와져서 빛이 나고, 몸매는 더욱 두드러진 모습에 질투를 하지 않을 수가 없었던 것이다. 아무리 그녀가 무공을 좋아한다고 하지만 당소윤 역시 외모에 관심이 많은 편이었다.

하지만 외모적인 부분보다 당소윤을 더 질투하게 만드는 것은 바로 서예지의 눈부신 발전 속도였다.

'말도 안 된다고. 이건 정말 말도 안 돼!'

불과 며칠 전만 하더라도 서예지는 내공이 제법 탄탄한 삼류무사의 수준이었다. 실전이었다면 삼류무사 한 명도 제대로 상대하지 못할.

그런데 지금은 달라졌다. 움직임은 물론이고 휘두르는 검초의 격이 달라졌다. 몸이 달라진 만큼 그녀의 무공 수준 역시 일취월장했던 것이다.

츠츠츠츠!

거기다 줄기줄기 흘러나오는 날카로운 검기는 당소윤이 지금까지 수련한 시간을 무의미하게 만들었다.

영단의 힘으로 삼류에서 순식간에 절정에 오른 모습에 그녀는 상대적 박탈감을 느낄 수밖에 없었다. 그렇게 노력하고 노력해서 얻은, 간신히 디딘 경지를 서예지는 영단과 벽우진이라는 둘의 힘으로 너무나 쉽게 올랐다.

'이건 불공평해······.'

당소윤이 입술을 깨물었다. 어마어마했던 격차가 단 하루 만에 한 뼘도 안 되게 좁혀졌다.

물론 무경이라는 게 단순히 내공만으로 우열을 가릴 수는 없었다. 내공이 적더라도 얼마든지 승패를 뒤집을 수 있었기 때문이다. 하지만 분명한 건 내공이 많으면 많을수록 대결에 있어 유리하다는 점이었다.

"하앗! 합!"

벽우진이 직접 사사한 옥심정양의귀일검법(玉心正兩儀歸一劍法)의 전반부를 펼치며 서예지가 기합을 넣었다.

이제 막 첫발을 뗀 수준이라 아직은 성취도가 극악이라 할 정도로 낮았지만 그럼에도 서예지는 부끄러워하지 않았다. 무공에 갓 입문한 자신이 처음부터 잘한다는 것은 말이 되지 않았기 때문이다. 그렇기에 서예지는 꾸준히, 끊임없이 수련하는 것만 떠올랐다.

'열심히 노력하면 강해질 수 있어.'

낮은 수준의 검공도 아니고 곤륜파의 절학이라 할 수 있는 무공이 바로 옥심정양의귀일검법이었다. 서예지는 그 검법과 짝을 이루는 옥심귀일공(玉心歸一功)까지 익힌 상태였기에 온 정신을 검과 육신에만 집중했다. 당소윤이 자신을 어떻게 보고 있는지 꿈에도 모른 채 말이다.

꾸욱!

그런데 그 모습이 당소윤에게는 자신을 무시하는 것처럼 보였다. 마치 자신을 안중에도 두지 않는 것처럼 보여서였다.

그녀는 난생처음으로 자격지심을 느꼈다. 사천당가의 금지옥엽으로 자라나 무엇 하나 부러워하거나 질투해 본 적이 없었지만, 지금은 달랐다.

"많이 부러운 모양이구나."

"……할아버지."

"허허허."

당민호가 묘한 웃음을 흘렸다. 그러고는 수련에 매진하는 서예지를 지그시 바라봤다.

검형(劍形)만 가까스로 따라가는 투박하기 그지없는 움직임이었으나 두 눈에 서린 굳은 의지는 그녀가 지금 얼마나 노력하고 있는지를 말해주었다. 또한 자질 역시 나쁘지 않았기에 빠른 시일에 성취를 보일 터였다.

'그래서 조급증을 느끼는 것이겠지.'

당민호는 손녀의 마음을 십분 이해할 수 있었다. 한없이 아래라고 봤었던, 경쟁자라고 생각도 하지 않은 이가 빠르게 자신을 쫓아오는 게 어떤 두려움을 주는지 그 역시 너무나 잘 알아서였다.

하지만 무인인 이상 그 부담을 견뎌내야 했다. 자신이 따라잡으려는 자 역시 이와 같은 부담감을 느끼면서 수련에 매진할 테니까.

"많이는 아니에요. 전 사천당가의 여식이니까요."

"부럽기는 한 모양이구나."

"……솔직히 말하면 조금은요. 분하기도 하고요. 제가 그동안 했던 노력이 헛된 것처럼 느껴져서요."

"다른 후기지수들 역시 마찬가지였을 것이다. 군소세가들의 자제들 말이다."

당민호가 냉정하게 말했다. 한 번 정도는 이런 사실을 말해주고 싶었었기에 그는 이 기회를 놓치지 않았다. 이 깨달음이 손녀에게 좋은 거름이 될 거라는 걸 잘 알아서였다. 물론 당사자에게는 더없이 아픈 말이겠지만.

"……그렇겠죠."

태어나자마자 벌모세수를 받고 군소방파나 무가들과는 비교도 하기 힘든 절학을 배운다. 단지 사천당가의 직계로 태어났다는 사실만으로 말이다. 이렇게 따지면 사실 당소윤은 남을 부러워할 처지가 아니었다. 하지만 사람은 늘 자신보다 더 많이 가진 자를 보게 마련이었다.

"그러나 다행스럽게도 너에게는 내가 있지. 그리고 가문이 있고."

"할아버지?"

"기다리거라. 내가 어떻게든 담판을 지을 터이니."

"쉽지 않아 보이던데요?"

당소윤이 조심스럽게 말했다. 그녀가 본 벽우진은 결코 만만한 사람이 아니었기 때문이다. 혼자서 수십 년을 보내서 그런지 좀 많이 괴짜스러웠다.

"원래 살아가는 것 자체가 쉽지 않은 법이다. 하지만 모든 것을 저 아이를 부러워하는 것에만 맞추면 안 된다."

"죄송해요. 열심히 노력할게요."

"그래, 그거면 되었다. 네가 무공을 익히기로 마음먹은 때만 잊지 않으면 된다."

"네."

당소윤이 초심을 떠올리며 눈을 빛냈다. 더 이상 그녀의 눈은 흔들리지 않았다. 다른 이도 아니고 조부가 하는 말이었기에 믿을 뿐이었다.

"흐으음."

옆에서 떨어져 연무장의 한 자리를 떡 하니 차지하고서 몸을 풀기 시작하는 손녀를 일별한 당민호가 무아지경에 빠진 듯 오로지 검 끝만 바라보면서 무공 수련에 매진하는 서예지를 조금 착잡한 표정으로 바라봤다.

손녀에게는 호기롭게 말했지만 사실 조금 막막한 게 사실이었다. 그 정도로 벽우진이 내건 조건은 상당히 까다로웠다. 분명 천금에 가까운 가치가 있는 게 영단이었지만 가주인 아들의 생각은 다를 수 있었으니까.

"일단 해보는 데까지는 해봐야겠지."

당민호가 묘한 말을 중얼거리며 몸을 돌렸다.

비가 추적추적 내리는 저녁에 벽우진은 뒷짐을 지고서 산책에 나섰다. 오랜만에 쏟아지는 빗줄기에 묘한 감상에 빠져 곤륜파 곳곳을 돌아다녔던 것이다.

"비도 참 오랜만이네. 동굴 속에서는 눈비는커녕 계절감도 느낄 수 없었으니까."

촉촉하게 내리는 빗줄기를 보며 벽우진이 미소를 지었다.

시간의 흐름을 느낄 수 없었던 시공간의 진과 달리 곤륜산은 너무나 다양한 모습을 가지고 있었다. 어렸을 적에는 그런 사실을 전혀 몰랐는데 확실히 나이를 먹어서 그런 건지 하루하루가 너무나 새롭고 소중했다.

"이것도 나름 깨달음이라면 깨달음이겠지. 소소한 게 어쩌면 진짜 소중한 것일 수도 있으니까."

뒷짐을 진 채로 벽우진이 고개를 주억거렸다. 그러면서 자신이 내뱉은 말에 만족한 듯 아주 흐뭇한 표정을 지었다.

"음?"

서서히 어둠이 내려앉기 시작하는 곤륜산의 웅장하면서도 음험한 모습을 음미하던 벽우진이 산문 쪽에서 느껴지는 세 개의 인기척에 고개를 돌렸다.

호법들의 활약으로 곤륜파가 다시 일어났다는 소식이 전해지면서 조금씩이기는 하지만 사당을 찾는 이들이 늘어나고 있었다. 그러나 이렇게 늦은 시각에 찾아오는 이는 없었기에 벽우진이 살짝 의아한 얼굴로 발걸음을 옮겼다.

"어. 안녕하십니까."

"예, 그런데 이 늦은 시간에 무슨 일이신지요?"

형제로 보이는 두 아들과 함께 산문 쪽으로 걸어오던 중년인이 갑자기 나타난 벽우진의 모습에 살짝 놀라며 포권을 해 왔다. 도복을 입고 있는 벽우진의 모습에 당연히 도사이겠거니 싶어 포권을 한 것이다. 그러자 십 대 중반, 초반으로 보이는 두 아이 역시 어색하게 부친을 따라 했다.

"그게, 갑자기 비가 쏟아져서요. 저 혼자면 그냥 내려가겠는데 아무래도 아이들이 있다 보니 잠시 비를 피하고자 염치 불고하고 찾아왔습니다."

"잘하셨습니다. 밤의 산은 정말 위험하니까요. 더구나 비도 오니."

산문까지의 길이 잘 정비되어 있다고 하나 그래도 어둠이 내린 산길은 위험했다. 더구나 비까지 오는 상황이었기에 벽우진은 부드럽게 웃으며 들어오라는 듯이 세 사람에게 손짓했다.

"잠시 비만 피하고 가겠습니다."

"본파는 그렇게 야박하지 않습니다. 지금은 사람이 없어 좀 을씨년스럽기는 하지만 그렇기에 하룻밤 정도는 편안하게 머물 수 있죠."

"그래도 되겠습니까?"

"물론입니다. 다만 뱀을 자유롭게 풀어놓는 건 안 됩니다."

벽우진의 시선이 중년인의 망태기로 향했다. 그 안에는 아직 살아 있는 뱀들이 담겨 있었다. 땅꾼에게 잡혔기에 지금은 얌전히 꿈틀거리고 있었지만, 조금이라도 몸에서 떨어진 순간 마음대로 날뛸 게 분명했다.

"놓아주겠습니다. 폐를 끼칠 수는 없으니까요."

"생계인데 그럴 수 있나요. 다만 빠져나오지 못하게 조치만 취해주시죠."

"배려해 주셔서 감사합니다."

중년인이 다시 한번 고개를 숙였다. 천한 땅꾼이기에 문전박대를 당해도 이상하지 않은데 이렇게 따뜻하게 맞아주니 너무나 고마웠다. 더구나 아들들까지 있었기에 그는 더욱더 깊숙이 허리를 숙였다.

"아닙니다. 사해가 동도라는 말도 있지 않습니까. 서로 돕고 살아야죠."

벽우진의 시선이 중년인을 넘어 두 소년에게로 향했다. 그런데 그의 눈이 묘하게 반짝였다.

또르륵.

세 부자가 따뜻한 물에 씻고 나오자 벽우진은 그 순간에 맞춰 차를 따랐다. 빗줄기가 제법 거셌기에 아무리 따뜻한 물로 씻었다고 해도 몸속은 다를 수 있어 뜨끈한 차를 준비한 것이다.

"감사합니다, 장문인."

"별말씀을."

중년인이 조심스럽게 입을 열었다. 도복을 입고 있었기에 당연히 도사일 거라고는 생각했는데 설마하니 장문인일 줄은 몰랐기에 그는 잔뜩 긴장한 얼굴로 찻잔을 들었다.

그건 두 아이도 마찬가지였다. 친절한 도사라고만 생각했는데 장문인일 줄은 꿈에도 상상하지 못했다.

"가, 감사히 잘 먹겠습니다."

"잘 먹겠습니다."

"식사는 하셨습니까?"

부친을 따라 하듯 공손히 고개 숙여 말하는 두 형제를 보며 부드러운 미소를 머금은 벽우진이 물었다.

그러자 중년인이 민망한 표정을 지었다. 갑작스러운 비를 피하기 급급한 나머지 저녁을 제때 먹지 못해서였다.

"육포가 있는데 그거라도 드릴까요?"

"그럼 아이들 것만이라도⋯⋯."

자신은 한 끼 정도야 굶어도 상관없지만 한창 성장기인 두 아들은 달랐다. 때문에 중년인이 붉어진 얼굴로 대답했다.

"양은 넉넉하니 걱정하지 않으셔도 됩니다. 아직은 저희도 인원이 그렇게 많지 않아서요."

벽우진의 말이 끝나기 무섭게 미리 언질을 받은 서예지가 육포를 가지고 안으로 들어왔다. 육포만 말했는데 언제 준비한 것인지 계란탕까지 하나 끓여서 말이다.

"우와⋯⋯."

"서, 선녀다⋯⋯."

밤중이기에 가벼운 경장 차림으로 쟁반을 들고서 방 안으로 들어오는 서예지의 모습에 두 형제가 눈을 휘둥그레 떴다. 태어나서 이렇게 아름다운 미녀를 본 적이 없어서였다. 그래서

인지 두 형제는 좀처럼 그녀에게서 시선을 떼지 못했다.

"고마워."

"지, 진짜 선녀세요?"

"안타깝게도 아니란다. 자, 얼른 먹어. 배 많이 고팠을 텐데."

"늦은 시간에 미안해."

두 형제에게 눈을 찡긋거리며 서예지가 쟁반을 내려놓았다.

벽우진은 그녀를 보고 살짝 미안한 표정을 지었다. 어찌 보면 쉬고 있을 때 일을 시킨 것이기 때문이다. 그것도 청하상단의 금지옥엽을 말이다.

"아니에요. 당연히 제가 해야 할 일인데요. 지금은 제가 막내잖아요."

"그렇게 생각해 주면 고맙고."

"더 필요하신 거 있으시면 말해주세요."

"오늘은 이 정도면 된 거 같아."

벽우진의 말에 세 부자가 동시에 고개를 끄덕였다. 육포만 해도 감지덕지한데 뜨끈한 계란탕까지 있으니, 여기서 더 바랄 게 없었다.

"그럼 전 이만 가볼게요."

"고생했어."

벽우진의 손 인사에 서예지가 곱게 미소를 지으며 방을 나섰다. 그러자 세 부자가 허겁지겁 저녁 식사를 시작했다.

'흐음.'

그리고 그 모습을 벽우진이 조용히 지켜봤다. 정확하게는 두 형제를 말이다.

"아이들에게 하실 말씀이 있으십니까?"

"아이들보다는 아버님에게 드리고 싶은 말이 있습니다. 혹시 형제를 무인으로 키우실 생각이 있으신지요?"

"무…… 인이요?"

"예."

중년인의 동공이 흔들렸다. 생각지도 못한 말에 진심으로 놀란 것이었다. 그리고 그건 정신없이 육포를 뜯던 두 형제도 마찬가지였다.

"저기 곤륜파의 제자를 말씀하시는 겁니까?"

"아무래도 제가 장문인이니까요. 아, 그렇다고 무조건 도사가 되어야 하는 건 아닙니다. 아실지 모르겠지만, 속가제자라는 것도 있으니까요. 다만 익힐 수 있는 무공은 아무래도 진산제자와는 차이가 있습니다. 그리고 한 가지 더 말씀드리자면 본파는 진산제자라고 해서 혼례를 올리지 못하는 것은 아닙니다."

벽우진이 황급히 말을 이었다. 어쩌면 가장 중요한 문제가 이것일 수도 있다고 생각해서였다. 그 생각이 맞았던 모양인지 두 형제가 눈을 반짝였다.

"저희 아이들이 재능이 있을까요? 제가 촌무지렁이라 잘은 모르지만 무공을 익히는 데에도 시기가 있다고 들었습니다."

"첫째가 몇 살이죠?"

"올해 열여덟입니다. 둘째가 열다섯이고요."

"확실히 늦은 편이긴 하네요. 보통 무가에서는 세 살, 네 살부터 내공심법을 익히기 시작하니까요. 하지만 늦은 거지 불가능한 것은 아닙니다. 게다가 무재 역시 상당한 편이고요. 특히 몸이 좋습니다. 아마도 아버님의 피를 이어받아서 그런 것이겠지요."

키는 그리 크지 않지만 떡 벌어진 어깨하며 탄탄한 몸은 외공을 수련한 무인 못지않았다. 그리고 그 장점은 두 형제에게 고스란히 전해졌고. 물론 나이가 많다는 게 걸림돌이 될 수도 있지만 벽우진에게는 다행스럽게도 해당 사항이 없었다.

"정말입니까?"

"이런 말로 거짓말을 하지는 않습니다. 하지만 가장 중요한 것은 당사자의 의사겠지요. 또한 아버님의 생각도 그 못지않게 중요할 테고요. 아무래도 무인이라는 게 칼 위에 사는 삶이나 마찬가지니. 도사라도 무공을 익힌 순간 이 숙명은 피할 수 없습니다."

"으음!"

중년인이 침음을 흘렸다. 어느 직업이든 장단점이 있을 수밖에 없었기 때문이다.

철없는 아이들이야 무인이 되어 명성을 떨치는 협객이 되고 싶어 하지만 그것은 말 그대로 일부분에 불과했다. 현실은 어디인지 모를 객지에서 죽는 이들이 수두룩했다.

"저는 강요할 생각이 전혀 없습니다. 그저 재능이 있어 보이기에 아버님께 말씀드리는 것입니다. 이를테면 선택지를 하나 더 내드리는 것이라고나 할까요. 안정적인 삶을 살고자 한다면 가업을 잇는 게 맞지요."

"이 문제는 아이들에게 물어보는 게 맞을 것 같습니다. 제 자식들이지만 그렇다고 인생을 이래라저래라 할 수는 없으니까요. 언제까지 제가 함께 있을 줄도 모르고요. 게다가 땅꾼이라고 해서 위험하지 않은 건 아니니까요."

"그렇죠."

수많은 독사를 다뤄야 하는 땅꾼이 위험하지 않을 리가 없다. 게다가 곤륜산처럼 험하고 영험한 산에는 영물에 가까운 녀석들도 많았기에 자만하고 달려들었다가 죽는 땅꾼들이 한둘이 아니었다. 때문에 중년인은 위험도에 대해서는 크게 신경 쓰지 않았다. 어차피 죽을 운명은 피할 수가 없었기 때문이다.

'다만 문제는 남을 죽일 수 있는 의지.'

도사라고 다 똑같은 도사가 아니었다. 무공을 익히지 않고 다른 방법으로 신선이 되려고 하는 이들은 많았다.

하지만 한때 명문대파라 불리던 곤륜파의 제자는 달랐다. 도사이되 무인인 만큼 제자가 되려면 그만한 각오가 있어야 했다. 나를 지키고 남을 죽일 수 있는 각오가.

스윽.

중년인이 지금까지와는 다른 눈빛으로 두 아들을 쳐다봤다. 그러자 두 소년들이 침을 꼴깍 삼켰다. 심상치 않은 분위기에 덩달아 긴장한 것이었다.

"너희들의 생각을 듣고 싶구나. 특히 일우는 이제 다 컸다고도 볼 수 있으니."

"저는…… 되고 싶어요. 장남인 만큼 가업을 잇는 게 맞겠지만, 아버지가 허락하신다면 곤륜파의 제자가 되고 싶습니다."

"저, 저도요."

형의 말에 둘째인 양이추도 조심스럽게 자신의 생각을 말했다.

그 결정은 결코 생각 없이 한 게 아니었다. 아직 나이는 어리지만, 가난이 대물림된다는 사실을 잘 알아서였다. 물론 무인이 된다고 해서 형편이 확 나아지지는 않겠지만 그래도 가능성은 있었다. 아예 가능성이 없는 것보다는 그래도 미약하게나마, 희박하게라도 가능성이 있는 쪽이 낫다는 생각이었다.

"진지하게 생각해 봐야 하는 문제다. 무공을 익히면 남을 죽여야 하는 때가 올지도 모른다. 정마대전 때처럼. 반대로 죽을 수도 있고."

"알고 있어요. 하지만 반대로 기회이기도 하죠."

중년인이 고개를 주억거렸다. 확실히 기회인 건 부정할 수 없는 사실이었기 때문이다.

"그래서 둘 다 같은 생각이다?"

"예."

"네."

양일우와 양이추 형제가 망설이지 않고 대답했다.

그 모습에 중년인은 고개를 돌려 벽우진을 바라봤다.

"군이 지금 이 자리에서 결정을 할 필요는 없습니다. 그러니 오늘 밤은 쉬시면서 아들들과 대화를 나누시지요."

"이미 결정을 내린 것 같습니다만."

"지금은 이렇지만, 나중에는 또 달라질 수도 있으니까요. 더구나 한 사람의 인생이 걸린 결정인데요. 그러니 신중하게 고민하고 결정을 내렸으면 합니다."

벽우진은 그리 말하며 자리에서 일어났다. 어느새 야심한 시각이 되었기에 피해주려는 것이었다.

잠시 후 벽우진이 방을 나섰지만 세 부자가 함께 머무는 방의 등불은 좀처럼 꺼질 기미를 보이지 않았다.

○

당민호가 본가에서 온 서신을 가만히 노려보았다. 아들이 보낸 답장이었는데 역시나 결과는 예상했던 대로였다.

하지만 아들의 결정을 이해하지 못하는 것은 아니었다. 아무래도 사람의 심보가 상대방보다 자기가 조금이라도 더 이득을 보기를 원했기 때문이다.

"흐으음."

게다가 성과를 직접 본 그와 달리 가주는 설명을 들은 게 다였기에 더더욱 체감되지 않을 터였다. 아니, 가치는 알더라도 사천당가의 기술을 전해주고 싶지는 않을 터였다. 차라리 깔끔하게 돈으로 사면 모를까.

"문제는 그걸 나도 알지만 그렇게 할 수가 없다는 점이지."

영단의 가치는 두말할 필요가 없었다. 그도 알고 있고 벽우진도 알고 있으며 당소윤도 알고 있었다. 그렇기에 그 간극을 좁히란 사실상 불가능했다. 하지만 두 눈으로 직접 목도했기에 당민호는 영단을 포기할 수가 없었다.

"막막하군."

친구라는 이유로 부탁하기에는 영단의 가치가 너무나 컸다. 그리고 벽우진이나 되는 강자와의 인연을 영단으로 맞바꾸는 것도 말이 되지 않았고. 때문에 당민호는 머리가 복잡했다.

"그래도 일단은 부딪쳐 봐야지. 시간이 없으니."

당민호가 자리에서 일어났다.

이틀 뒤에 벽우진이 서예지, 비현을 이끌고 서녕으로 간다는 것을 알고 있었기에 당민호에게는 시간이 없었다. 그 역시 언제까지 곤륜파에 머물 수 있는 건 아니었기 때문이다.

똑똑똑.

"어, 들어와."

"안 바쁘냐?"

"늘 바쁘지. 다만 시간을 쪼개서 청민이랑 예지 그리고 새로 들어온 애들 봐주는 거지."

"나도 애들 봤다. 근골이 나쁘지 않던데? 나이가 좀 걸리긴 하지만 너에게는 큰 문제가 아니고."

자연스럽게 옥청궁을 찾아와 자리에 앉는 당민호를 벽우진은 지그시 쳐다봤다. 물론 쓰던 무공서를 덮는 것도 잊지 않았다. 다른 무공도 아니고 곤륜파의 절학인 만큼 외인에게는 절대 보여줄 수 없었다.

"다 이 몸이 잘난 덕분이지. 성정과 자질만 있다면 나머지는

다 해결할 수 있으니까."

"흠흠! 그래서 말인데 영단 있잖아. 비천단(飛天丹)이라고 했던가?"

"그렇게 이름을 붙였지."

"내 얼굴을 봐서 하나만 팔면 안 되냐?"

"소윤이한테 주려고?"

벽우진의 말에 당민호가 살짝 민망한 얼굴로 고개를 주억거렸다. 어떻게 보면 체면을 구기며 부탁하는 것이었기 때문이다.

"맞아."

"하나만이라. 당가주하고 얘기가 잘 안 된 모양이구만."

"……그렇게 됐다. 아무래도 믿기 힘든 이야기니까."

"그게 아니라 당가의 기술이 외부에 알려지는 게 싫은 거겠지. 비천단의 효능은 놀랍지만 당가의 기술력에 비하면 부족하다 여긴 것이겠지."

쟁점을 정확히 짚는 말에 당민호가 씁쓸한 표정을 지었다.

문제는 벽우진 역시 비천단을 그리 생각한다는 점이었다. 그러니 평행선을 달릴 수밖에.

"맞아. 그래서 대신이라고 하기에는 뭐하지만 나도 나름 성의를 준비했다."

스윽.

당민호가 품속에서 무언가를 꺼내 다탁 위에 올려놓았다. 그러고는 백색의 종이를 벽우진 쪽을 향해 밀었다.

"뭐야?"

"내 비상금이자 전 재산."

"금와전장 전표네?"

"두 개 달라고는 말하지 않으마. 딱 하나만. 한 개만 부탁한다."

당민호는 자질구레하게 설명하지 않았다. 대신 자신이 내밀 수 있는 가장 큰 패를 내밀었다. 산적들을 털고 있기는 하지만 안정적인 수입원이 아직은 딱히 없는 곤륜파이니만큼 아무래도 큰돈이 필요할 수밖에 없어서였다. 앞으로는 제자들이 늘어나기도 할 테고 말이다.

"돈 먹고 떨어져라?"

"말을 해도 왜 그렇게 말해? 사람 민망하게."

"뜻이 그렇잖아."

"그럼 폭우이화침(暴雨梨花針)은 어때? 천뢰구(天雷球)나. 당가의 비전암기들인데."

당민호가 조심스럽게 운을 뗐다.

두 가지 암기 모두 외부 유출을 극히 조심하는 비전암기들이었지만 맞바꾸는 물건이 비천단이라면 얘기가 달라졌다. 더구나 이 두 가지 암기들의 경우 그 혼자만의 판단으로 결정할 수 있기에 당민호로서는 오히려 더 좋았다.

"둘 다 어차피 일회용이잖아. 별로 관심 없어."

"으음. 만약이긴 하지만 소윤이가 환골탈태를 하면 가주도 생각이 달라질 수 있어."

"본보기로 쓸 수도 있다?"

"글로 설명 듣는 거랑 직접 보는 것은 아무래도 다르니까. 표본이 늘어나는 것이기도 하고. 솔직히 성공한 건 한 명뿐이잖아."

"그렇게 말하니까 장사꾼 같은데?"

벽우진이 피식 웃었다. 지금 모습에서 당민호가 얼마나 간절해하는지 알 수 있어서였다. 게다가 아예 말이 안 되는 소리는 또 아니었다.

"너는 모를 거다. 손녀가 어떤 의미인지를."

"나야 모르지. 삼처사첩을 거느렸던 너와 달리 난 지금도 동정인데."

"혹시 동자공이냐?"

"그건 아니고. 참고로 곤륜파 무공 중에 동자공은 없다."

벽우진이 정색하듯 말했다. 소림사라면 모를까 곤륜파에 동자공 같은 끔찍한 무공은 없었기 때문이다.

"뭘 그리 정색해. 아니면 아닌 거지. 혹시 금액이 부족하면 더 마련할 수 있다."

"엄청 지르네."

"그만큼 해주고 싶어서 그렇다."

당민호가 체면도 잊고서 말했다. 사천당가의 태상가주이기도 하지만 그 역시 한 명의 할아버지였다. 손녀에게 해줄 수 있는 모든 것을 해주고 싶은.

"흐으음."

그 마음을 십분 이해할 수는 없지만 그래도 어느 정도는 짐작이 갔기에 벽우진이 살짝 흔들리는 표정을 지었다. 아니, 정확하게는 당민호가 내민 전표에 마음이 흔들렸다. 웬만해서는 놀라지 않는 벽우진조차 깜짝 놀랄 만한 금액이 적혀 있어서였다. 역시 오대세가의 한 곳다운 배포라고나 할까.

"진짜 어떻게 안 되겠냐? 딱 하나만."

"하나 정도는 어렵지 않지만, 좀 아쉽네. 내가 원한 건 돈이 아니었는데."

"따로 원하는 건 없고?"

"생각 좀 해보고."

벽우진이 뜸을 들였다. 어쨌거나 칼자루는 자기가 쥐고 있었으니까. 게다가 어쩌면 이번 일을 계기로 기관진식까지 굴러 들어올지 몰랐다.

○

"으하아암!"

해가 중천에 떠 있건만 여전히 잠이 깨지 않은 얼굴로 진구가 늘어지게 하품을 했다.

그런데 그가 있는 위치가 범상치 않았다. 크게 자란 나뭇가지 위에 옆으로 누워 있었던 것이다.

"차합! 합!"

"기합 소리가 작다! 더 크게!"

손을 베개 삼아 늘어지게 누워 있던 진구의 시선이 근처에 있는 연무대로 향했다. 모여 있는 인원만 백여 명이 넘어서 그런지 터져 나오는 박력이 장난이 아니었다.

하지만 열의 넘치는 무사들의 연공에도 불구하고 진구의 표정은 심드렁했다.

"지겹네."

벽우진의 지시로 청하상단에 온 진구의 하루 일과는 단순했다. 밥 먹고 술 마시며 자는 게 전부였던 것이다.

물론 무공 수련을 하지 않는 건 아니었다. 하지만 곤륜산에서 수행할 때처럼 열심히 하지는 않았다.

"그나마 술이라도 있으니 버티지, 술마저도 없었으면."

진구가 입맛을 다셨다. 이제 막 정오가 지났지만 벌써부터 술이 당겨서였다.

한데 귀찮은 기색이 다분한 표정과 달리 진구의 눈동자는 몇 번씩 날카롭게 번뜩였다.

'쥐새끼들이 더 늘어난 것 같단 말이지.'

염탐하듯 청하상단의 장원을 기웃거리는 이들은 시간이 흘러도 줄어들 기미를 보이지 않았다. 오히려 대호방이 백운산장과의 경쟁에서 이긴 후 더욱 심해진 느낌이 들었다.

대호방이 청해성 최고의 문파로 올라서면서 혼란스러웠던 정세가 조금씩 안정이 되자 관심이 서서히 청하상단으로 쏠렸던 것이다.

"내가 활약한 것도 있고. 쯧!"

불평불만을 쏟아냈지만 그럼에도 진구는 벽우진의 지시를 잘 따르고 있었다. 괜히 청하상단의 일에 트집을 잡거나 무력시위를 하는 것들을 똑같은 방법으로 처리했다. 그가 가장 잘

하는 방식으로 말이다.

그렇다 보니 어느새 청하상단의 상행을 방해하는 이들은 확연하게 줄어들었다.

"하아암."

동시에 할 일이 없어진 진구는 매일 이렇게 늘어져 있었다. 대거리하는 것들을 짓밟는 재미라도 있었는데 이제는 그런 것도 없어서였다.

그래서 기웃거리는 놈들이 어서 선을 넘기를 기다리고 있었는데 눈치가 빠른 건지 조심하는 건지 좀처럼 들어오지를 않았다.

"진 호법님."

"청범이구나."

곳곳에서 느껴지는 진득한 시선에 진구가 지겹다는 듯이 하품만 연거푸 할 때 나무 아래로 서진후가 다가왔다.

진구는 고개만 살짝 숙여 아래를 내려다봤다.

"본산에서 서신이 왔습니다."

"장문인한테서? 혹시 복귀하라는 서신이냐?"

"아닙니다. 장문인께서 이쪽으로 오신답니다."

"그럼 난?"

진구가 대놓고 기대하는 표정을 지었다.

술도 많고 음식도 마음에 들었지만 그래도 여기는 남의 집이었다. 아무리 호사스러운 생활을 해도 마음 한구석이 불편했기에 진구는 하루라도 빨리 곤륜산으로 돌아가고 싶었다.

"여기에서 보자고 하셨습니다."

"허어. 계속 있어야 하는 건가."

"불편하신 게 있으시면 저에게 말씀해 주십시오."

"그냥 곤륜산에 돌아가고 싶어서. 재미있기는 한데 좀 그래. 불편하기보다는 집이 그리운 느낌이랄까. 게다가 거슬리는 것도 많고."

진구의 시선이 여기저기에서 자신을 힐끔거리는 무사들에게로 향했다. 대놓고 부탁하지는 않지만 그래도 무엇을 원하는지는 모를 수가 없는 시선에 진구는 고개를 저었다.

벽우진이 따로 지시한 것을 잊지 않고 있었지만 그렇다고 재목이 아닌 이들을 데려갈 마음은 눈곱만큼도 없었다.

"확실히 집이 편하기는 하죠."

"내 말이 바로 그거야. 여기가 불편하다는 게 아니라."

"눈에 들어오시는 아이는 없으십니까? 장문인께서도 궁금해하십니다."

"아직은."

진구가 딱 잘라 말했다.

가뜩이나 억지로 이곳에 처박혀 있는데 무재가 뛰어난 아이들까지 찾으라니. 아무리 장문인이라지만 원하는 게 너무 많다고 생각했다. 패배해서 억지로 끌려온 것도 억울한데 말이다.

"그래도 곧 오신다니 이번에는 함께 복귀하시지 않겠습니까."

"나는 그랬으면 좋겠는데 워낙에 종잡을 수 없는 성격이라 그렇게 될지 모르겠네. 다른 형님들은 이미 진즉에 복귀했다고 했는데."

진구가 입맛을 다셨다.

하지만 투덜거리거나, 벽우진을 욕하고 씹기는 해도 자기 할 일은 잊지 않는 모습에 서진후는 남몰래 미소 지었다.

"술이나 한잔하러 가시겠습니까? 제가 질 좋은 소홍주를 구했는데."

"오호?"

"딱 한 병뿐이긴 하지만 그렇기에 더더욱 가치 있지 않겠습니까?"

"역시 날 가장 잘 알고 챙겨주는 건 청범밖에 없어. 장문인이 청범의 딱 반만 닮았어도 내가 이렇게 투덜거리지는 않았을 텐데."

언제 늘어졌냐는 듯이 진구가 두 눈을 희번덕이며 나뭇가지에서 내려왔다.

이윽고 두 사람이 내원으로 천천히 걸어갔다.

청해성의 성도인 서녕을 코앞에 두고서 벽우진은 서예지, 비현과 함께 객잔을 잡았다. 어느새 해가 넘어갔기에 무리해서 이동하기보다는 객잔에서 하룻밤을 보내고 내일 아침에 출발하려는 것이었다.

"서녕이 가까워서 그런가. 시끌벅적하네요."

"낭인들도 많고, 표국들도 자주 왕래하는 마을이니까."

떠들썩한 객잔 1층의 분위기에 비현이 오랜만이라는 표정을 지었다. 어릴 적부터 곤륜산에서 수행을 해온 그에게 이런 소란스러운 광경은 그리 익숙하지가 않아서였다.

하지만 이 시끄러운 분위기가 싫지는 않았다. 어찌 보면 사람 사는 냄새라고도 할 수 있으리라.

"어서 오십시오!"

"자리는?"

"이쪽으로 오시죠."

객잔을 둘러보고 있을 때 점소이로 보이는 소년이 다가왔다. 소년의 눈은 특이하게도 벽안이었다. 머리카락은 검은색이었는데 말이다.

벽우진은 놀라기보다는 익숙하게 자리를 묻고 소년이 안내해 주는 자리로 이동했다.

"혼혈인 것 같아요, 사부님."

"그러게. 저 여아하고 남매지간인 것 같은데."

범상치 않은 미모 때문에 면사를 쓰고 있던 서예지가 땀을 삘삘 흘리면서도 음식을 나르고 있는 열대여섯 살 정도로 보이는 소녀를 힐끔거렸다. 얼굴은 어려 보이는데 혼혈이라서 그런지 키도 크고 성장도 남달랐다.

그리고 그건 곧 남자들의 관심으로도 이어졌다.

"이야~! 죽이는구만!"

"저 애가 이제 열여섯 살이라고?"

"몸만 보면 스무 살이라고 해도 믿겠는데?"

"어후."

여기저기에서 은밀하게 흘러나오는 음담패설에 서예지의 눈 매가 날카로워졌다. 자신하고 나이 차이가 얼마 남지 않는 소 녀를 가지고 음담패설을 하니 기분이 좋지 않았던 것이다. 그 리고 어려서부터 그녀 역시 자주 겪었던 일이었기에 더더욱 남 일 같지 않았다.

"어멋!"

"흐흐! 너 나한테 시집오지 않을래? 이런 일 하지 않고 편하 게 집에서 살림만 하면 되는데."

"그, 그만하세요."

쟁반을 든 채로 정신없이 손님들 사이를 뛰어다니던 벽안의 소녀가 붉게 변한 얼굴로 장한의 손을 밀었다.

하지만 그녀의 분명한 거절에도 엉덩이를 움켜잡고 있는 장 한은 능글맞게 웃기만 할 뿐 손을 빼지 않았다. 오히려 더욱 당당하게 소녀의 엉덩이를 주물렀다.

"뭘 그만해? 응? 제대로 말을 해야 내가 알아들을 거 아냐?"

"푸하하하!"

거나하게 취한 모양인지 얼굴이 벌겋게 달아오른 장한이 히 죽거리며 말했다.

그러자 같은 원탁에 앉아 있던 일행들이 파안대소를 터뜨렸 다. 소녀의 입장은 생각도 하지 않은 채 말이다.

"그만하시죠."

"뭐야, 넌?"

"남동생입니다."

"어? 그럼 내 처남이잖아? 근데 넌 매형이 될지도 모르는 사람에게 너무 도끼눈 뜨는 거 아니냐? 싸가지 없게 시리."

짜아악!

얼큰하게 취한 얼굴로 장한이 정색을 하며 뺨을 때렸다. 체격 차이 때문인지 소년이 휘청이다 못해 바닥으로 엎어졌다.

"대현아!"

"주제도 모르고 말이야. 어? 나에게 잘 보이지는 못할망정."

"아직 어려서 그렇지, 뭐."

"어린 게 대수야? 어리면 어른을 공경해야지."

얼굴에 선명한 손바닥 자국이 생긴 남동생의 모습에 소녀가 눈물을 글썽거렸다.

하지만 뚱뚱한 객잔 주인은 그 광경을 보고도 모른 척했다. 이런 일이야 객잔에서 비일비재한 일이었기 때문이다.

"괜찮아?"

"나는 괜찮아. 그러니까 얼른 주방으로 가."

"어딜 가? 못다 한 이야기를 마저 해야지."

일단 누이부터 보내려고 심대현이 다급히 말했지만, 한발 늦고 말았다. 무공을 익힌 것인지 장한이 벼락같이 손을 뻗어 심대혜의 팔뚝을 잡았던 것이다. 얼마나 세게 잡은 모양인지 심대혜가 얼굴을 찡그렸다.

"그 손……."

"다 큰 어른이 아이한테 무슨 짓이냐."

"뭐야?"

고통스러워하는 누나를 떼어내기 위해 나섰던 심대현이 다른 자리에서 들려오는 음성에 고개를 돌렸다. 그러자 방금 전에 자리를 안내한 면사 쓴 여인이 서릿발 같은 기세를 뿌리며 이쪽을 바라보는 걸 볼 수 있었다.

"네년은 또 뭐야? 응?"

"년?"

갑작스러운 방해에 짜증이 치솟은 듯 인상을 있는 대로 쓰며 고개를 돌린 장한이 면사를 쓴 서예지를 보고는 눈을 빛냈다. 얼굴의 반을 가리는 면사를 쓰고 있었음에도, 콧잔등 위와 눈매 그리고 이마만 봐도 보기 드문 미녀임을 알아차릴 수 있어서였다.

하지만 그 들뜬 기색은 얼마 가지 않았다.

츠츠츠츠!

서릿발 같은 눈빛과 함께 흩뿌려지는 싸늘한 기세에 장한을 비롯한 일행은 마른침을 삼킬 수밖에 없었다. 삼류에 불과한 그들과는 격이 다른 고수라는 걸 기도만으로도 느낄 수 있어서였다. 그저 바라보는 것만으로도 목이 베일 것 같은 서늘한 살기에 장한은 소녀를 붙잡고 있던 손을 놓을 수밖에 없었다.

"꺼져. 어깨 위에 있는 돌덩어리를 조금이라도 더 건사하고 싶으면."

"예, 옙!"

"괜히 다른 데 가서 분풀이하지 말고, 만약 그런 말 들리면……."

푸스스스······.

장한의 양쪽 어깨에 구멍이 났다. 정확히 원형의 구멍이 어깨에 생겼던 것이다.

보이지도 느끼지도 못했지만, 장한을 비롯한 그의 일행들은 확실하게 느꼈다. 이 경고가 결코 장난이 아님을 말이다.

"가, 가보겠습니다!"

"안녕히 계십시오!"

"죄송합니다!"

보이지도, 느껴지지도 않는 지풍에 장한과 일행이 헐레벌떡 뛰어나갔다. 그러면서도 계산은 잊지 않는 모습에 벽우진은 고개를 주억거렸다.

"말도 없이 나서서 죄송해요, 사부님."

"괜찮아. 나도 거슬렸으니까. 모든 이를 도와줄 수는 없지만, 눈에 보이는 것까지 좌시할 생각은 없으니까."

"가, 감사합니다."

"도와주셔서 감사합니다."

벽우진이 대수롭지 않다는 듯이 대답할 때 남매가 다가와 인사했다. 만약 서예지가 나서지 않았다면 희롱에서 끝나지 않았을 게 분명해서였다.

두 남매가 다가오자 벽우진이 눈을 빛냈다.

"손목은 어때?"

"괜찮아요."

"치료비를 받았어야 했는데."

"저보다는 대현이가 더 크게 다쳤는데……."

"이 정도는 괜찮아 누나. 이틀이면 낫는 상처야."

걱정이 가득한 누나의 눈빛에 심대현이 아무렇지도 않다는 듯이 말했다. 한쪽 볼이 퉁퉁 부었는데도 말이다.

그러는 사이 벽우진은 심유한 눈동자로 남매를 찬찬히 살펴보고 있었다.

○

이른 새벽 벽우진은 잠에서 일어났다.

아직은 안정적인 수입원이라고 할 수 있는 게 없는 상태였지만 그렇다고 돈이 궁핍한 건 아니었기에 벽우진은 통 크게 각 방을 잡았다. 1인실 하나와 2인실 하나를 잡아도 되지만 이왕 머무는 거 편히 머물 겸 아예 방을 따로 잡았던 것이다.

덕분에 새벽에 홀로 눈을 뜬 벽우진은 창문을 활짝 열 수 있었다.

쓰으윽! 쓰윽!

해가 막 떠오르는 시간임에도 객잔 마당에는 두 개의 그림자가 있었다. 어른이라고 보기에는 힘든 작은 인영들이었다.

"부지런하네."

어제 방에 들어오기 전 조막만 한 손으로 청소를 하고 침상을 정리하던 두 아이 중 한 명이 형을 따라 빗자루질을 하는 것을 보며 벽우진이 묘한 미소를 머금었다.

열두어 살 정도 되어 보이는 아이가 의젓하게 형을 도와 일을 하는 걸 보니 안쓰럽기도 하고 대견스럽기도 했던 것이다.

하지만 그가 시선을 두는 이유는 따로 있었다.

"진짜 무골(武骨)들이란 말이지. 혈통이 좋아서 그런 건가."

보기 드문 근골에 벽우진이 눈을 빛냈다. 그의 심정은 마치 길을 가다가 원석의 금강석을 발견한 기분이었다.

색목인의 피가 섞인 혼혈이었지만 벽우진에게 그것은 큰 문제가 되지 않았다. 눈동자 색깔이 다르다고 해서, 피부색이 다르다고 같은 사람이 아닌 건 아니었기 때문이다.

투욱.

4층이나 되는 높이였지만 곤륜산을 제집처럼 날아다니던 벽우진에게는 별거 아닌 높이였다.

그는 가볍게 뛰어내려 두 형제의 앞에 내려섰다.

"어?"

"당신은……."

갑작스러운 인기척에 열심히 마당을 쓸던 두 형제가 고개를 돌리며 벽우진을 쳐다봤다.

그 두 쌍의 시선에 벽우진이 싱긋 웃으며 말했다.

"너희들, 내 제자 할래?"

··· 제2장 ···
말했던 대로

백운산장과의 경쟁을 이기고 청해성의 패권을 잡은 대호방은 발 빠르게 움직였다. 그동안 천검문이 차지하고 있던 수많은 이권들을 속속들이 집어삼켰던 것이다.

하지만 그럼에도 대호방주의 표정은 그리 좋지 않았다.

"도대체 어디서 나타난 걸까. 분명 곤륜파의 제자는 한 명뿐이었는데. 그마저도 일류에 오르지도 못하고 부상도 제대로 치료하지 못한 놈이었잖아."

"안 그래도 알아봤는데 진짜 알려진 게 눈곱만큼도 없습니다. 마치 하늘에서 뚝 떨어진 것 같은 느낌입니다."

"하오문에서는 뭐라 그래?"

대호방주가 얼굴을 사선으로 길게 가로지른 흉터를 꿈틀거리며 물었다.

하오문은 무력이나 세력이 보잘것없었지만, 정보 하나만큼은 쓸 만했다. 어떻게 보면 개방보다도 더 뛰어날 정도로 말이다.

"따로 조사하고는 있는 모양인데 딱히 알아낸 것은 없는 모양입니다."

"호오. 그래?"

"아무래도 냄새가 많이 나니까요. 천검문주와 천류검대가 아무 이유 없이 사라질 리가 없지 않습니까."

"그렇지. 하지만 섣불리 건드리기도 애매해."

천검문이 차지하고 있던 청해일패의 자리를 빼앗았지만 대호방주는 아직도 천검문주를 일대일로 상대할 자신이 없었다. 더욱이 천류검대와 장로들까지 포함해서는.

그렇기에 너무나 궁금하지만, 섣불리 청하상단과 곤륜파를 파지 않았다. 만약 천검문주를 죽인 게 곤륜파의 인물이라면 쓸데없이 적을 만드는 꼴이었기 때문이다.

"냉정하게 보면 말이 안 되는 일이기도 합니다. 다른 이도 아니고 청해제일인 중 한 명으로 꼽히는 천검문주이지 않습니까. 거기에 장로들과 천류검대까지. 천검문의 전력 8할이 한 번에 움직인 것이나 마찬가지입니다."

"현실적으로 판단하면 그렇지. 하지만 무림은 말도 안 되는 일이 버젓이 일어나는 세계야. 말로 설명할 수 없는 일도 빈번하게 있기도 하고."

의동생이자 부방주인 설규에게 대호방주가 입맛을 다시며 말했다. 그 역시 객관적으로는 부방주와 같은 생각이었지만 그렇다고 단정 짓지는 않았다. 강호는 무슨 일이 일어나도 이상하지 않은 세상이었기 때문이다.

"덕분에 지금 가장 이득을 보는 곳은 청하상단입니다. 몰락하던 게 마치 거짓말이라는 것처럼 무섭게 청해성의 상계를 집어삼키고 있습니다."

"그럴 수밖에. 곤륜파를 등에 업고 있으니. 사실 다들 확신을 못 해서 그렇지 짐작은 하고 있잖아. 천검문주가 왜 행방불명된 것인지에 대해서. 게다가 지금 청하상단에 눌어붙어 있는 노인네가 제법이라며?"

"예, 확실하게 무위를 파악하지는 못했지만, 최소 절정고수 이상으로 보고 있습니다. 그 정도 실력자가 아니라면 지금까지 청하상단의 일을 제대로 해결하지 못했을 테니까요."

"최소 절정이라."

대호방주가 부방주의 말에 턱을 쓰다듬었다.

초일류와 절정이 고작 한 단계 차이지만 실력 차는 천양지차인 것처럼 절정과 최절정은 또 달랐다. 게다가 현재 태풍의 핵이라 할 수 있는 곤륜파에 속해 있는 무인이었기에 대호방주는 선뜻 움직이기가 쉽지 않았다.

"아마 다들 궁금해할 것입니다. 의문의 늙은이도, 곤륜파도요."

"가장 큰 의문은 천검문주와 천류검대 그리고 장로들의 실종이겠지. 잘 죽은 놈들이긴 하지만 실력 하나만큼은 확실했으니까."

대호방주가 께름칙한 표정을 지었다.

백운산장을 누르고 청해일패의 권좌에 앉았지만 그렇다고 천검문주처럼 확고하게 입지를 다진 것은 아니었다. 아니, 확실하게 입지를 다졌던 천검문주도 하루아침에 행방불명이 되었다.

그렇기에 대호방주는 청하상단에 자리 잡은 늙은이와 곤륜
파에 대해 확실하게 알고 싶었다. 적아를 구분하는 건 수장에
게 있어 가장 중요한 일이었으니까.

"그 소문도 청하상단이 흘린 게 아닐까 싶습니다."

"천검문의 적은 많았어. 다만 그들의 힘에 짓눌려 있었을 뿐
이지. 그리고 천검문은 더 이상 문제가 되지 않아. 이미 각자
도생하려고 뿔뿔이 흩어진 상태니까. 어쨌든 현재 청하상단
을 기웃거리는 건 우리와 하오문, 백운산장 정도인가?"

"다들 관심은 가지고 있을 겁니다. 다만 실질적으로 움직이
지 않아서 그렇지요."

"흐으음."

"한 번 찔러볼까요?"

부방주가 조심스럽게 운을 뗐다. 그 역시 청하상단에 자리
잡은 노도사인지 망나니인지가 껄끄러운 건 마찬가지였기 때
문이다. 앞으로 있을 대호방의 행보에 눈엣가시가 될 가능성
도 컸고. 아닐지도 모르지만 일단 지금까지는 거슬리는 게 사
실이었다.

"어떻게?"

"군이 저희들이 나설 필요가 있겠습니까? 돈으로는 귀신도
부린다고 하지 않습니까. 흑상(黑商)도 있고 살수들도 있지 않
습니까. 살문(殺門)은 힘들겠지만, 그쪽에서 두 번째라 할 수 있
는 산월곡(散月谷)까지는 가능할 겁니다."

"호오."

대호방주가 솔깃한 표정을 지었다.

확실히 수하들을 사용하는 것보다는 다른 곳의 손을 빌리는 게 훨씬 깔끔했기 때문이다. 자신들이 손을 썼다는 걸 들킬 가능성도 희박했고.

"개인적으로 살수들보다는 흑상이 더 나을 것 같습니다. 돈만 있다면 그 어떤 것도 파는 놈들이 흑상이지 않습니까."

"돈이 많이 들기는 하겠지만 절정급도 움직일 수 있겠지."

"맞습니다."

"하지만 위험 부담이 아예 없지는 않아. 괜히 들쑤시는 꼴이 될 수도 있으니. 가장 좋은 건 백운산장이나 하오문이 움직이는 건데……."

대호방주가 입맛을 다셨다. 둘 다 자금력이 딸리는 곳은 아니지만 그렇다고 먼저 움직일 것 같지도 않아서였다.

일종의 눈치 싸움 중이라고나 할까. 두 곳은 아마 자신이 먼저 움직이기를 기다리고 있을 터였다.

"확실하지는 않은데 하오문은 한 번 데인 것 같습니다. 출처가 불분명하지만, 이런 소문이 있습니다."

"그놈들이야 정보에 민감할 수밖에 없으니까. 쯧! 그럼 백운산장만 남았나."

한 번 데었다면 다시 움직이기는 힘들 터였다. 그럼 남게 되는 곳이 백운산장뿐인데 그 영악한 장주가 먼저 움직일 가능성은 희박했다.

"백운산장 성격상 먼저 움직일 가능성은 낮습니다."

"그럼 방법은 하나뿐이군. 직접 움직일 수밖에."

"방주님께서요?"

"정식으로 약속을 잡고 만나는 거지. 어떻게 보면 내 눈으로 직접 볼 수 있으니 가장 확실하기도 하고."

"어찌 보면 안전하기도 하겠네요."

싸우려고 찾아가는 게 아니라 인사와 친목 도모를 위한 자리라면 확실히 안전하기는 했다. 애초에 문파가 아닌 상단이기에 다짜고짜 살수를 뿌릴 가능성도 없었고. 게다가 방문할 명문은 찾아보면 넘치고 넘쳤다.

"인편을 보내봐. 약속을 잡게."

"알겠습니다."

"가급적이면 빨리 보자고 해."

"예."

부방주가 자리에서 벌떡 일어났다. 대호방주의 지시대로 최대한 빨리 청하상단주와 약속을 잡기 위해서였다.

접객당에 먼저 자리를 잡은 서일국이 조용히 차를 음미했다. 손님을 기다리며 마음을 가다듬는 것이었다.

하지만 그 어디에서도 긴장하는 기색은 보이지 않았다. 다른 곳도 아니고 현재 청해성의 패권을 잡은 대호방주의 방문이 예정되어 있었지만 서일국은 여유로웠다.

"애가 많이 타겠지. 아무리 파도 알아낼 수 있는 게 없으니."

다른 때였다면 갑작스러운 약속에 당황했겠지만, 이제는 달랐다. 혼자 전전긍긍할 필요가 없었기 때문이다.

이 자신감의 근원은 바로 그의 사백과 사문이었다. 든든하게 등 뒤를 지켜주니 적어도 청해성 내에서는 무서울 게 없었다.

똑똑똑.

사형이자 이제는 장문인이 된 벽우진 특유의 잔망스러운 모습을 떠올리고 있을 때 시비가 문을 두드렸다. 그 소리에 서일국이 자리에서 일어났다.

"단주님, 손님을 모시고 왔습니다."

"뫼시어라."

"예."

자리에서 일어나 몸을 돌리는 순간 접객당의 문이 열리며 두 사람이 모습을 드러냈다. 대호방주와 부방주였다. 둘은 시비가 열어준 문을 지나 성큼성큼 안으로 걸어왔다.

"오랜만에 뵙소이다, 단주."

"그동안 잘 지내셨는지요, 방주님."

"나야 뭐, 이런저런 일들이 많았소이다. 단주도 잘 알고 있겠지만 말이오."

"듣기는 많이 들었지요. 일단 앉으시죠."

부방주에게도 목례를 한 서일국이 자리를 권했다. 그러자 두 사람은 제집 안방마냥 편안한 얼굴로 서일국이 앉아 있던 자리 앞쪽에 앉았다.

"늦었지만 축하도 드릴 겸 또 너무 오랫동안 관계가 소원해진 것 같아 단주와 차 한잔하려고 연락을 했소이다."

"감사합니다."

"얼마 전에는 안 좋은 일도 있었고 말이야. 그래도 잘 해결되어서 참 다행이라고 생각하오."

"운이 좋았지요."

자연스럽게 본론으로 넘어가는 말에도 서일국은 여유를 잃지 않았다. 친분이 깊지는 않지만 그래도 청해성에서 살면서 오다가다 마주친 적이 많았기 때문이다. 물론 그때는 지금과 같은 위세가 없었지만 말이다.

"강호에서는 운 역시 실력이지 않소이까. 상계도 마찬가지겠지만 말이오. 더구나 단주에게는 운이 연속으로 따르고 있으니 앞으로 더욱 번창하지 않을까 생각하오."

"정말 그렇게 되었으면 좋겠습니다."

서로 웃고는 있었지만, 눈빛만큼은 그 어떤 검보다 날카로웠다. 미소 속에 칼을 감추고서 서로를 파악하기 위해 연신 눈알을 굴렸던 것이다.

다만 약간의 차이가 있다면 서일국은 여유로웠고, 대호방주는 조금 조급해 보였다.

"혹 내 도움이 필요하며 기탄없이 말하시구려. 어떻게 보면 앞으로 청해성의 미래는 우리 두 사람의 손에 달려 있지 않겠소."

"허허. 그건 좀 위험한 발언 같습니다."

"뭐 어떻소. 누가 보더라도 그리 볼 것을. 그렇다고 해서 다른 사람이 듣는 것도 아니고."

대호방주가 호탕하게 웃으며 일부러 보라는 듯이 주변을 훑었다. 이 자리에 세 사람 말고 누가 있느냐는 듯한 행동이었다.

"그리고 저희는 아직 갈 길이 멉니다."

"멀기는. 내가 보기에는 얼마 남지 않은 것 같소만. 이미 무서울 정도로 성장하고 있지 않소이까. 든든한 지원군도 있고."

"지원군까지는 아닙니다. 아시겠지만 사문은 이제 막 일어서는 단계라서요. 제자도 별로 없다기보다는 한 명뿐인 상태이지요."

"청해일미가 곤륜산에 올랐다는 얘기는 들었소. 장문인의 제자가 되었다고."

"장문인께서 좋게 봐주신 덕분이지요."

긴장감이 순간 느슨해졌다. 아무래도 딸 이야기에는 풀어질 수밖에 없어서였다. 하지만 그렇다고 아예 긴장의 끈을 놓은 건 아니었다. 천검문주가 했던 짓을 대호방주가 하지 말라는 법은 없었으니까.

"내 듣기로는 막 일어서는 단계는 아니던데. 곤륜파 무인들의 활약이 대단하지 않소. 산적들을 거의 대부분 소탕하기도 했고. 그래서 다들 궁금해하고 있소이다. 대체 어디서 그런 고수들이 나왔는지 말이오."

"그 부분에 대해서는 제가 섣불리 말할 수가 없습니다. 이 점 양해해 주시지요."

"당연히 이해하오. 외부인이 선뜻 물어봐서도 안 되는 문제이기도 하고. 근데 궁금하기는 하오. 청하상단에도 한 분이 계시다고 들어서 말이오."

대호방주가 드디어 진짜 본론을 꺼냈다. 진구를 직접 봄으로써 곤륜파의 전력을 조금이나마 엿보려고 했던 것이다.

물론 진심으로 궁금하기도 했다. 그는 대호방주이기도 하지만 한 명의 무인이기도 했으니까.

"제가 모자라서 도움을 주고자 장문인께서 호법님 중 한 분을 보내주셨지요."

"호오. 호법님이란 말이오? 하긴. 연세가 좀 있다고 듣긴 했소."

대호방주는 물론이고 부방주도 눈을 빛냈다. 두 사람이 바쁜 와중에 청하상단까지 직접 찾아온 이유가 바로 그였기 때문이다.

그리고 그 사실을 서일국 역시 잘 알고 있었다.

"겉보기와 달리 연세가 꽤 있으십니다. 물론 나이답지 않게 정정하시기도 하고요."

"한번 뵐 수 있겠소? 어떻게 보면 앞으로 자주 봐야 하는데 온 김에 인사라도 나누면 서로 좋지 않겠소."

"제가 오라 가라 할 수 있는 분이 아니라서요."

"그래도 내가 온 것을 알면 오지 않겠소? 나름 청해성에서 무명이 있는 이 몸인데."

대호방주가 넌지시 물으며 은근슬쩍 자리를 주선해 달라고 요구했다.

"일단 물어는 보겠습니다. 하지만 거절하실 수도 있습니다."

"당사자가 싫다면야 어쩔 수 없겠지만 그래도 온 김에 한번 꼭 보고 싶구려."

"잠시 기다려 주시지요."

서일국이 그리 말하며 자리에서 일어났다.

이윽고 시비가 서일국의 말을 전하기 위해 접객당을 나서는 기척이 느껴지자 대호방주가 속으로 침을 삼켰다. 바쁜 일정을 다 미뤄두고 여기까지 온 김에 이왕이면 곤륜파의 호법이라는 노도사를 꼭 만나보고 싶었기 때문이다. 애초에 그것 때문에 직접 찾아온 것이기도 했고. 사실 청하상단은 그에게 있어 딱히 큰 비중을 차지하지 않았다.

'거슬리는 건 곤륜파지.'

청해성을 대표하는 무문이 되었지만 냉정하게 말해 지금의 자리는 반쪽짜리에 불과했다. 더구나 곤륜파는 비록 멸문지화를 입었으나 수백 년 동안 청해성을 지배한 대문파였다. 물론 그렇다고 해서 권세를 부리거나 하지는 않았지만 청해성에 살고 있는 수많은 사람들에게 곤륜파는 최고이자 최후의 보루와도 같은 곳이었다.

그렇기에 대호방주는 아무리 곤륜파가 현재 세력이 작다고 하나 무시할 수 없었다. 언급은 없어도 아직까지도 수많은 사람들의 기억 속에 선명하게 남아 있는 문파였으니까.

똑똑.

그런 생각을 하며 서일국과 이런저런 대화를 나누고 있을 때 문을 두드리는 소리가 들려왔다.

동시에 문이 벌컥 열렸다. 시비가 말하기도 전에 누군가가 문을 열었던 것이다.

"진구 호법님."

"저놈이냐? 날 보자고 한 게?"

"그렇습니다."

다짜고짜 저놈이라 내뱉는 진구의 말에 등을 지고 있던 대호방주의 얼굴이 딱딱하게 굳어졌다. 설마하니 초면부터 놈, 놈거릴 줄은 몰라서였다. 나이는 비록 그가 어릴지 모르나, 그래도 한 방파의 수장인데 말이다.

대호방주는 얼굴을 잔뜩 일그러뜨리며 몸을 일으켰다.

"초면에 말이 너무 심한 거 아니오?"

"아니오? 머리에 피도 안 마른 자식이."

대호방주보다 먼저 몸을 돌렸던 설규가 얼굴을 붉히며 소리쳤다. 아무리 강호에서 배분을 중시한다고 하지만 그래도 어느 정도는 대우를 해주는 게 예의였다. 더구나 그의 형님은 한 방파의 수장이지 않던가.

그런데 설규의 일갈에 진구는 오히려 코웃음을 쳤다.

"말이 너무 심한 거 아니오!"

"이런 싸가지 없는 녀석들을 봤나."

"호, 호법님!"

일촉즉발의 상황으로 흘러가는 모양새에 서일국이 당황해서 진구를 불렀다.

진구의 성격을 너무나 잘 알았기에 분위기가 좋지만은 않을 거라고 예상했었다. 아니, 사실은 귀찮다고 오지 않을 줄 알았 다. 부탁해도 올까 말까인데 물어본다고 해서 올 리가 없었기 때문이다.

한데 그의 예상과 달리 진구는 시비를 보내기 무섭게 접객 당을 찾았고, 분위기를 대번에 싸늘하게 만들었다.

"나이 좀 먹었다고 맞먹으려고 드네? 너네 부모님이 널 그리 가르쳤더냐?"

"이……! 이……!"

"왜? 한 대 치려고? 그럼 쳐봐."

말 몇 마디에 극도로 흥분하는 설규의 모습에 진구가 실실 웃었다.

벽우진에 가려져서 그렇지 그 역시 한 도발 하는 인물이었 다. 물론 말보다는 주먹을 더 많이 썼지만 말이다.

그리고 그는 막 나가기는 해도 생각이 없지는 않았다.

"말이 너무 심한 것 같소만."

"늙은이를 오라 가라 하는 건 안 심하고? 내가 보고 싶으면 네놈들이 알아서 찾아와야 하는 거 아냐? 아니면 여기까지 왔 으니 나머지는 나보고 오라는 소리였나?"

"……상당히 무례한 성격이시구려."

대호방주의 눈빛이 서늘해졌다. 아무리 연배가 높다고 하나 그렇다고 자신을 모욕할 수 있는 건 아니었기 때문이다.

하지만 그건 겉으로만 보이는 모습이었고 대호방주는 내심

기꺼운 상태였다. 안 그래도 어떻게 찔러보나 고민하고 있었는데 상대방이 먼저 판을 깔아주어서였다.

"무례하기는. 내가 안 했으면 지가 했을 거면서."

흠칫!

대호방주가 순간 흠칫거렸다. 마치 그의 속내를 꿰뚫어 본 듯한 말 때문이었다.

하지만 그는 이내 그 생각을 털어냈다. 대신 날카로운 눈빛으로 진구를 샅샅이 훑어봤다.

'반박귀진의 경지에 오른 건 확실하고.'

무복이나 도복이 아닌 평범한 경장 차림인 진구는 언뜻 보면 기골이 장대한 오십 대 후반의 노인으로 보였다. 젊었을 적 한가락 했던 노인의 모습이랄까. 거기다 태양혈 역시 밋밋했기에 결코 높은 경지의 무인처럼 보이지 않았다.

하지만 그건 다 반박귀진의 경지에 올라서 평범해 보이는 것뿐이었다.

"음흉하게 눈치 보지 말고 그냥 말해. 간 보러 여기까지 왔다고 말이야."

"말이 심하시오."

"거 봐. 아니라고는 말 안 하잖아?"

"이렇게 무례하게 나온다면 나도 가만히 있지 않을 것이오."

대호방주가 언짢은 심사를 역력히 드러내며 말했다. 그러나 그 모습에도 진구는 되레 웃었다.

"따라와. 안 그래도 요즘 시끄러운 대호방의 힘이 어느 정도인지 궁금했는데. 너 역시 마찬가지일 테고."

"당신의 상대는 나요."

"뭐, 상관없어."

냉큼 입을 여는 설규의 모습에도 진구는 개의치 않았다. 어차피 방주건 부방주건 그에게는 상관이 없었기 때문이다. 도전자는 그냥 깔아뭉개 버리면 되니까.

그리고 이건 벽우진도 허락한 일이었다.

'분명 어느 정도 선까지는 내 마음대로 하라고 했으니까.'

진구가 히죽 웃었다. 안 그래도 적적하던 차에 재미난 일이 벌어져서였다.

하지만 뒤따라 나오는 세 사람은 그런 진구의 표정을 볼 수가 없었다.

◯

"에이취!"

"사부님 괜찮으세요?"

"아, 갑자기 코가 간지러워서. 지금은 귀도 간지럽네."

사 남매 중 막내인 심소혜가 걱정스러운 눈빛을 보내오자 벽우진이 대수롭지 않다는 듯이 대답했다. 무공을 익힌 그가 감기에 걸릴 가능성은 물고기가 익사할 가능성만큼이나 희박했기 때문이다.

"다행이에요."

"힘들지는 않고?"

"헤헤! 이 정도는 아무것도 아니에요! 굶은 것도 아니고 밥도 든든하게 먹었으니까요!"

앙증맞은 손으로 벽우진의 한 손을 붙잡은 채로 심소혜가 환하게 웃었다. 언니 오빠들 이후로 그녀를 이렇게 챙겨주고 신경 써주는 이는 벽우진이 처음이었기 때문이다.

게다가 하루에 불과하기는 했지만, 어른이 함께한다는 든든함은 심소혜를 심적으로 더욱 편안하게 만들어주었다.

"금방 적응해서 다행이다. 나이가 어려서 내심 걱정했는데."

"소혜도 그렇고 소천이도 그렇고 다들 철이 일찍 들었거든요. 그리고 사부님이 잘해주시기도 하고요."

"다정하지는 않으시지만 든든하고 믿음직스럽기는 하지. 다른 사람들이 보기에는 좀 가벼워 보이기는 하지만."

"그래도 과묵한 것보다는 훨씬 나은 거 같아요. 말이 없으면 다가가기가 쉽지 않으니까요."

서예지와 나란히 걷던 심대혜가 옅게 미소를 지으며 말했다. 말이 없는 어려운 사람보다는 차라리 벽우진 같은 성격이 좋았기 때문이다. 그리고 그녀는 벽우진의 다정한 마음을 충분히 느끼고 있었다. 보이지 않는 곳에서 자신과 동생들을 배려하고 있다는 걸 알 수 있었기 때문이다.

"확실히 그렇긴 하지. 하지만 무공을 가르칠 때는 또 다르서."

"그런가요?"

"응, 아마 눈물을 쏙 뺄지도 몰라."

서예지가 조금은 겁을 주듯이 말했다. 무공을 가르칠 때의 벽우진은 진짜 엄했기 때문이다.

하지만 그렇기에 실력이 빠르게 느는 것도 사실이었다.

"저는 괜찮아요. 일단 먹고 자는 걱정은 덜 수 있잖아요. 더구나 때리는 사람도 없고요."

"어린 나이에 고생이 많았어."

"아니에요. 빈민촌에 사는 애들에 비하면 그래도 나아요. 거기에는 부모답지 않은 부모들이 엄청 많거든요. 이상한 아이들도 많고."

"누나가 고생을 진짜 많이 했어요."

"맞아요."

심대혜의 말이 끝나기 무섭게 둘째인 심대현과 셋째인 심소천이 입을 열었다. 나름 의젓해 보이려고 노력했지만 이런 모습을 보면 영락없는 아이들이었다. 그리고 서예지는 그 모습이 너무나 귀엽다고 생각했다.

막내인 그녀는 부모님께 말을 하지는 못했지만 사실 동생을 갖고 싶었다. 그래서 이번에 양일우, 양이추 형제를 시작으로 사 남매가 합류하자 너무나 기뻤다. 비록 피는 섞이지 않았지만, 사제 역시 동생이나 마찬가지였기 때문이다.

"앞으로는 많은 게 달라질 거야. 대신 각오도 단단히 해야하고. 무공을 익히는 게 쉬운 일은 아니니까."

"그래도 저희는 행복해요. 일단 밥을 마음껏 먹을 수 있으니까요."

"눈치도 안 보고요."

"그렇다면 다행이네."

서예지가 빙긋 웃으며 심대현과 심소천의 머리를 쓰다듬어 주었다. 그러자 두 형제의 얼굴이 삽시간에 붉어졌다. 아름답기 그지없는 서예지의 손길에 심장이 빠르게 뛰었던 것이다.

"아, 누가 내 욕하나. 귀가 왜 자꾸 간지럽지."

"제가 파드릴까요, 사부님?"

"아냐. 더러운 건 만지는 거 아냐."

"안 더러운데."

벽우진의 손을 잡은 채로 걸음을 옮기던 심소혜가 입을 오물거리며 대답했다.

나이는 열셋밖에 되지 않았지만 객잔에서 일하면서 온갖 더러운 꼴이란 꼴은 다 봤기에 귀지 정도는 심소혜에게 있어 아무것도 아니었다. 그런데 벽우진이 만류하자 심소혜는 이해가 가지 않았다.

"이제 소혜는 객잔의 하인이 아니야. 곤륜파의 제자이자 나의 제자이지. 그것을 잊으면 안 돼."

"네!"

"아이고, 착하다."

"헤헤헤!"

손녀는 없지만 만약 손녀가 있다면 이런 느낌일까 싶었기에 벽우진은 인자하게 웃으며 심소혜의 머리를 쓰다듬어 주었다. 그러자 심소혜의 얼굴에 미소가 가득 차올랐다.

"우와아."

"여기가 사저의 집이에요?"

"응. 내가 태어나고 자란 집이지. 얼마 전까지 살기도 했고."

집의 정문에 도착한 서예지는 장원의 규모에 두 눈을 휘둥그레 뜨는 아이들을 보며 자기도 모르게 미소를 지었다. 놀란 반응마저도 너무나 귀여워서였다.

"사, 사저께서는 엄청난 부자셨군요."

"그 정도까지는 아니야. 우리 집도 얼마 전까지는 힘들었거든. 근데 사부님께서 도와주셨지. 어떻게 보면 내 생명의 은인이라고나 할까."

"정말요?"

"걱정하지 않아도 돼. 다 지나간 일이니까. 얼른 들어가자. 점심 먹어야지?"

점심이라는 이야기에 세 사람의 눈빛이 달라졌다. 아무래도 오랫동안 못 먹고 자라서 그런지 다들 하나같이 식탐이 있었는데 그게 서예지는 이상하기보다는 안쓰러웠다.

"설마 아가씨입니까?"

"저예요. 아버지는 계시죠?"

"예, 계시기는 한데……."

잡인을 거르기 위해 문을 지키던 위사가 말끝을 흐렸다. 아까 전에 대호방주가 방문했기에 아무래도 분위기가 평소와는 달라서였다.

"무슨 일 있어요?"

"한 식경(약 30분) 전에 대호방주가 찾아왔습니다."

"대호방주가요? 무슨 일로요?"

"그것까지는 저도 모르겠습니다."

위사가 고개를 저으며 대답하자 서예지도 더 이상 묻지 않았다. 모른다는데 더 추궁할 수도 없었다.

대신 서예지는 미간을 좁히며 생각에 잠겼다.

"들어가 보면 알겠지."

"자, 장문인! 그간 강녕하셨습니까!"

서예지가 복귀한 것에만 신경 쓰느냐 뒤에 서 있는 벽우진을 보지 못했던 위사가 그의 목소리에 잔뜩 당황하며 인사했다.

"어. 그러니까 문 열어."

"옙!"

고민하는 서예지와 달리 벽우진은 늘 그렇듯이 심드렁한 얼굴로 짤막하게 지시했다. 그러자 위사들이 황급히 문을 열었다.

쿠아아앙!

그런데 그때 내원 쪽에서 묵직한 굉음이 들려왔다. 마치 화탄이라도 터진 것 같은 소리가 들리며 땅이 미약하게 진동하자 서예지는 물론이고 위사들의 표정 역시 달라졌다.

"조용할 날이 없는 거 아냐?"

"아닙니다. 평소에는 조용히 지내십니다."

"있는 듯 없는 듯 늘어져서?"

"헙!"

자기도 모르게 대답했던 위사가 입을 다물었다. 진구보다 벽우진이 당연히 상급자였지만 그렇다고 아예 눈치를 안 볼 수는 없었다.

벽우진은 그런 위사의 마음이 이해가 간다는 듯이 어깨를 몇 번 두드려 주고는 발걸음을 옮겼다.

"바로 가시게요?"

"구경 안 할 거야?"

"어……."

천연덕스럽게 말하는 벽우진의 모습에 서예지가 일순 말을 잃었다.

반면에 사 남매는 눈을 반짝였다. 곤륜파의 제자가 되었지만 아직은 무공을 제대로 견식해 본 적이 없기에 다들 궁금했다. 게다가 지금 싸우고 있는 이들 중 한 명이 곤륜파의 사람이라고 하자 넷은 더더욱 궁금한 표정을 지었다.

"저기에 가면 청민이든 단주든 둘 중 한 명은 있겠지."

"그럴 가능성이 크죠."

"너도 궁금하지 않아? 진 호법이 어떻게 싸우는지."

"사실 궁금해요."

"그럼, 말 다했네."

벽우진이 피식 웃으며 심소혜의 손을 붙잡은 채로 천천히 발걸음을 옮겼다. 그러자 말없이 비현이 뒤따랐고 서예지도 두 눈을 끔뻑이다가 삼 남매를 데리고 성큼성큼 걸어갔다.

콰앙! 쾅!

꽤 오랫동안 머물렀기에 굉음이 들려오는 곳을 찾아가는 건 어렵지 않았다. 소리가 들려오는 곳을 향해 걸어가면 되었기 때문이다.

잠시 후 연무장에 다다른 벽우진은 오랜만에 진구와 전신이 너덜너덜해진 중년인을 발견할 수 있었다.

"장문인!"

"여어. 오랜만."

흉터로 인해 더욱 흉악하게 보이는 중년인과 함께 서서 비무를 지켜보던, 아니, 일방적인 구타를 구경하던 서일국이 벽우진을 발견하고는 한걸음에 다가왔다.

하지만 옆에 서 있던 중년인은 두드려 맞고 있는 장한에 온 신경을 집중했는지, 아니면 일부러 무시하는 건지 고개조차 돌리지 않았다.

"아빠!"

"예지도 왔구나. 어?"

한달음에 벽우진 일행에게 다가온 서일국이 순간 놀란 표정을 지었다. 잠깐 사이에 딸이 너무나 몰라보게 달라져서였다. 물론 겉모습이 아니라 내면이 말이다.

자신보다도 못했던 내공 수준이 감히 그가 가늠할 수도 없을 정도로 높아진 것 같자 서일국이 멍한 눈으로 벽우진을 쳐다봤다.

"뭘 그렇게 놀라? 내가 아무 생각 없이 제자로 받아들였을 것 같아?"

"무, 무슨 도술을 부린 겁니까?"

"미안하지만 난 도술은 몰라. 내가 전승받은 건 무공이 전부다."

"이게…… 가능한 겁니까?"

보고도 믿어지지 않는 현실에 서일국이 여전히 멍한 표정으로 물었다. 좋은 일이긴 했지만 그래도 너무 급격한 변화였다.

"가능하지. 영약만 구해도 가능한 일이고."

"구하신 겁니까?"

"아니, 구할 수는 있는데 효율이 너무 많이 떨어져. 그래서 나만의 비법을 찾았지. 도와준 사람도 있고."

벽우진이 의미심장하게 웃으며 말했다.

그러자 서일국이 마른침을 삼켰다. 딸을 위해 사용해 준 건 고맙지만, 한편으로는 굳이 서예지가 먹었어야 했나 싶어서였다. 물론 첫 번째 제자이고 마지막까지 신의를 지킨 청하상단의 혈육이었기에 자격은 충분했다. 하지만 그렇다고 해도 너무 과했다.

"그래도 너무……."

"네 차례도 있으니까 너무 실망하지는 말고."

"예?"

"내가 설마 돈 몇 푼 쥐여주고 입 싹 닦겠어? 넌 청민 다음이니까 기다리고 있어."

서일국이 두 눈을 끔뻑거렸다. 무슨 말인지 그는 도통 이해하지 못했던 것이다.

그 모습에 서예지가 남모르게 웃었다. 서일국이 왜 저러는지 알고 있어서였다.

"커헉!"

벽우진이 서일국과 해후 아닌 해후를 나누고 있을 때 연무대 위에서 격한 신음 소리가 흘러나왔다. 동시에 걸쭉한 피가 연무대 위를 적시기 시작했다.

"뭐야? 너 대호방 부방주라며? 그런데 왜 이렇게 허약해?"

"니미……!"

걸레짝이 되어버린 무복을 움켜잡으며 설규가 이를 악물었다.

하지만 그런다고 한들 전신에서 느껴지는 고통은 줄어들지 않았다. 오히려 시간이 흐를수록 전신 곳곳에서 지독한 고통이 느껴졌다. 단순히 때린 게 아니라 내공의 잔해가 남아 있었기에 시간이 지날수록 고통이 배가 되었던 것이다.

"아니면 방주 말고는 별 볼 일 없는 건가?"

으드득!

진구의 도발에 대호방주가 어금니를 깨물었다. 그러나, 섣불리 움직일 수는 없었다. 분하고 짜증 나지만 확실한 건 진구가 그보다 고수라는 점이었다. 처음에는 정말 높게 쳐줘야 동수라고 생각했는데 그건 너무나 큰 착각이었다.

'어디서 저런 괴물 같은 늙은이가 나온 거야?'

부방주이자 동생인 설규는 그와 반수 정도밖에 차이가 나지 않았다. 그것도 평범한 절정고수가 아닌 최절정고수였다. 한데 그런 설규가 마치 어린아이처럼 두들겨 맞자 대호방주는 화도 났지만 어이가 없었다. 설규 정도 되는 고수쯤 되면 어디가서 저렇게 처맞고 다니지는 않아서였다.

"누구야?"

"대호방주입니다."

"아, 천검문 다음?"

"예에."

벽우진의 물음에 서일국이 작게 대답했다. 혹시나 대호방주가 들을까 봐 조심하는 것이었다.

"간 보러 온 모양이네? 우리의 저력이 어느 정도인지?"

"맞습니다. 아무래도 거슬릴 수밖에 없으니까요. 저희가 무가는 아니지만 그렇다고 무림과 아예 연관이 없다고도 할 수 없으니. 근데 저렇게까지 해도 되나 싶습니다."

"뭐 어때? 죽이는 것도 아니고 비무인데."

"그게, 도발은 진 호법이 먼저 했습니다."

"괜찮아."

벽우진이 대수롭지 않게 대답했다. 청하상단으로 파견을 보낼 때 웬만한 일은 스스로 판단해서 할 수 있도록 자율권을 주었기 때문이다. 그리고 대호방 정도면 진구가 알아서 할 정도는 되었다.

"괜한 명분을 주게 되는 건 아닐까요?"

"쪽팔린다고 덤비면 그에 따른 응분의 대가를 치르게 해주면 되지. 무슨 걱정이야?"

"허허허."

일말의 망설임도 없이 쓸어버리겠다는 말을 하는 벽우진의 모습에 서일국은 헛웃음이 나왔다.

하지만 그 말이 빈말로 들리지는 않았다. 이미 한 차례 저지른 일이 있어서였다.

"……내가 졌소이다."

"쯧쯧! 아까의 패기가 아깝다."

"……."

벽우진이 서일국과 대화하는 사이 비무 역시 마무리되었다. 무경의 격차를 절절히 느낀 설규가 패배를 시인했던 것이다.

"그럼 다음은 너냐? 문 지키기는 멍멍이를 때려잡았으니 이제는 집주인이 나와야 할 것 같은데."

"거절하겠소이다."

"크크!"

진구가 대놓고 도발했지만 대호방주는 넘어가지 않았다. 대신 대호방주는 가까스로 표정을 관리하고는 도망치듯 청하상단을 나섰다. 더 있어 봤자 좋은 꼴을 보지는 못할 것 같아서였다.

그는 서일국에게 인사를 하는 둥 마는 둥 하며 대호방으로 돌아갔다.

"에잉! 몸 좀 제대로 풀어보나 했더니."

"부족하면 내가 좀 도와줄까요?"

"크흠! 괜찮소이다."

보지 않아도 알 수 있는 익숙한 목소리에 진구가 단칼에 거절했다. 아무리 몸이 찌뿌듯해도 벽우진과 비무를 하고 싶지는 않았다. 패는 게 좋지 맞는 건 취향이 아니었으니까.

"자, 그럼 안으로 들어가지. 우리 애들 밥 먹을 시간 되었는데."

"그러고 보니 누구입니까?"

"내 새 제자들. 앞으로 곤륜파의 대들보가 되어줄 아이들이랄까."

"이 아이들이요?"

안 그래도 벽우진과 서예지에게 착 달라붙어 있는 아이들이 궁금했던 서일국이었다. 그런데 제자들이라고 하자 살짝 당혹스러운 표정을 지었다. 제자들 넷 모두 머리는 검은색이었지만 눈동자는 벽안이었기 때문이다.

아무리 청해성이 세외에 인접해 있어 색목인들을 흔치 않게 볼 수 있다고 하나 그렇다고 제자로 받아들인 적은 과거에도 없었기에 서일국이 조심스러운 눈빛으로 벽우진을 쳐다봤다.

"응, 인연이 닿았어. 그래서 망설이지 않고 거두었지."

"일단 별채로 가시지요. 호법님은……."

"난 내가 알아서 가겠다."

"예."

벽우진과 함께 있는 게 여전히 부담스러운지 진구는 곧바로 몸을 날렸다.

땅을 박차자마자 순식간에 담을 넘어 사라지는 모습에 사남매가 신기한 듯 초롱초롱한 눈을 빛냈다.

"가시죠."

"그래."

지난번에 머물렀던 별채에 도착한 벽우진은 익숙하게 자리에 앉았다. 그러나 그의 앞에 앉은 건 서일국과 서진후, 비현뿐이었다. 함께 온 서예지는 식사를 하기 전에 사 남매부터 씻긴다고 따라 들어오지 않았다.

"예지를 보고 정말 놀랐습니다. 어떻게 된 것입니까?"

"본 대로야."

"진짜 영초를 구하신 겁니까?"

서일국만큼이나 놀란 서진후가 앉기 무섭게 물었다.

그러면서도 그는 벽우진의 눈치를 살폈다. 구하고 싶어도 인연이 닿지 않으면 구할 수가 없는 영약을 자신의 손녀에게 사용했다는 게 미안해서였다.

"영초도 들어가기는 했는데, 딱히 구하기 힘든 것들은 아니었어. 가장 오래 묵은 게 백 년 정도니까."

"예?"

"간단하게 설명해 주마."

벽우진이 청민과 서예지에게 있었던 일을 간략하게 설명했다. 그러자 두 부자의 표정이 시시각각 변했다. 결과라고 할 수 있는 서예지를 직접 봤음에도 불구하고 믿기지가 않았던 것이다.

둘은 비현을 마치 신선 보듯이 쳐다봤다.

"놀랍습니다."

"그런 일이 가능했다니."

"엄청난 일이지. 물론 이 모든 걸 계획한 건 나였지만. 예전의 명성을 빠른 시간 안에 되찾는 방법은 고수가 빠르게 늘어나는 것뿐이니까. 하지만 그렇다고 해서 당장 절정고수인 것은 아냐. 다만 출발선 자체가 달라진 것뿐이지."

"그게 엄청나게 대단한 일이지 않습니까. 정말 존경스럽습니다."

말은 벽우진에게 했으나 서진후의 시선은 비현에게 향해 있었다. 계획이라는 큰 그림을 그린 건 벽우진이지만 그것을 실현시킨 것은 비현이었기 때문이다.

더구나 실력 있는 연단가는 모시고 싶다고 해서 모셔올 수 있는 존재가 아니었다, 희귀하기도 했지만, 사기꾼들도 많아서였다.

"저 혼자만 만든 게 아닙니다. 장문인이 아니었다면 비천단은 탄생하지도 못했을 테고, 이렇게 좋은 결과를 이끌어내지도 못했을 겁니다."

"내 역할이 반 정도는 된다는 말이지. 후후!"

벽우진이 거들먹거렸다.

서진후나 서일국은 그 모습을 절대 거만하게 보지 않았다. 이 정도면 말 그대로 기적이나 마찬가지였기 때문이다. 게다가 벽우진은 비천단이라는 영단을 자신들에게도 준다고 했기에 둘은 은연중에 기대하는 표정을 지었다.

"역시 사형이십니다."

"말했잖아. 사문을 다시 일으켜 세울 거라고. 지금은 단지 다른 곳에 맡겨둔 것뿐이야. 아직 제대로 된 준비가 되지 않았으니까."

"저 역시 같은 생각입니다. 그에 따른 준비도 착착 진행되고 있고요."

"표국을 인수한다고?"

"예, 지금까지는 상행을 나설 때 따로 표국과 거래를 했으나 자체적으로 표국을 가지고 있다면 그럴 필요가 없게 됩니다. 또한 청해성을 넘어 다른 성까지 거래처를 늘릴 생각이기에 표국을 인수하는 건 필수라고 생각합니다."

서진후의 말에 고개를 주억거렸다. 아무래도 무력이 부족한 청하상단인 만큼 표국을 인수하면 급한 불은 끌 수 있을 것이기 때문이다.

게다가 과거에는 청해성을 넘어 인근의 사천성과 감숙성까지 상행을 나갔던 게 청하상단이었다. 그렇기에 벽우진은 좋은 판단이라고 생각했다.

"하지만 가장 큰 문제이자 늘 문제가 되는 건 돈이지. 자금 상황은?"

"일단은 작은 규모의 표국을 인수하려고 합니다. 당장 일을 크게 벌이는 건 시기상조이니까요. 게다가 새롭게 얻은 무공도 있으니 빠른 시일에 표사들의 수준을 끌어올릴 수 있을 거라고 생각합니다."

"확실히 생각지도 못한 소득이기는 했지."

··· 제3장 ···
예견된 손님

서진후가 말한 새롭게 얻은 무공이란 천검문의 장로들이 익히고 있던 것들이었다.

물론 대놓고 익힐 수는 없겠지만, 암암리에 수련하는 것 정도는 괜찮았다. 게다가 시간이 흐르면 자연스레 잊힐 테고 말이다.

"그나저나 걱정입니다. 오늘 있었던 일로 견제가 더욱 심해질 게 분명하니까요."

"어쩔 수 없지. 그래도 눈치 보는 것보단 낫잖아? 차라리 눈치를 보게 만드는 게 낫지."

"그렇긴 합니다, 허허."

"한 번쯤은 확실하게 무력시위를 해줄 때도 되었고. 그래야 깝죽대지 않지."

벽우진이 대수롭지 않다는 투로 말했다.

언제까지나 비밀을 유지할 수는 없다. 그럴 바에는 차라리 어느 정도까지는 밝히는 게 나았다. 그렇게 하면 적어도 함부로 덤벼드는 곳들은 없을 테니까.

"어쩌면 저들끼리 똘똘 뭉칠지도 모르겠습니다."

"그럴 가능성도 있지. 공공의 적이 있으면 힘을 합치는 게 인간이니까. 하지만 지금 당장은 신경 쓸 필요 없어. 우리가 싸울 생각인 것도 아니고 엄연히 활동하는 영역이 다른데. 조금 겹치기는 하지만 아직 대호방이나 백운산장과 부딪칠 정도는 아니니까."

"맞습니다."

"우리는 우리가 계획한 대로만 하면 돼. 지금은 그게 먼저다."

벽우진이 방향을 다시 한번 잡아줬다. 그게 바로 수장이 해야 할 일이기 때문이다.

"근데 조금 놀랐습니다. 설마하니 혼혈인 아이들을 제자로 받아들이실 줄은 몰랐거든요."

"그 아이들은 사람 아니더냐?"

"아니, 그런 뜻이 아니라 제 기억 속에는 색목인이 문하로 들어온 적이 없었으니까요."

"무골이 상당한 아이들이다. 거기다 비천단까지 있으니 아마 무서울 정도로 성장할 거다. 예지를 위협할 정도로 말이지."

벽우진이 자신하듯 말했다.

그리고 그건 서예지에게도 좋은 일이었다. 자극을 주는 경쟁자만큼 성장에 도움이 되는 것도 없었기 때문이다.

"예지가 쉽게 따라잡히지는 않을 겁니다. 의외로 호승심이 있는 아이라서요. 의지도 강하고요."

"그건 두고 보면 알겠지. 어쨌든 청해성의 정세는 꾸준히 살펴보고. 지금은 잠잠하지만, 또 언제 바뀔지 모르니까."

"알겠습니다."

"진후는 내일 아침에 비술에 들어갈 거니까 준비하고. 일국이는 모레 아침이다."

꿀꺽!

두 부자가 동시에 침을 삼켰다. 서예지를 봤기에 기대가 안 될 수가 없었다.

"그렇다고 너무 기대하지는 말고. 예지는 어려서 가능했지만 둘은 장담하기 힘드니까. 청민의 경우 환골에서 그쳤다."

"저는 그 정도만 해도 감지덕지입니다."

"본산제자들만 익힐 수 있는 무공을 가르쳐 주셨는데 비천단까지라니요. 전 괜찮습니다."

내심 기뻐하는 서진후와 달리 서일국은 공손히 고개를 저었다. 아무리 자신이 마지막까지 신의를 지켰다고 하나 그래도 영단은 너무 과분한 것 같아서였다. 막말로 진산제자만이 배울 수 있는 태청신공을 배운 것만으로도 그는 분에 넘치는 무공을 배운 상태였다.

"예전에도 말했다시피 넌 받을 자격이 있다. 거절은 내가 거절해."

"그러시다면 알겠습니다."

"받을 만하니까 주는 거야. 부담 가질 거 없어. 다 뿌린 대로 거두는 법이다. 신은 그리 해주지 않지만, 난 달라."

"감사히 받겠습니다."

말했던 대로 거절은 거절하겠다는 기색이 역력한 벽우진의 표정에 서일국은 그저 고개를 숙일 수밖에 없었다.

하지만 한편으로는 서현기가 마음에 걸렸다. 아버지도, 자신도, 딸도 천고의 영단이라 할 수 있는 비천단을 하사받았는데 서현기만 제외된 것 같아서였다.

그러나 차마 아들 것까지는 바랄 수가 없었다. 서예지야 스스로 곤륜파의 제자가 되겠다고 벽우진에게 직접 찾아갔지만, 서현기는 어려서부터 추열문의 제자가 되겠다고 결정하고는 장인 가문의 무공을 익혔기 때문이다. 즉 벽우진과의 연결 고리는 자신과 부친, 서예지밖에 없었다.

"표정이 왜 그래? 너무 감격해서 그래?"

"그, 그렇습니다."

"상인이 표정 관리를 못 하네."

"크흠!"

정곡을 찌르는 벽우진의 말에 서일국이 헛기침을 했다. 하지만 염치를 모르지는 않기에 서현기에 대한 말은 꺼내지 않았다.

"어쨌든 그리 알고 있어. 주변 상황은 계속 예의 주시하고. 특히 서녕은 확실하게 틀어쥐고 있어야 해. 여기가 청해성의 중심 아냐? 성도인 만큼 오고 가는 돈들도 많고. 이참에 다 틀어쥐라고."

"그리하겠습니다."

"그럼 회의는 여기까지 하는 걸로."

벽우진이 자리에서 일어났다.

아무리 장문인이 되었다지만 회의는 그의 성격과 맞지 않았다. 그렇기에 벽우진은 늘 최단 시간을 외쳤다. 머리 아픈 얘기는 짧고 굵게 하는 게 최고였다.

'할 일이 없는 것도 아니고 늘 넘치는데.'

그의 몸은 하나였고, 시간 역시 한정적이었다. 그런 만큼 아무리 일을 해도, 해야 할 일은 줄어들지 않았다.

'이제는 가르쳐야 하는 제자들도 많아졌고 말이지.'

방을 나서며 벽우진이 옅은 미소를 지었다. 이제 불과 하루밖에 되지 않았지만, 제자들이 늘어나자 왠지 모르게 심적으로 든든했던 것이다.

물론 이제 시작이니 가야 할 길이 구만리였지만 천 리 길도 한 걸음부터라는 속담도 있지 않던가. 중요한 건 시작을 했다는 점이었다.

○

한편 도망치듯이 청하상단에서 나온 대호방주는 설규와 함께 곧바로 복귀했다. 쪽도 이런 개쪽이 없었기에 최대한 서둘러서 집으로 돌아왔던 것이다.

그런데 놀라운 건 넝마가 되어 있는 겉모습과 달리 설규의 상태가 그리 심각하지는 않다는 점이었다.

"정말 괜찮다고?"

"예, 내상이 좀 있기는 하지만 맞은 것에 비하면 심하지 않습니다. 기술적으로 진짜 잘 때린 것 같습니다. 맞을 땐 엄청 아프지만, 실질적으로 상처는 그리 깊지 않은."

"너 피 토했잖아?"

"그때는 죽을 만큼 아팠는데 지금은 좀 괜찮습니다. 요상약 먹고 이, 삼일 정양하면 다 나을 것 같습니다."

대호방주가 기가 찬 표정을 지었다. 표정을 보아하니 거짓말을 하는 것 같지는 않았다. 그렇다면 진짜 설규보다 한두 수위가 아니라 그 이상이라고 봐야 했다.

'그런 노괴물이 있단 말이지.'

대호방주의 얼굴이 어두워졌다.

부방주인 설규는 대호방에서 두 번째 실력자였다. 한데 그런 설규를 마치 어린아이 다루듯 상대했다. 대호방주는 그게 계속해서 마음에 걸렸다.

"모든 호법들이 다 그 노괴물 수준은 아닐 겁니다."

"그래도 비슷한 수준은 될 거야. 그러니까 홀로 다니면서 산채들을 깨부수고 다니지. 단독으로 그렇게 하려면 적어도 구파일방의 장로들 정도는 되어야 해."

"으음!"

설규가 침음을 흘렸다. 하나도 틀린 말이 없어서였다.

하지만 그렇기에 의문이 들었다. 추락할 대로 추락한 곤륜파에 그런 고수들이 나타났다는 게 말이다.

"이해가 안 된단 말이지. 정작 멸문지화를 입었을 때는 코빼기도 보이지 않던 고수들이 어째서 갑자기 나타났을까. 그것도 수십 년이 지난 후에."

"생각해 보면 곤륜파의 무공을 사용한 것 같지 않습니다."

"네가 몰라본 것일 수도 있지. 사실 나만 하더라도 곤륜파의 무공을 본 적이 없는데."

"그래도 구전으로 내려오는 소문들이 있지 않습니까. 예를 들면 운룡대팔식 같은 것이요."

"아예 무공을 펼치지 않은 것 같던데. 초식이 거의 없었어."

대호방주가 고개를 저었다.

설규가 속된 말로 두드려 맞고 있기에 두 눈을 시퍼렇게 뜨고 비무를 지켜봤었다. 하지만 곤륜파의 노괴가 펼친 건 단순한 주먹질이었다. 딱히 무초식의 경지라고 할 것도 없는.

"그렇습니까."

"후우. 그나저나 일이 복잡하게 꼬였어. 하필이면 최악의 예상대로 흘러가다니."

"죄송합니다."

"부방주가 죄송할 게 뭐 있나. 그 노괴가 상상 이상이었던 거지. 그래도 곤륜파의 잠재력을 알았으니 아예 손해는 아니야."

"하지만 얼마 가지 않아 다른 곳들도 알게 될 겁니다. 공식적인 방문이었으니까요."

대호방주가 고개를 주억거렸다.

아무리 감추려고 해도 얼마 안 가 소문이 날 터였다. 귀추를 주목하고 있는 곳들이 한둘이 아니니까. 그러니 그 안에 챙길 수 있는 것을 확실하게 챙겨야 했다.

"가장 좋은 결과는 부방주가 이기는 것이었는데 말이지."

"……죄송합니다."

"괜찮아. 나였어도 결과는 크게 달라지지 않았을 테니까. 하지만 무림에서는 개개인의 무력도 중요하지만, 그보다 더 중요한 게 바로 세력이 지닌 힘이지."

"맞습니다."

설규가 맞장구를 쳤다.

삼제오왕칠성 정도 되는 고수라면 모를까 평범한 고수는 결코 세력을 뛰어넘을 수 없었다. 그러나 뛰어난 고수가 모여 있다면 얘기는 또 달라졌다.

"만만했으면 냉큼 잡아먹었을 텐데……."

"냉정하게 따져봤을 때 그건 힘들 것 같습니다. 하지만 시간은 저희 편입니다. 지금 곤륜파의 고수들은 대부분 나이가 많으니까요. 그리고 고수라는 게 단기간에 찍어내듯이 만들어낼 수 없기도 하고요."

"시간과 공을 들이자?"

"예, 막말로 저희와 곤륜파가 힘을 합치면 무력과 역사가 함께하는 것이지 않습니까? 지금의 위치를 훨씬 더 공고히 할 수 있을 겁니다."

대호방주가 눈을 빛냈다. 확실히 일리가 있었다.

다만 아쉬운 점이 있다면 곤륜파를 집어삼키지 못한다는

것이었지만 그건 차근차근 진행해도 되는 문제였다. 기다리고 기다리다 보면 언젠가는 기회가 올지도 모르니까.

"괜찮은 생각인데?"

"곤륜파에게도 나쁘지 않은 제안일 겁니다. 고수들이 있다고 하나 그게 언제까지 유지되는 건 아닐 테니까요. 게다가 이제 막 시작하는 단계라 금전적으로도 부족한 상황이지 않겠습니까. 청하상단이 있다고는 하지만 그렇다고 청하상단이 곤륜파의 소유는 아니니까요."

"맞는 말이기는 한데 문제는 첫인상이야. 시작을 좋지 않게 끊었으니."

"장문인인 만큼 공과 사는 구분하리라고 생각합니다. 더구나 이해득실에 빠삭한 청하상단주도 있지 않습니까."

설규가 청산유수처럼 말을 이었다.

싸워서 이길 수 없다면 같은 편이 되는 것도 한 가지 방법이었다. 그리고 마냥 엎드리는 것도 아니었다. 고수층에서는 밀리지만 세력으로 본다면 곤륜파는 대호방과 감히 견줄 수 없었다.

"그가 과연 중재를 해줄까 모르겠군."

"더구나 시비는 저쪽에서 먼저 걸었습니다."

"그건 그렇지."

"어느 쪽이든 결정은 빨리 내리는 게 좋습니다, 방주님."

대호방주가 골똘히 생각에 잠겼다.

자존심이 상하지만 척을 지는 것보다는 나았다. 게다가 생각했던 것보다 설규의 부상이 심각한 것도 아니었고.

처음에는 창백한 안색을 보고 내상이 심한 줄 알았는데 멀쩡히 말하는 걸 보면 정말로 괜찮은 것 같았다.

"백운산장만 제압하면 끝이라고 생각했는데. 역시 쉽지 않아."

"그래도 이번 방문으로 많은 걸 알아내지 않았습니까. 그것만으로도 큰 소득입니다."

"그렇긴 하지."

대호방주가 고개를 주억거렸다.

하지만 그의 표정은 상당히 씁쓸했다. 천검문주처럼 되고 싶었는데 아무래도 그건 힘들 것 같아서였다.

그러나 때론 숙일 때도 필요한 법이었다. 천하제일인이 아닌 이상은.

○

청하상단에 도착했음에도 벽우진의 일과는 곤륜산에서와 크게 달라지지 않았다. 그는 이틀 동안 서진후와 서일국이 비천단의 약력을 흡수하는 걸 돕고 나머지 시간에는 서예지와 사 남매를 가르쳤다.

아무래도 첫 기반을 다지는 것인 만큼 벽우진은 사 남매에게 큰 신경을 썼다. 자신이 데려온 것이기도 했기에 온갖 정성을 쏟아부었던 것이다.

"우으으!"

"힘내. 악착같이 버티는 거야."

"네!"

다섯 명의 제자들은 조식 후 하체 단련의 기본이라 할 수 있는 기마 자세를 나란히 하고 있었다.

그러나 다섯 중에 표정 변화가 없는 건 서예지뿐이었다. 이런 식의 단련이 처음인 사 남매는 하나같이 죽상을 하며 억지로 견디고 있었다.

"힘들어도 버텨!"

"무, 물론이지!"

둘째인 심대현의 말에 셋째인 심소천이 이를 악물고서 대답했다. 당장에라도 주저앉고 싶을 정도로 두 다리와 두 팔이 힘들었지만 그럼에도 심소천은 악으로 버텼다. 이 모든 게 자신과 형제들을 위한 것임을 너무나 잘 알아서였다. 그리고 온갖 굴욕과 치욕을 인내해야 했던 객잔 생활에 비하면 이것은 아무것도 아니었다.

'반드시 기대에 부응해야 해!'

굶어 죽지는 않았지만 그렇다고 양껏 먹을 수 있지도 않았다. 말 그대로 근근이 버틸 수 있는 정도. 하지만 그보다 더 힘들었던 것은 짐승 이하의 대우였다.

반면에 지금의 생활은 너무나 달랐다. 밥도 마음껏 먹을 수 있었고, 옷도 지금까지 입어보지 못한 새 옷을 받았다. 거기다 미래를 바꿀 수 있는 무공까지 가르쳐 주는데 어찌 불평불만을 할 수 있을까. 그렇기에 심소천은 비록 기절하더라도 마지막의 마지막까지 버틸 생각이었다.

"끄으으응!"

"흐읍!"

다른 형제들도 마찬가지의 생각을 하고 있었다. 자신들을 구원해 준, 그리고 선택해 준 벽우진을 실망시키지 않기 위해 사 남매는 죽어라 버텼다.

'대단해.'

그 모습은 서예지에게 강한 자극을 주었다. 마냥 어리기만 한 아이들이라고 생각했는데 수련할 때 보니 그게 아니었다.

자신도 나름 절박한 심정을 가지고 수련을 하는데 아이들은 그녀보다 더 간절한 무언가를 가지고 있었다. 곤륜산에 남아 있는 양일우, 양이추 형제처럼 말이다.

'못난 모습을 보일 수는 없어.'

자신의 한계 이상을 견뎌내고 버텨내는 사 남매의 모습에, 심지어 자신과 불과 두 살밖에 차이 나지 않는 심대혜마저도 이를 악문 모습에 서예지는 입술을 깨물었다. 연장자이자 사저로서 아이들에게 못난 모습을 보여주고 싶지는 않았다.

"근성은 있네."

그런 다섯 명의 모습을 멀리서 진구가 바라보고 있었다. 이제는 그의 지정석이라 할 수 있는 나뭇가지 위에서.

"인성도 좋습니다. 근골도 훌륭하고."

"어?"

"늘 여기에 늘어져 계셨던 겁니까?"

"크흠!"

언제 온 것인지 한 뼘 정도 높은 반대편 나뭇가지 위에 뒷짐을 진 채로 서 있는 벽우진의 모습에 진구가 몸을 일으켰다. 아무리 막 나가는 그라도 벽우진 앞에서는 어느 정도 예의를 지켜야 했기 때문이다. 나이는 어리지만 그보다 강하고 일파의 장문인이었으니까.

'내가 결코 맞는 게 두려워서 이러는 게 아냐!'

진구가 속으로 구시렁거리며 몸을 바로 했다. 그러면서 그는 벽우진을 힐끔거렸다.

"확실히 편해 보이기는 하네요. 지정석처럼 최적화된 느낌이랄까."

"흠흠! 여기에는 어쩐 일이요? 엄청 바쁘신 분이."

"바쁘긴 하지만 그래도 진 호법 볼 정도의 시간은 늘 있지요."

진구가 불안한 표정을 지었다. 옅은 미소를 짓고 있는 벽우진을 보니 이상하게 불길한 느낌이 들었다.

"제게 할 말이 있는 거요?"

"예, 제자로 받아들일 이들은 좀 물색해 보셨습니까?"

"썩 괜찮은 애들이 없었소이다. 죄다 고만고만하다고나 할까."

"아예 찾지 않은 건 아니고요?"

"그런 건 아니외다."

진구가 최대한 진지한 얼굴로 고개를 저었다.

열정적으로 찾지 않았을 뿐이지 아예 손을 놓은 건 아니었기 때문이다. 다만 물색하는 범위가 지극히 협소했을 뿐.

"저 아이들은 어떻습니까?"

"나쁘지 않은 것 같소만."

"저 정도만 해도 확실히 드물긴 하죠. 혼혈이기에 알게 모르게 차별도 받았을 테고. 아무래도 색목인의 피에 거부감을 가지고 있는 무인들도 있었을 테니."

"자질은 있어 보이나 그렇다고 곤륜파의 무공을 대성할 정도는 아니라고 생각하오만."

"대성할 정도의 자질이라면 거의 천고의 기재는 되어야 할 것 같은데요?"

벽우진이 실소를 흘렸다. 그런 기재가, 아니, 천재가 흔할 리가 없어서였다. 그리고 천재라고 해서 반드시 대성하는 건 또 아니었다. 단지 출발선이 범재에 비해 말이 안 될 정도로 앞서 있는 것뿐이지.

"그 정도는 되어야 도움이 되지 않겠소이까."

"있으면 좋겠죠. 하지만 인연이 닿는 것은 또 다른 문제이니까요. 그리고 천재라고 해서 꼭 높은 경지에 오르는 건 아니죠. 그 예가 앞에 있기도 하고요."

"크흠!"

"한 가지 더 예를 들자면 진 호법 역시 천재는 아니지 않습니까?"

웃으며 말했지만 그 안에는 날카로운 가시가 담겨 있었다. 그렇기에 진구는 더 이상 변명을 할 수가 없었다. 건성으로 지시를 이행한 것은 사실이었으니까.

"그러니 앞으로는 기준을 조금 낮춰서 살펴봐 주셨으면 좋겠습니다. 어차피 진 호법의 진전을 이을 적전제자도 찾으셔야 하지 않습니까? 이제는 연세도 적지 않으신데."

"비인부전이라 함부로 전하지 않소이다."

"곤륜파에 남겨달라는 게 아닙니다. 슬슬 준비해서 나쁠 것은 없다는 말이지요."

"내 일은 내가 알아서 하겠소이다."

"강요하는 건 아닙니다."

벽우진이 어깨를 으쓱거렸다.

애초에 크게 기대를 하고 있지는 않았다. 다만 얻어걸릴 수도 있기에 계속 언급하는 것이었다. 낚시처럼 어쩌다 대물이 걸릴 수도 있었으니까.

"나에게는 강요처럼 들리오만."

"그럼 어쩔 수 없고요. 받아들이는 사람이 그렇게 받아들인다는 데 제가 별수 있나요."

"크흥!"

천연덕스럽게 대꾸하는 벽우진의 모습에 진구가 분하다는 표정을 지었다. 입심으로도 좀처럼 이기기 쉽지 않은 상태가 바로 벽우진이었기 때문이다.

"지나가다 조언도 좀 해주시고요. 남도 아니지 않습니까."

"봐서 결정할 거요."

"그 정도면 충분합니다."

벽우진은 나뭇가지를 박찼다. 여기서 더 말해봤자 달라질 것도 없기에 이 정도면 충분하다 싶어 물러난 것이다. 오히려 더 누르면 역으로 반발할 수 있기에 벽우진은 온몸을 떨면서도 기마 자세를 유지하고 있는 제자들에게로 날아갔다.

"사부님!"

"열심히들 하고 있구나."

"예!"

"기마 자세는 그쯤하자. 몸풀기는 충분하니까."

말이 끝나기 무섭게 서예지를 제외한 사 남매가 바닥에 주저앉았다.

그 모습에도 벽우진은 빙그레 웃기만 했다. 그 역시 겪어온 훈련이었기에 얼마나 힘든지 잘 알고 있어서였다.

"너무 가만히 있는 것도 좋지 않아. 움직이면서 풀어줘야 해. 안 그러면 밤새 근육통으로 고생한다."

"옙!"

"네!"

"예지는 혼자 수련하고 있고. 애들 봐준 다음에 봐줄 테니까."

서예지는 어느 정도 기틀을 잡은 상태였기에 벽우진은 그리 지시하며 심대혜를 시작으로 아이들을 봐주기 시작했다. 그동안 보아온 것들을 기준으로 각자에게 맞는 무공들을 가르쳤던 것이다.

"저는 아무것도 안 주시나요?"

"대현이 너는 권장각이 어울릴 것 같아서. 넷 중 몸을 가장 잘 쓰기도 하고."

"으음."

심대현이 누나와 동생들을 힐끔거렸다. 그 두 눈에는 짙은 부러움이 담겨 있었다. 목검과 목도이긴 해도 무언가를 들고 있는 것과 빈손은 너무나 달랐기 때문이다. 특히 바로 아래 동생인 심소천이 신줏단지 들 듯이 목도를 품에 안고 있는 모습을 보자 더욱더 부러웠다.

"병기가 있다면 유리하긴 하지만 그렇다고 승부에 절대적인 영향을 끼치는 건 아니다. 두 주먹으로 강호를 평정한 무인들도 적지 않아. 각법(脚法) 하나로 무명(武名)을 날린 이들도 많고. 더욱이 네가 익힐 무공은 다른 곳도 아닌 곤륜의 무공이다."

"죄송합니다."

"그렇다고 죄송해할 것은 없고. 아직 제대로 보지 못해서 그런 거니까."

의젓하고 조숙하다고 하나 그래 봤자 열다섯 살의 소년이었다. 그렇기에 벽우진은 심대현의 실망을 충분히 이해할 수 있었다. 다 같은 남매이니만큼 자신에게만 소홀하다고 느낄 수도 있어서였다.

하지만 벽우진은 절대 차별하는 게 아니었다. 제법 오랫동안 고심한 끝에 내린 결정이었다.

"죽어라 배우겠습니다."

"진짜 죽지는 말고. 의욕이 넘치는 건 좋지만, 과한 건 안 좋아."

"명심하겠습니다."

"먼저 대혜부터 와."

"예, 사부님."

현재 신장에 맞는 목검을 든 심대혜가 사뭇 긴장한 얼굴로 벽우진의 앞에 섰다.

내공심법이나 경신술은 배웠어도 검법을 배우는 건 처음이었기 때문이다. 아니, 이런 목검을 드는 것 자체가 처음이었다. 하지만 그럼에도 심대혜는 다부진 표정으로 벽우진의 앞에 자리를 잡았다.

"어려울 것 없어. 춤을 춘다고 생각해. 물론 그렇다고 해서 아무 생각 없이 움직이면 안 되고. 검로를 따라가면서 발도 신경 쓰고. 검법과 보법은 하나야. 별개가 아니고."

"네!"

심대혜가 긴장한 얼굴로 고개를 주억거렸다.

그런 그녀를 향해 한 차례 웃어준 벽우진이 연습용 목검을 들고서 시범을 보였다. 한 마리 용이 하늘을 자유롭게 노니는 듯한 형상을 따서 만든 유룡검법(遊龍劍法)이었는데 강호에는 잘 알려지지 않았지만, 능히 강호일절이라 불릴 만한 검공이 바로 유룡검법이었다.

"우와……."

자유로우면서도 유려하게 허공을 수놓는 검초에 심대혜는 물론이고 동생들도 넋을 잃었다. 무공이라기보다는 아름다운 춤처럼 보였기 때문이다.

하지만 그것은 사 남매가 유룡검 안에 담긴 검의를 보지 못해서였다.

"후우. 어떠냐?"

"너무 아름다워요."

"유룡검이라는 검법이다. 본 것처럼 끊임없이 이어지는 검로가 특징인 검법이지. 그리고 보기와는 달리 살검이기도 하고."

"저도 사부님처럼 펼치고 싶어요."

"후후후!"

열의가 가득 담긴 심대혜의 표정에 벽우진이 흡족한 미소를 머금었다. 다행히 시범을 보인 보람이 있는 것 같았다.

이어서 벽우진은 심대현이 익힐 종학금룡수(從鶴擒龍手)를 선보이며 다시 한번 아이들의 시선을 끌어당겼다.

더불어 심대현의 눈빛도 달라졌다. 간결하면서도 위력적인 종학금룡수에 매료된 것이었다.

뒤이어 벽우진은 심소천과 심소혜가 익힐 무공을 차례대로 선보이며 자세를 교정해 주었다.

○

집무실에 앉아 있는 서일국의 표정이 요상했다. 그는 웃는 것인지 우는 것인지 구분이 가지 않는 얼굴을 하고 있었다.

"확실히 태세 전환이 빨라."

예전보다 한결 나아진 얼굴로 서일국이 중얼거렸다. 하루가 멀다 하고 청해성에서 방귀깨나 뀌는 문파들이 서신을 보내왔기 때문이다.

그런데 내용이 하나같이 대동소이했다. 과거였다면 청하상단을 거들떠보지도 않았을 곳들이 어떻게든 그와 인연을 맺고 싶어 했다.

"정확하게는 내가 아니라 곤륜파이겠지만."

산적들을 퇴치하고 상계의 자잘한 힘겨루기에서 진구가 활약을 하기는 했지만 사실 이 변화를 몰고 온 건 바로 대호방 부방주와의 비무였다. 그때 진구가 확실한 힘의 우위를 보여주었기에 이런 사태가 벌어진 것이었다. 냉정하게 보면 청하상단과 곤륜파를 이용하기 위해서.

"줄을 잘 서는 것도 어떻게 보면 능력이니까."

청하상단이 지금 누리고 있는 위상은 모두 곤륜파와 벽우진 덕분이었다. 정확하게는 벽우진이 청하상단을 찾아옴으로써 달라진 변화였다.

만약 벽우진이 나타나지 않았다면 지금쯤 청하상단은 사라지거나 천검문의 분타 정도로 전락했을 게 분명했다. 서예지는 공휘준의 노리개가 되어 하루하루를 보내고 있을 터였고.

부르르르!

벌어지지 않은 일이지만 단지 생각하는 것만으로도 서일국은 전신에서 분노가 치솟았다. 동시에 자신과 가문에게 얼마나 천운이 따랐는지도 절절하게 깨달았다.

"백운산장과 하오문이라."

힘을 드러낸 곤륜파로 인해 청해성의 세력 구도가 재미있게 흘러가고 있었다. 군소방파들은 새로운 강자의 등장에 촉각을 곤두세우고 있었고, 대호방과의 경쟁에서 밀린 곳들은 곤륜파를 이용할 생각을 하는 중이었다.

하지만 그게 나쁘다고는 생각하지 않았다. 힘이 부족하다면 강자의 그늘 아래에 들어가거나, 손을 잡는 것도 한 가지 방법이었기 때문이다.

"아니면 기회를 노리거나."

많은 곳에서 보내온 서신들은 대부분 비슷했는데, 한 가지 공통점은 곤륜파가 기지개를 켰다고 생각은 하지만 예전처럼 패권을 쥘 정도는 아니라고 생각한다는 점이었다.

때문에, 작은 방파나 가문들은 곤륜파의 그늘 아래로 들어올 생각이 있어 보였지만 중견급들은 그저 협력 대상으로만 봤다. 곤륜파가 자신들과 똑같은 선상에 있다고 생각했던 것이다.

"당장은 그렇지만 글쎄. 앞으로도 과연 그럴까?"

서일국이 의미심장한 표정을 지었다.

지금 그만하더라도 몸 자체가 완전히 달라진 상태였다. 비천단이라는 영단 덕분에 말이다. 그런 만큼 곤륜파의 비상은 생각보다 그리 멀지 않았다.

툭. 툭.

서일국이 두 개의 서신을 따로 뽑았다. 그가 생각하기에 가장 신경 써야 한다고 여기는 두 곳에서 보내온 서신이었다.

"아직 한 곳이 남아 있기는 한데 어찌 될지 모르겠군."

서일국이 묘한 얼굴로 중얼거렸다.

물론 두 곳을 뽑기는 했지만 당장 원하는 자리를 만들어줄 생각은 눈곱만큼도 없었다. 부탁한다고 반드시 들어줄 필요는 없었으니까. 막말로 두 곳 다 청하상단이 힘들었을 때 지켜만 봤던 곳이었다.

"그러고 보니 구파일방과 오대세가에 대해서 별말씀이 없으시네. 장문인 성격상 그냥 넘어갈 리가 없는데."

까칠하고 퉁명스러우며 뒤끝이 있는 벽우진이 중원의 명문정파들이 저지른 일을 잊을 리가 없었다. 그렇게 순수하고 순진한 인물이 절대 아니었기 때문이다. 하지만 그런 것치고는 너무 잠잠한 것 같아 의문이 들었다.

"때를 기다리시는 건가."

서일국이 턱을 쓰다듬었다. 현재로써는 이게 가장 답에 가깝지 않나 싶었다.

동시에 그의 머릿속으로 여러 가지의 계획이 떠올랐다. 청하상단이 폭발적으로 성장하는 만큼 그가 도울 수 있는 일들 역시 많아져서였다.

"최소한 받은 것만큼은 해야지."

벽우진은 괜찮다고, 신의를 지킨 대가라고 하며 가만히 받기만 하라고 했지만 서일국은 그럴 수 없었다. 신의를 지킨 것에 비해 너무나 과분한 보답을 받았기에, 어떻게든 그 은혜를 갚고 싶었다.

"일단은 영향력부터."

생각을 어느 정도 정리한 서일국이 눈을 빛냈다. 앞으로 어떻게 해야 할지 노선을 대략적이나마 잡은 것이다.

이윽고 그의 손이 먹물에 충분히 적셔져 있던 붓을 잡았다.

보는 순간 '장엄하다'라는 말이 절로 나오는 곤륜산의 모습에 당필교가 감탄사를 내뱉었다.

사천성을 벗어난 것은 이번이 처음이지만 그렇다고 아예 집 안에만 있던 것은 아니었다. 나름 영산이라 불리는 청성산과 아미산도 가봤지만 지금 눈앞에 있는 곤륜산은 그 두 곳보다도 훨씬 더 크고 웅장했다. 딱 보는 순간 영험함이 느껴진다고나 할까.

"입 찢어지겠다."

"중원 도가무학의 발상지라는 말이 괜히 나온 소리가 아닌 것 같습니다, 형님."

"확실히 크긴 크지. 청성산이랑 아미산도 큰 편이지만 곤륜산은 진짜 어마어마하니까."

당민호가 고개를 주억거렸다. 그 역시 어린 시절 처음 곤륜산을 봤을 때 당필교와 같은 반응을 보였었다. 작은 자신과 달리 곤륜산은 정말 끝도 없이 이어져 있었기 때문이다. 그렇기에 아직도 신비로운 곳이 많다는 소문도 있었다.

"공기도 살짝 다른 거 같은데."

"나도 그런 거 같아."

"구경은 그쯤하고 올라가자. 부지런히 올라가야 해가 지기 전에 도착할 거야."

"알겠습니다."

손주들이자 당소윤의 오라비가 되는 두 형제에게 당민호가 말했다. 서서히 서산으로 기울어져 가는 해를 보니 조금은 서둘러야 할 것 같았다. 그렇기에 당민호는 당소윤과 함께 앞장서서 곤륜산을 올랐다.

"응?"

부지런히 걸음을 옮겨 곤륜파의 산문을 지나 외원에 도착한 당민호가 눈을 껌뻑였다. 안쪽 곳곳에서 심상치 않은 기도들이 느껴지고 있었다.

딱히 드러내지는 않지만, 은연중에 느껴지는 깊고 거대한 기도에 당민호가 자기도 모르게 침을 꿀꺽 삼켰다. 왠지 모르게 용담호혈에 들어온 느낌이 들어서였다.

"왜 그러세요, 할아버지?"

"지난번과는 너무나 달라진 거 같구나."

"예? 제가 보기에는 똑같은데요?"

옆에 서 있던 당소윤이 어리둥절한 표정을 지었다. 그녀가 보기에는 떠나기 전과 똑같았다. 하지만 당민호의 표정을 보아하니 무언가 이유가 있는 듯했다.

"예상보다 일찍 왔는데?"

저벅저벅.

당민호가 살짝 굳은 얼굴로 두리번거릴 때 하나의 기척이 그에게 다가왔다. 바로 이곳의 주인이라고 할 수 있는 벽우진이었다.

헤어질 때와 마찬가지로 뒷짐을 진 채로 느긋하게 걸어오는 벽우진의 모습에 당민호는 실소가 절로 나왔다.

"말했잖아. 이렇게 될 거라고."

"진즉에 받아들였으면 좀 좋아?"

"그건 어쩔 수 없지. 가주라는 직위는 결정을 신중하게 해야 하니까."

"일단 따라와."

벽우진이 할 말만 하고 몸을 돌렸다. 그러자 당민호를 위시로 당가의 혈족들이 따라 이동했다.

물론 몇몇은 살짝 놀란 표정이었다. 젊다고 말을 듣기는 했지만 이 정도로 젊어 보일 줄은 몰라서였다.

-진짜 할아버지하고 친구 사이라고?

-응.

-저 얼굴에?

-불가능할 것도 없잖아? 나도 환골탈태를 했는데.

대수롭지 않게 대답하는 당소윤의 말에 맏이이자 사천당가의 소가주인 당주혁이 당혹스러운 표정을 지었다. 아무리 환골탈태를 했다고 해도 너무 젊어 보였다.

-의심하지 마. 오빠만 손해니까. 잘 보여도 모자란 상황인 거 알지? 성격도 보통이 아니니까 행동거지 조심해.

-알았다.

여동생의 신신당부에 당주혁이 고개를 주억거렸다. 첫인상만 봐도 범상치 않다는 걸 느낄 수 있어서였다.

"인원이 좀 늘은 것 같은데?"

"호법들이 복귀했으니까. 그리고 제자를 새로 받기도 했고."

"제자?"

"응, 미래의 기둥들이라고 할 수 있지."

"호오."

당민호가 진심으로 궁금하다는 표정을 지었다. 한 달도 안 되는 사이에 제자를 받아들였다고 하자 어떤 아이일지 궁금했던 것이다.

"이따가 자연스럽게 보게 될 거야."

"기대가 되는데."

"너무 기대하지는 말고. 꿰어갈 생각도 하지 말고."

"날 뭐로 보고."

당민호가 기가 차다는 표정을 지었다.

그야말로 말도 안 되는 헛소리였기 때문이다. 전혀 생각지도 않은 것이기도 했고.

"미리 말해두는 거야. 혹시나 해서."

"그 정도로 무재가 대단하냐?"

"그런 건 아닌데, 그래도 혹시 모르니까? 만사 불여튼튼이라고 하잖아."

"걱정할 필요 없다. 남의 문파 제자를 데려갈 정도로 몰상식하지는 않으니까."

"사윗감으로 들일 수도 있으니까."

당민호가 피식 웃었다. 이제야 조금은 이해가 되어서였다.

그러는 사이 당민호 일행은 옥청궁에 도착했다.

하지만 모두가 옥청궁에 들어갈 수 있는 건 아니었다.

"예지가 안내 좀 해줘."

"예, 사부님."

손님이 왔다는 말에 수련을 마무리 짓고 달려온 서예지가 땀이 홍건한 얼굴로 공손히 대답했다.

다른 제자들은 아직 어리기에 그녀가 온 것이었다. 그렇다고 벽우진과 같은 항렬인 청민이 후기지수들을 안내하는 것은 말도 안 되었고.

"오랜만이야."

"잘 지내셨어요?"

"응, 근데 나보다는 네가 더 잘 지낸 거 같은데?"

"사부님 덕분이에요."

짧은 시간이기는 했지만 같이 지냈었기에 당소윤이 먼저 입을 열었다. 친근한 사이라고는 할 수 없었지만 그래도 서먹서먹한 사이는 아니었기 때문이다.

그런데 서예지를 본 당주혁과 당진수의 눈이 휘둥그레졌다. 보기 드문 미녀인 서예지의 등장에 둘 다 놀란 것이었다.

"쯧쯧! 남자들이란."

그런 오빠들의 모습에 당소윤이 혀를 찼다. 역시나 예상했던 대로의 모습이었기 때문이다.

"크흠!"

"큼!"

여동생의 비아냥거림에 두 형제가 다급히 표정을 관리했다. 하지만 이미 늦은 후였다.

"머무실 곳으로 안내해 드릴게요."

"저번에 머물렀던 곳 아냐?"

"인원이 늘어나서 바뀌었어요."

"그래?"

당소윤이 살짝 아쉬운 표정을 지었다. 전에 머물렀던 곳이 풍광도 좋고 볕도 좋아서 마음에 들었었기 때문이다.

"근처니까 크게 다른 점은 없어요."

"그렇다면 다행이네."

서예지의 안내에 세 사람이 따라서 이동했다.

자리에 앉은 당필교가 신기한 눈으로 벽우진을 쳐다봤다.

당민호에게 젊어 보인다는 말을 듣기는 했지만 실제로 보니 진짜 당주혁이나 당진수와 또래로 보였기 때문이다. 그런데 실제 나이는 일흔다섯 살이라고 하자 당필교는 믿기지가 않았다.

"여기 이 녀석은 내 막냇동생. 기관진식 전문가지. 정확하게는 기관 쪽에 빠삭해."

"잘만 만들어준다면 어느 쪽이든 상관없어. 나야 문외한이나 마찬가지지만."

"간단하지만 효과적인 기관진식을 원한다고 했었지."

"최후의 수단으로 옥쇄가 가능하게. 혼자만 죽을 수는 없잖아? 이왕 죽어야 한다면 저승길 같이 갈 사람은 최대한 많이 데리고 가야지."

당필교가 순간 움찔거렸다. 표정은 웃고 있었는데 전혀 농담처럼 들리지가 않아서였다.

하지만 어느 정도는 이해가 가기도 했다. 당가 사람인 그 역시도 옥쇄해야 하는 상황이라면 최대한 많은 적을 데리고 갈 생각이었으니까.

"너답다."

"하지만 가급적이면 그런 상황이 벌어지지 않게 만들어야지. 그게 내가 해야 할 일이기도 하고. 그런데 내 요구 조건은 받아들이기로 한 거지?"

"세부 조율이 남아 있기는 하지만."

"여기서 더?"

벽우진이 지겹다는 표정을 지었다. 곤륜산을 떠나기 전에 그렇게 의견 조율을 했는데 거기서 더 해야 한다고 하자 머리가 아파 왔던 것이다.

"내용이 그렇게 많지 않아. 아주 간단해."

"말해봐."

"비천단은 섭식하는 사람의 체질에 맞게 만드는 거잖아."

"그렇지."

"그럼 일반적인 영단도 만들 수 있지 않나? 체질을 가리지 않는."

당민호가 진지한 얼굴로 물었다.

뛰어난 실력을 지닌 비현이 있는 만큼 다른 영단을 제조하는 것도 어렵지만은 않을 거라는 생각이 들어서였다.

어쩌면 비천단 이상 가는 영단이 있을지도 모른다고 당민호와 당문경은 생각했다.

"진짜 욕심쟁이네, 이거."

"왠지 비천단이 전부가 아닐 것 같아서. 그리고 가주가 직접 여기까지 오기도 힘들고. 뒷방 늙은이인 나와는 달리 처리해야 할 업무도 많으니까."

"그래서 아무나 먹을 수 있지만 효과는 비천단만큼이나 좋은 영단을 내놓아라?"

"흠흠! 내놓으라는 게 아니라 그런 게 있으면 줄 수 있겠느냐는 거지. 대신 우리도 거저 달라는 건 아냐. 필교는 가문 내 최고의 기술자야. 그리고 중원 전체에서 따져봐도 견줄 수 있는 이가 몇 없을 거다. 있다면 제갈세가에나 있겠지."

당민호의 호언장담에도 벽우진은 미심쩍은 기색을 숨기지 않았다. 아무리 최고의 기술자라고 하나 당필교는 혼자였기 때문이다. 그리고 아무리 생각해도 당가 쪽에서 원하는 게 너무 과했다.

"너도 알고 있지? 좀 과하다는 걸. 비천단만 하더라도 단순히 주기만 해서 끝나는 게 아니라는 걸 너도 알 텐데."

"그래서 조율이 필요하다고 한 거다. 우리의 조건이 달라진 만큼 너 역시 더 요구해도 되니까."

"그냥 내가 엎겠다면? 기관진식이 아깝기는 하지만 절실한 건 아니다."

"너무 극단적으로 생각하지 말고. 왜 그렇게 극단적으로 가?"

당민호가 황급히 벽우진을 달랬다. 그가 아는 벽우진이라면 충분히 이대로 뒤엎고도 남을 위인이었다.

게다가 이미 당소윤이라는 결과가 있기에 당민호는 물론이고 가주인 당문경도 비천단을 포기할 수가 없었다. 지금은 평화로운 시대이지만 준비는 원래 이런 때 해야 했다. 전쟁이 나고 나서 준비하면 그때는 이미 늦었다.

"네가 말도 안 되는 헛소리를 하고 있잖아. 기관진식 하나 달랑 만들어줄 테니 쌀이며 고기며 집안 살림 다 가져오라는 말이잖아?"

"그런 뜻이 아니라, 내 말은……."

"아니긴. 그럼 뭐야? 사천당가와 비교하면 쫄딱 망한 상태니 납작 엎드려라 이건가?"

"왜 또 이야기가 그리로 가!"

당황한 당민호가 버럭 소리를 질렀다. 하지만 그건 화가 나서가 아니라 당혹스러워서였다.

그리고 그 모습을 얌전히 앉아 있던 당필교가 놀란 눈으로 쳐다봤다. 지금껏 살아오면서 당민호가 저렇게 쩔쩔매는 모습을 본 적이 없어서였다.

"미안하지만 난 그렇게 못 한다. 내 이름을 걸고서도 못 하지만, 사문의 명예 때문에라도 난 받아들일 수 없다."

"아직 내 얘기 안 끝났어. 일단 듣고 나서 결정해. 네가 자주 하는 말처럼 강요하는 게 아니라니까?"

"더 들을 게 있어?"

벽우진이 정색한 얼굴로 반문했다. 그가 생각하기에는 더 이상 들을 필요가 없었다. 동시에 당민호에게 실망했다. 자신은 나름 편의를 봐주었는데 정작 벗이라고 할 수 있는 당민호는 그를 호구로 보는 것 같아서였다.

"있다. 그리고 미리 말해두지만 난 널 결코 가볍게 여기지 않는다. 마치 내가 널 호구로 본다고 생각하는 거 같은데 절대 아니다. 나 그런 놈 아니야. 이 나이 먹고 그렇게 약 팔지 않는다."

"······."

당민호가 구구절절하게 말을 이었다. 하지만 벽우진의 시선은 여전히 삐딱했다.

아무 말 없이 그저 지그시 바라보는 그 단순한 시선에 당민호는 물론이고 당필교도 이상하게 압도되었다.

"얘기만이라도 들어줘."

"해봐."

"내가 제안하고 싶은 것은 동맹이다. 단순히 거래를 주고받는 것을 넘어 곤륜파와 당가가 동맹을 맺는 거다. 즉 서로 협력 관계가 되자는 거지. 힘들 때 도와주면서 상부상조하는. 물론 동등한 위치에서."

"호오."

"곤륜파에 부족한 것을 본가는 채워줄 수 있다. 금전적이든,"

정보력이든."

이어지는 당민호의 부연 설명에 벽우진이 솔깃한 표정을 지었다. 금전적인 것은 아직 크게 문제가 되지 않지만 정보력은 달랐기 때문이다.

당장 청해성에서 벌어지는 크고 작은 일들만 하더라도 청하상단을 통해서 들을 수밖에 없는 게 현 곤륜파의 상황이었다. 그런데 사천당가에서 정보력을 빌려준다면, 적어도 원하는 정보를 알아봐 준다면 벽우진으로서도 나쁘지 않았다.

"준비를 많이 했는데?"

"난 사천당가의 태상가주지만 동시에 네 친구이자 벗이다. 당연히 널 벗겨 먹을 생각이 없어. 그 정도로 못나지도, 능력이 없지도 않고."

"갑자기 네가 멋져 보이는데."

"나쁘지 않은 조건이지?"

벽우진이 고개를 끄덕였다. 정말 곤륜파에게 딱 필요한 부분을 긁어주는 조건이었기 때문이다.

하지만 아직도 조율할 부분은 남아 있었다.

"그래서 원하는 개수는?"

"비천단 세 개와 새로운 영단 세 개?"

"말도 안 되는 소리라는 거 너도 알고 있지?"

"흠흠! 우리도 기술 유출을 각오하고 필교를 데려왔고, 또 정보력도 빌려주니까 이 정도는 괜찮지 않나?"

당민호가 슬쩍 벽우진의 눈치를 살폈다.

그 역시 공급자였지만 가치는 아무래도 영단에 비해 떨어질 수밖에 없었다. 벽우진의 입장에서는 대안이 있지만 그의 입장에서는 대안이 없었기 때문이다. 그렇기에 공급자가 공급을 하지 않겠다고 하면 그로서는 저자세로 나갈 수밖에 없었다.

"좋아졌던 기분이 다시 하락하고 있어."

"두 개. 우리도 최소한 이 정도는 받아야지. 곤륜산까지 와서 일일이 다 만들어주는데."

"근데 이 인원으로 가능해?"

"확정되면 인원은 더 올 거야. 여기서 구할 수 있는 자재도 있지만 본가에서만 구할 수 있는 필수 재료도 있으니까 그것도 가지고 올 겸."

"좋아."

벽우진이 흡족한 얼굴로 손을 내밀었다. 크게 이득을 본 건 아니었지만 그렇다고 큰 손해를 본 것도 아니었다. 어떻게 보면 적당히 손해를 보고 적당히 이득을 봤다고나 할까.

물론 그건 연기일 뿐이었다.

'단가로 계산하면 얼마야? 엄청 남네. 인건비를 뺀 단가기는 하지만 뭐, 크게 들어가지도 않으니까.'

다른 이들에게는 천금과도 같은 가치가 있는 영단들이겠지만 벽우진에게는 아니었다. 조금의 불편함을 감수하면 여유롭게 만들어낼 수 있었기에 벽우진은 속으로 웃으며 당민호와 손을 맞잡았다.

"그럼 이렇게 결정하는 걸로?"

"응, 근데 굳이 공식적으로 동맹까지 맺을 필요가 있나? 이미 이 정도면 협력 관계라고 할 수 있는데."

"준비는 원래 평화로울 때 해야 하는 거다. 너 우리 가문 철칙 아직 기억하고 있지?"

"물론. 은혜도 잊지 않지만, 원한은 더더욱 잊지 않는다잖아. 아니, 은혜는 열 배, 원한은 백 배던가?"

벽우진이 히죽 웃으며 말했다. 다른 건 모르겠지만, 사천당가에서 이것만은 마음에 들었다.

"얼마 전에 제갈세가에서 서신이 왔었다. 본가가 봉문을 푼 것을 알고는 한번 만나자는 것이었지."

"아직 오대세가이니까. 게다가 인연이 아예 없는 것도 아니고. 굳이 날을 세울 필요는 없다고 생각하는데?"

"냉정하게 현실적으로 보면 그게 맞지. 공은 공이고, 사는 사이니까. 하지만 나는, 그리고 가주는 정마대전을 절대 잊지 못한다. 아니, 잊지 않는다."

당민호의 두 눈이 형형하게 빛났다.

분명 오대세가라는 같은 울타리 안에 있었음에도, 더 넓게는 다 같은 명문정파임에도 그들은 사천당가가 마교의 전위부대와 처절한 사투를 벌이고 있을 때 오히려 그걸 이용했다. 사천당가를 지원하기는커녕 마교의 전위부대를 막아주는 사이 중원 전역의 힘을 끌어모았던 것이다.

물론 냉정하게 따져보면 그게 맞는 선택일 수도 있었다.

하지만 그렇다고 사천당가를 버리는 패로 사용해서는 안 되었다. 적어도 적은 병력이라도 사천당가에 힘을 보태주는 게 맞았으나 중원무림은 그러지 않았다.

"본파와 같은 입장이기는 했지."

"그래서 우린 오대세가도, 구파일방도 믿지 않는다. 한 번 그 랬던 놈들이 두 번 그러지 말라는 법은 없으니까. 그리고 정마 대전은 끝났지만, 승자도 패자도 없는 전쟁이었지. 우리가 힘을 회복하고 중원무림이 전력을 복구한 만큼 천년마교도 마찬 가지일 터였다."

"그렇게 따지면 우리가 제일 뒤처졌지."

벽우진이 마치 딴 집 상황을 얘기하듯이 말했다.

그러나 그건 결코 포기하거나 체념해서가 아니었다. 곤륜파 는 무너졌으나 그렇다고 아예 사라진 것은 아니었기 때문이 다. 그가 있고 청민이 있었으며 청하상단과 새로운 제자들이 있었다.

"때문에 곤륜파 입장에서도 동맹을 맺는 건 나쁘지 않다고 생각해. 앞으로의 미래를 생각하면. 더욱이 이번으로 끝낼 게 아니니까."

"욕심이 아주 뚝뚝 떨어지네."

"소윤이를 봤는데 욕심이 안 생기면 그게 더 이상하지 않을까?"

"괜히 보여줬어. 좀 더 늦게 비술을 했어야 했는데. 내가 마음이 급해서."

벽우진이 혀를 차며 자책했다.

하지만 그 모습에 당민호는 넘어가지 않았다. 영악한 벽우진이 일부러 허술한 척을 했다는 것을 모를 수가 없어서였다.

"나야 좋았지. 그리고 네가 생환해서 더욱 기뻤고."

"닭살 돋는 얘기는 그만하고. 일단 계약서부터 써야겠지? 혹시 모르니까."

"확실한 게 좋지. 우리도."

"근데 공사는 언제부터 시작할 거야? 장소는 내가 봐둔 곳이 있는데."

"괜찮으시다면 바로 보고 싶습니다. 일단 설계도도 그려놓아야 하니까요."

두 사람의 대화를 잠자코 듣기만 하던 당필교가 조심스럽게 입을 열었다. 기관진식이라는 게 장소와 재료만 있다고 뚝딱 만들어지는 게 아니었기 때문이다.

"아주 좋은 자세야. 마음에 들어."

"감사합니다."

"하지만 서두른다고 대충, 건성건성 만들면 안 돼. 빠르지만 확실하게. 이 두 개가 안 되면 차라리 느리더라고 확실하게 만들어."

"최선을 다하겠습니다."

당필교가 믿음직스럽게 대답하자 벽우진이 아주 흡족한 미소를 지었다. 아직 시작도 하지 않았지만 벌써부터 가슴이 든든해지는 느낌이었다.

"근데 너희 개파식은 안 해?"

"할 필요가 없지. 곤륜파는 늘 제 자리에 있었는데. 다만 사람들이 잊었을 뿐이지."

"으음."

"그리고 그건 앞으로도 마찬가지고. 게다가 이미 알 사람은 다 아는데 군이 번거롭게 왜 해?"

"그래도 공표하는 게 나을 것 같은데. 찾아오는 손님들도 분명히 있을 테고."

당민호가 넌지시 운을 띄웠다.

공식적으로 밝히는 것도 중요하지만 개파식을 축하한다며 찾아올 곳들이 제법 될 거라고 생각해서였다. 이미 청해성 대부분의 문파들이 귀추를 주목하고 있으니까.

"그럼 뭐해. 정작 힘들 땐 도와주는 곳 하나 없었는데."

"뭐, 그렇긴 하지."

퉁명스러운 벽우진의 대답에 당민호가 피식 웃었다.

표독스러운 당가 사람 못지않게 뒤끝이 긴 사람이 바로 벽우진이었기 때문이다.

"자, 수결해."

대화하는 사이 계약서를 직접 다 작성한 당민호가 자신의 수결을 써놓고는 벽우진에게 내밀었다.

그러나 벽우진은 곧바로 수결을 쓰지 않았다. 두 눈을 시퍼렇게 뜨고 꼼꼼히 계약서를 읽었다. 곤륜파의 장문인인 만큼 계약서에 수결을 함부로 쓰지 않았던 것이다.

"잘 썼네."

"많이 컸어. 역시 자리가 사람을 만든다는 말이 괜한 말이 아닌 모양이야."

"흥."

확인을 끝낸 벽우진이 유려하게 수결을 써넣었다. 그러고는 두 장 중 한 장을 당민호에게 밀었다.

○

"하아압! 합!"

힘찬 기합성과 함께 양일우가 쉴 새 없이 목검을 휘둘렀다.

원래부터 타고난 체격이 있는 데다가 곤륜파의 본산제자가 된 후 먹는 걸 잘 먹어서 그런지 양일우는 처음 봤을 때보다 한 뼘은 더 자란 상태였다. 웬만한 장정 못지않은 키에, 배운 지 얼마 되지는 않았지만 그래도 내공심법을 익혀서 그런지 파공성이 제법 날카로웠다.

스윽. 슥.

다만 상대가 너무 나빴다. 호법들 중에서도 손꼽히는 강자인 진구가 바로 양일우의 대련 상대였기 때문이다.

"느려. 호흡도 불규칙. 보법도 엉성하고. 그나마 봐줄 만한 건 투지 정도?"

"헉헉!"

반각이 채 흐르기도 전에 지쳐 버린 양일우를 보며 진구가 팔짱을 낀 상태로 품평을 했다.

하지만 개차반인 그의 성격을 보면 상당히 부드러운 충고였다. 원래 그의 성격대로라면 일단 정권부터 한 방 꽂아 넣고 말했을 텐데 지금은 그저 피하기만 했다.

"그래도 뭐, 짧은 시간에 이 정도면 최악은 아냐."

"아직, 아직 안 끝났습니다!"

"할 수 있는 데까지 해봐."

이미 얼굴과 전신은 땀으로 흥건했다. 그뿐만 아니라 두 팔과 두 다리는 사시나무처럼 떨리고 있었다.

하지만, 양일우는 포기하지 않았다. 지금이라도 멈추면 편히 쉴 수 있지만 그럼 그의 성장은 여기까지였다. 때문에 포기할 수 없었다.

"대단하다……."

"역시 우리 형!"

무인이 되기로 한 이상 양일우는 천하에 자기 이름을 알리고 싶었다. 할 수 있다면 정점에 서고 싶었던 것이다.

그렇기에 포기하지 않고 달려들었는데 그게 다른 제자들의 가슴에 불을 붙였다. 근성 넘치는 모습에 다른 이들 역시 투지가 치솟았던 것이다.

"으아아아압!"

"훗."

이미 무너질 대로 무너진 균형과 검로였지만 진구는 양일우를 조금도 무시하지 않았다. 나이가 어리고 수준이 낮다고 하나 자신이 펼칠 수 있는 그 이상을 뽑아내고 있는 충분히 존중받을 가치가 있었다.

때문에 진구는 뒷짐을 풀고서 진지하게 양일우에게 일격을 날렸다.

"커헉!"

복부로 파고드는 묵직한 일격에 양일우의 두 눈이 튀어나올 정도로 부릅떠졌다.

하지만 그 모습은 잠시뿐, 그는 이내 기절해서 쓰러졌다.

"다음."

"이번에는 제가 가르침을 받고 싶습니다."

"좋아."

친동생인 양이추가 양일우를 챙겨서 연무장 가장자리로 끌고 가자 심대현이 앞으로 나서며 포권했다.

그러자 진구가 고개를 주억거리며 먼저 공격하라는 듯이 손짓했다.

"진짜 실전처럼 하네요."

"그래야 실력이 늘지. 대충하면 실력도 어중간해지는 법이야."

··· 제4장 ···

북한남독(北寒南毒)

연무장 멀찍이서 대련을 지켜보던 청민이 조금 안쓰럽다는 듯이 말했다. 당분간 무공 사범을 맡은 진구는 정말 봐주는 게 없는 성격이었기 때문이다.

하지만 벽우진은 도리어 그 모습에 고개를 주억거렸다.

"그래도 너무 과격한 거 같습니다."

"진구 호법 실력을 너무 무시하는 거 아냐? 때리는 데는 일가견이 있는 분이시다. 그리고 좀 과격해 보일 뿐이지 실질적인 상처는 심해야 피멍 정도일 거다."

"……피멍도 아이들에게는 심각한 상처인데요?"

"내상을 입는 것도 아니고 관절이 꺾인 것도 아니고 어디가 부러진 것도 아닌데?"

벽우진이 도대체 뭐가 문제냐는 듯이 말했다. 그러자 청민이 살짝 어처구니없다는 표정을 지었다. 아이들 나이는 생각하지도 않고 말하는 것 같아서였다.

"그래도 아직 어린아이들입니다."

"저 정도면 다 컸어. 자기 진로 생각할 나이이기도 하고. 그리고 소천이나 소혜는 진 호법도 알아서 신경 쓸 거야. 두 아이야말로 진짜 어린애들이니까."

"으음!"

"그리고 잘 봐. 아이들의 눈빛을. 저게 억지로 대련하는 것으로 보여? 내가 보기에는 오히려 더 달려드는 것처럼 보이는데."

청민이 두 눈을 크게 떴다. 확실히 진구가 후려 패는 모습이라기보다는 아이들이 달려드는 것처럼 보였다.

진구는 오히려 피하기만 할 뿐 딱히 반격은 하지 않았다. 대신 입은 쉴 새 없이 놀리고 있었지만 말이다.

"우리는 도사이지만 무인이기도 하고 전사이기도 해. 게다가 정마대전은 아직 끝난 게 아니고."

"……그렇죠."

정마대전을 꺼내자 자연스럽게 천년마교가 떠올랐다.

동시에 청민의 눈빛이 날카로워졌다. 그에게 있어 천년마교는 불구대천의 원수나 마찬가지였기 때문이다. 사부와 사백, 사조는 물론이고 수많은 사형제들이 마인들 손에 죽어갔기에 청민은 결코 천년마교를 잊을 수 없었다.

"그러니까 저렇게 하는 게 맞아. 너도 알겠지만 우리는 이제막 시작하는 단계니까."

"제가 더욱더 열심히 하겠습니다."

"지금도 충분히 잘해주고 있어. 네가 노력하는 건 내가 가장 잘 아니까."

"아직도 많이 부족합니다."

"가끔은 쉬었다가 가는 게 필요해. 너무 당기기만 하면 결국 줄은 끊어지게 마련이니까."

벽우진이 청민의 어깨를 쓰다듬어 주었다. 그러면서 연무장 한쪽에서 진구와 제자들을 힐끔거리는 당가의 아이들을 주시했다.

"많이 부러운 모양입니다."

"다정하지는 않지만 실력은 확실히 뛰어난 무공 사범이 진 호법이니까."

"대호방의 부방주를 두드려 패고 태산권이라는 별호로 불린다고 합니다."

"진 호법의 별호치고는 너무 무난한데? 성격적 특징이 전혀 들어가 있지 않잖아. 다시 만들라고 해."

벽우진이 고개를 저으며 말했다. 그런데 그의 표정과 어조가 너무나 진지했다.

"별호는 세인들이 만들어주는 건데요."

"마음에 들지 않아."

"허허허."

진심이 담겨 있는 벽우진의 목소리에 청민은 그저 어색하게 웃을 수밖에 없었다. 동의는 하지만 그렇다고 별호를 바꾸는 건 그가 할 수 없는 일이었기 때문이다.

그래서 대충 웃음으로 때운 청민이 고개를 돌려 당가의 아이들을 쳐다봤다. 여전히 부러운 눈으로 제자들을 바라보는 당가 사람들을 말이다.

"그나저나 공사가 끝날 때까지 머물 생각인가?"

"아무래도 어느 정도 진척이 되어야 가지 않겠습니까? 영단도 아직 제조가 다 끝나지 않은 상태고요."

"이제는 그만 사천성으로 돌아갔으면 하는데 말이지."

"그보다 사형. 검을 마련해야 하지 않겠습니까?"

청민의 시선이 벽우진의 허리춤으로 향했다.

주먹도 잘 쓰고 박투에도 일가견이 있지만, 그가 기억하는 벽우진의 진신절기는 검공이었다. 사형제들 중에서도 검공 하나만 따지면 장문제자 못지않던 실력자가 벽우진이었기에 청민은 서둘러 저 빈 허리춤에 검을 채워주고 싶었다.

"글쎄다. 나는 이제 딱히 검이 필요한 경지는 아니라서. 있으면 편하기야 하지만 그렇다고 꼭 필요한 건 아니니까. 게다가 아무 검이나 찰 수도 없고. 태청검이랑 소청검은 부서졌다며?"

"예, 검마(劍魔)와 소마(小魔)의 손에 부러졌습니다."

청민이 침통한 표정을 지었다. 곤륜파의 신물이자 장문령부라고 할 수 있는 태청검이 검마의 검에 의해 동강 나던 게 아직도 그의 눈에 선했기 때문이다.

그리고 장문제자에게 하사되는 소청검의 경우 부러지는 걸 직접 보지는 못했지만 반토막 난 조각을 확인했었다.

"그 복수는 언젠가 할 수 있을 거다. 그러니 너무 괴로워하지 마라. 두 검 다 중요하기는 하지만 그렇다고 곤륜파의 전부인 것은 아니니까."

"청범이랑 제가 한번 알아보겠습니다. 직접 제작하는 방법
도 있으니까요."

"태청검이나 소청검만 한 검을 만들 실력자가 있을까 모르
겠구나."

벽우진이 크게 기대하지 않는다는 어투로 말했다. 웬만큼
뛰어난 대장장이가 아니라면 태청검 수준의 보검을 만드는 게
불가능했기 때문이다. 실력이 뛰어나도 운이 따라주지 않으면
실패하는 게 보검, 명검이기도 했고.

"그래도 알아봐야지요. 언제까지나 장문령부가 없을 수는
없으니까요."

"일단 네 수련에 집중해. 알지? 내가 없으면 곤륜파를 지켜
야 하는 게 너다."

"그건 늘 명심하고 있습니다."

"저기, 장문인……."

벽우진이 청민에게 잔소리 아닌 잔소리를 하고 있을 때 한
사람이 조심스럽게 다가왔다.

이번에 사천당가에서 온 기술자이자 인부인 중년인이었는
데 그는 등에 짐을 한가득 짊어진 채로 벽우진을 향해 쭈뼛거
리며 걸어왔다.

"무슨 일입니까?"

"산문에 손님이 와 계십니다."

"손님이요?"

"예, 장문인를 꼭 뵙고 싶다며 기다리고 있습니다. 어디서 왔는지는 잘 모르겠습니다만 신분이 범상치는 않아 보였습니다."

중년인이 자신이 본 바를 상세하게 말했다. 그러나 쓸모 있는 정보는 그리 많지 않았다.

"알겠습니다. 제가 가보죠. 알려주서서 감사합니다."

"아닙니다. 별거 아닌 일인데요."

할 말을 마친 중년인이 다시 공사장으로 향했다. 그 모습을 잠시 지켜보던 벽우진은 고개를 갸웃거리며 몸을 돌렸다.

"어디서 온 손님일까요? 딱히 올 곳이 없는데."

"만나보면 알겠지. 넌 하던 일 해."

"혼자 만나보시게요?"

"응, 그게 편하니까."

"알겠습니다."

환골을 이루고 임독양맥을 타통한 청민은 더 이상 보잘것없는 하류무사가 아니었다. 내공만 따지면 절정을 넘어 최절정에 도달해 있는 상태.

하지만 아직 제 힘을 제대로 다루지 못했기에 경지를 숨기거나 감추는 게 아직은 부족했다. 그것을 청민 스스로도 알고 있었기에 별다른 말을 하지 않았다.

"애들 챙기고 있어."

"예."

벽우진이 산길을 휘적휘적 내려가기 시작했다.

그 모습을 잠시 지켜보던 청민 역시 이내 아이들이 있는 곳을 향해 발걸음을 옮겼다.

◯

또르륵.

무거운 침묵 속에서 차가 찻잔에 차가 따라졌다. 접객당에 네 사람이 앉아 있었음에도 오직 차가 찻잔을 채우는 소리만 들렸던 것이다.

하지만 대화를 하지 않았을 뿐 손님으로 온 세 명의 눈동자는 쉴 새 없이 움직이고 있었다.

"그래, 나를 찾아오셨다고."

"예, 장문인."

"내 기억이 맞으면 우리는 초면인 것 같은데."

"저 역시 장문인을 처음 뵙습니다. 하지만 들은 얘기는 많지요."

"들은 얘기가 많다."

의미심장한 여인의 말에 벽우진이 묘한 표정을 지었다. 짧은 한마디였지만 많은 의미가 함축되어 있었다.

벽우진은 심유한 눈으로 앞에 앉아 있는 여인을 지그시 주시했다.

"아무래도 제가 앉아 있는 자리가 많은 이야기를 들을 수밖에 없는 자리라서요. 그리고 저희 쪽에서 실수한 것도 있고 해서 사과도 할 겸 이렇게 찾아뵙게 되었습니다. 사실 이렇게 만날 수 있을 거라 크게 기대는 하지 않았지만요."

"곤륜파의 문턱은 그리 높지 않은데. 상대가 누구냐에 따라 달라지기는 하지만. 근데 실수라고 하면 혹시?"

"맞습니다. 예전에 장문인께서 제 부하에게 경고를 한 번 하셨습니다."

"호오."

벽우진의 눈빛이 달라졌다.

이번의 대답으로 여인의 소속이 어디인지, 어떤 곳에서 자신을 찾아왔는지 알 수 있었다.

"그때는 정말 죄송했었습니다. 허락도 받지 않고 무례하게 찾아왔으니까요."

"이 시점에서의 사과라."

벽우진의 표정이 묘해졌다. 아주 오래전 일이라고는 할 수 없지만 그래도 제법 시간이 지난 일이고 엄밀히 말하자면 굳이 사과할 필요까지는 없었기 때문이다.

그럼에도 자신을 찾아왔다는 건 따로 목적이 있어서인 게 분명했다.

"핑계라고 생각하실지도 모르지만 제가 생각하는 진실한 사과는 서신이나 대리인을 통해서 하는 게 아니라 직접 하는 거라고 생각하거든요."

"맞는 말이기는 하지. 그런데 나에 대해 꽤 많이 조사한 모양이야."

벽우진이 편하게 말했다. 태도를 보아하니 자신에 대해서 제법 상세히 조사한 것 같아서였다.

"아무래도 제가 속해 있는 곳이 정보를 다루는 곳이다 보니 우연찮게 알게 되었습니다."

"뭐, 굳이 비밀로 할 생각은 없으니까. 언젠가는 알려질 사실이었고."

"혹시나 해서 말씀드리는데 아직 저희는 장문인의 정보를 다른 사람에게 누설한 적은 없습니다. 판매한 적도 없고요."

"고마워해야 하나?"

"아닙니다. 따로 바라는 게 있어서 그런 게 아니니까요."

왠지 모르게 퇴폐적으로 느껴지는 외모를 가진 여인이 옅게 웃으며 고개를 저었다.

까칠한 태도에도 딱히 어려워하지 않으며 자신의 할 말을 다 하는 모습에 벽우진이 속으로 의외라는 생각을 했다.

"신변잡기는 이쯤하고. 본론으로 넘어가지. 설마 사과만 하러 왔다고 말하려는 건 아니겠지?"

"겸사겸사 인사도 드릴 겸해서 찾아뵌 것입니다. 제가 담당하는 곳이 청해성이니만큼 앞으로 자주 뵙게 될 것 같아서요. 더불어 가능하다면 장문인과 교분도 나누고 싶고요."

교분이라는 말에 벽우진이 피식 웃었다. 말이 좋아 교분이지 자신과 곤륜파에게 잘 보이고 싶다는 뜻이었기 때문이다.

"본파보다는 대호방이나 백운산장을 찾아가는 게 나을 것 같은데. 오는 길에 봐서 알겠지만 우리는 이제 막 걸음마를 뗀 상태라서 말이지. 사람도 없고, 돈도 없고, 명성도 없지."

"하지만 청해성을 주름 잡을 수 있는 고수와 당가라는 인맥을 가지고 계시지 않나요."

"역시 하오문이라고 해야 하나?"

"저희뿐만 아니라 제갈세가와 개방도 알고는 있을 거라고 생각해요. 자세히는 아니더라도 곤륜파가 다시 재건 중이라는 사실 정도는요."

"그렇겠지."

벽우진이 어깨를 으쓱거렸다.

다른 곳은 모르겠지만 개방이라면 충분히 관심을 가질 만했다. 명문정파의 눈과 귀를 대신하는 곳이 개방이었으니까. 제갈세가 역시 다른 문파나 방파에 관심이 많기도 했고.

"다른 부분은 모르지만 적어도 정보에 관해서는 저희가 장문인께 제법 도움이 될 수 있을 거라고 생각합니다."

"근데 이해가 안 가. 보아하니 분타주쯤 되는 거 같은데 굳이 여기까지 와서 이러는 게 말이지."

"장문인께서 지금 짐작하고 있는 그대로입니다. 제가 생각하기에 곤륜파는 머지않은 때에 과거의 명성을 되찾을 것 같거든요. 그래서 좋은 인연으로 남고자 이렇게 찾아온 것입니다."

"미리 끈을 만들어두겠다?"

"예, 물론 흑도에 가까운 저희를 꺼림칙하게 생각하신다면 어쩔 수 없지만 그렇기에 더더욱 쓸모가 있다고 저는 생각합니다. 사천당가가 할 수 없는 것들을 저희는 할 수 있으니까요."

여인이 새빨간 입술을 오물거리며 벽우진을 정면으로 바라봤다.

시종일관 굽히듯이 말하는 것과 달리 당당한 그녀의 시선에 벽우진은 피식 웃고 말았다.

"자신만만한데?"

"허세가 아니라 실제로 그만한 능력을 가지고 있으니까요."

가진 바 능력을 군이 축소할 필요는 없다고 생각한 여인이 당당하게 말했다. 그리고 그녀가 본 벽우진은 거짓말이 통할 상대가 아니었다. 수많은 군상을 보아온 그녀였기에 보는 순간 알 수 있었다. 그는 절대 만만한 인물이 아니라는 점을 말이다.

'청민 진인보다 사형이라고 했으니.'

하오문의 청해성 분타주 양선은 최대한 담담한 신색을 유지하며 벽우진을 마주했다. 자신 있게 말한 만큼 그에 어울리는 모습을 보여주기 위해서였다. 그래야 벽우진이 자신의 말을 믿을 테니까.

'그나저나 믿기지가 않네. 겉보기에는 진짜 약관 남짓으로 보이니.'

양선이 새삼 벽우진의 외견에 놀라며 속으로 중얼거렸다. 자세한 내용을 알지 못했다면 벽우진을 절대 일흔다섯 살로 보지 않았을 것이기 때문이다.

하지만 눈빛은 또 달랐다. 애송이가 가질 수 없는 눈빛을 벽우진은 가지고 있었다.

"당가가 할 수 없는 일이라."

"물론 원하지 않으신다면 이대로 조용히 물러나겠습니다. 불편하시다면 제가 떠나는 게 맞으니까요."

"뭔가 다 알고 있다는 듯한 말투인데. 건방지게 말이지."

"그렇게 느끼셨다면 죄송합니다."

거친 벽우진의 말에 양선이 곧바로 사과했다.

누가 뭐래도 이곳은 곤륜파였고, 갑은 벽우진이었다. 그리고 높은 확률로 천검문주와 천류검대를 증발시킨 사람이 눈앞에 있는 벽우진일 것이기에 양선은 납작 엎드렸다. 그녀의 뒤에 서 있던 수행원들도 마찬가지였고.

"하지만 짐작은 맞다고 말해두지. 난 하오문이라고 해서 딱히 악감정이나 편견은 없어. 사람이 살아가는 세상에 무인만 있는 것도 아니고 선인만 있는 것도 아니니. 하지만 한 가지 분명하게 말해두는 건 난 악인은 좌시하지 않아. 각자의 삶은 존중하지만, 악행은 가만두지 않을 것이다."

"명심하겠습니다."

양선이 희미한 미소를 머금었다. 지금의 말에서 그녀는 벽우진이 생각하고 있는 경계선을 알 수 있어서였다.

더불어 예상보다 많은 것들을 알 수 있었다.

"그러나 선입견이 없다고 해서 섣불리 믿을 수도 없는 법이지."

"맞습니다. 서로를 알아갈 시간이 필요하다고 저도 생각합니다."

"말은 참 잘해. 역시 연륜은 무시할 게 안 된다니까."

"감사합니다."

단숨에 자신의 주안술(朱顔術)을 꿰뚫어 봤지만 양선은 놀라지 않았다. 벽우진의 무경을 생각하면 절대 이상한 게 아니었기 때문이다. 오히려 알아보지 못했다면 그 사실에 실망했을 터였다.

"어쨌든 오늘의 자리는 이쯤 하자고. 서로의 생각은 잘 알았으니까."

"약소하지만 선물을 준비했습니다. 거절하지 마시고 받아주셨으면 좋겠습니다."

자연스러운 축객령에 양선이 손을 뒤로 내밀었다. 그러자 수행원 중 한 명이 나무로 만든 길쭉한 궤를 그녀의 손 위에 올려놓았다.

"선물?"

"예, 갑자기 찾아온 것도 그렇고, 이렇게 자리를 내주신 것도 감사해서요."

"난 탈이 날 것 같은 뇌물은 별로 안 좋아하는데."

"약소한 선물입니다. 그리 대단한 것이 아닙니다."

쿠웅.

제법 묵직한 소리와 함께 탁자 위에 놓인 궤를 벽우진이 묘한 눈길로 쳐다봤다. 직사각형의 길쭉한 모양인데 높이가 제법 있자 무슨 물건인지 궁금해졌던 것이다.

"뭐야?"

"열어보시죠."

"암기나 화탄 같은 건 아니겠지?"

"설마요."

양선이 빙그레 웃었다.

그런 위험한 물건은 그녀도 사절이었다. 가늘고 길게 사는 게 목표인 그녀에게 암기와 화탄은 가급적 멀리해야 하는 물건들이었다.

"흠."

목궤와 양선을 번갈아 바라보던 벽우진이 자리에서 일어났다. 그러고는 천천히 닫혀 있는 궤를 열었다.

"마음에 드실 거라 생각합니다."

"……정말 생각지도 못한 선물인데."

"입문용이라고 하더라도 이왕이면 좋은 물건을 사용하는 게 좋으니까요. 그리고 아시겠지만 과거 곤륜파에서 수련용으로 사용하던 검입니다. 운 좋게도 곤륜파에 납품하던 대장장이를 찾았거든요."

스르릉.

벽우진이 아련한 표정을 지으며 목궤 안에 담겨 있던 청강검 한 자루를 꺼냈다.

과거 그의 사부로부터 처음 받았던 입문용 검과 똑같은 모양과 무게였다. 수십 년의 세월이 지났음에도 잊히지 않는 그때의 기억과 감동이 다시금 생생하게 떠오르는 느낌에 벽우진은 자기도 모르게 입가에 미소를 지었다.

"이 검을 다시 보게 될 줄이야."

"마음에 들어 하시니 저도 기쁩니다."

"선물, 감사히 받으마."

"저도 이제야 마음이 놓이네요."

진심으로 좋아하는 벽우진의 모습에 양선이 남몰래 안도의 한숨을 내쉬었다. 좋아할 거라 예상하기는 했지만 그래도 혹시나 하는 마음이 있었다. 게다가 첫인상이 그리 좋지 않았기에 내심 긴장했었는데 다행히 잘못 끼웠던 첫 단추를 다시 잘 끼워 맞춘 것 같아 그녀는 이제 마음을 놓을 수 있었다.

　"이 빚, 나중에 꼭 갚겠다."

　"아닙니다. 선물이니 그냥 받으시면 됩니다. 다만, 한 가지 욕심이 있다면 저희를 좋게 봐주셨으면 좋겠습니다."

　"그건 좀 더 두고 보고. 아직은 확실하게 알지 못하니까."

　"더 노력하겠습니다. 그럼 저희는 이만 물러나 보겠습니다."

　점수를 많이 딴 지금이야말로 일어나기에 딱 좋은 순간이었기에 양선은 머뭇거리지 않고 몸을 일으켰다. 그러고는 처음과 같이 공손하게 포권을 하며 인사했다.

　"다음에 올 거면 미리 연락하고 오도록. 괜히 기다리지 말고."

　"그리하겠습니다. 아, 그리고 저를 찾으실 일이 있으시면 마을의 홍학루에 제 이름을 말씀하시면 됩니다."

　"이름을 모르는데."

　"양선이라 하옵니다."

　"내 이름은 말하지 않아도 알지?"

　벽우진이 장난스럽게 물었다. 그러자 양선이 당연하다는 듯이 웃었다.

　"알고 있습니다."

　"조심히 내려가라고."

"예, 다음에 뵙겠습니다, 장문인."

한결 경계심이 누그러진 듯한 벽우진의 모습에 양선은 빙그레 웃으며 몸을 돌렸다.

이윽고 그녀는 두 명의 수행원과 함께 접객당을 나갔다.

"하오문이라. 이거 일이 재미나게 흘러가는데."

더 이상 보이지 않는 양선을 떠올리며 벽우진이 중얼거렸다. 사천당가도 그렇고 하오문도 그렇고 생각지도 못한 곳들이 계속 튀어나오는 것 같아서였다. 하지만 그게 결코 나쁜 것은 아니었다. 오히려 좋으면 좋았지.

"이렇게 되면 예상했던 것보다 더 빨라지겠는데. 좋아, 좋아."

벽우진이 알 수 없는 말을 중얼거렸다. 그러면서 그는 양선이 주고 간 선물을 냉큼 집어 들고는 접객당을 나섰다.

한편 곤륜산을 내려오던 양선 역시 벽우진을 생각하고 있었다. 말로 들었던 것보다 더한 인물임을 이번의 만남으로 느낄 수 있었다. 그리고 수하들에게 들은 것과는 완전히 다르다는 사실도 알 수 있었다.

'가벼움 속에 태산이 있는 느낌이랄까.'

양선은 벽우진의 첫인상을 떠올렸다. 약관 남짓으로 보이는 외견은 누가 봐도 늙은이라고 생각하지 못할 터였다.

하지만 젊은 외모 안에는 거대한 구렁이 한 마리가 똬리를 틀고 있었다. 그것도 만만치 않게 영악한 구렁이가 말이다.

"일영."

"예, 주군."

"직접 보니까 어때?"

"……아무것도 볼 수 없었습니다."

그녀의 심복이자 수신호위인 일영이 딱딱하게 굳은 얼굴로 말했다.

양선이 그렇게 강하다고, 대단한 인물이라고 말했지만, 그는 솔직히 믿지 않았다. 곤륜파는 더 이상 예전의 곤륜파가 아니라고 생각해서였다.

물론 천검문이 몰락하는 데 가장 큰 역할을 했다고 하나 일영은 무공이 아니라 다른 방법을 이용했을 거라고 생각했다. 굳이 무공이 아니더라도 무인을 죽일 수 있는 방법은 많았으니까. 사실 혼자서 천검문주와 장로들 그리고 천류검대를 쓰러뜨린다는 건 말이 되지 않았다. 구파일방의 장문인이나 장로들이 아닌 한은 말이다.

하지만 그 생각은 벽우진을 본 순간 산산이 박살 났다.

'몸이 떨렸지.'

마치 맹수 앞에 놓인 초식 동물처럼, 혹은 뱀 앞의 개구리처럼. 벽우진과 눈이 마주친 순간 꼼짝도 할 수 없었다. 단순히 눈이 마주친 것뿐인데 손가락 하나 까딱할 수 없었던 것이다. 심지어 벽우진은 별다른 기도를 흘리지도 않았다.

꿀꺽!

그때의 광경을 떠올리자 일영은 다시 몸이 떨려왔다. 그건 옆에 있던 이영도 마찬가지인 듯 움찔거렸다.

"세상에는 믿기 힘든 일이 의외로 많이 벌어져. 또한 사람은 자기가 본 것만 믿는 경향이 있지. 바로 거기서 실수가 나오는 거고."

"……맞습니다."

"벽 장문인은 신비한 사람이야. 모든 게 신비롭지. 그리고 그 말은 대부분이 감춰져 있다는 뜻이고. 이게 무엇을 뜻하는지 알겠어?"

"잘 모르겠습니다."

"변수를 일으킬 수 있다는 뜻이야. 잘 생각해 봐. 장문인이 나타나고서 곤륜파에, 청해성에 어떤 일들이 벌어졌는지를."

일영의 동공이 서서히 확대되었다.

단지 한 명이 나타난 것뿐인데 청해성에는 정말 큰 변화들이 나타났기 때문이다. 그것도 하나같이 굵직굵직한 것들이 말이다.

"그래서 내가 직접 찾아간 거야. 보통의 인물이었다면 대호방이나 백운산장처럼 청하상단을 찾아갔겠지. 거기서 얘기하는 것만으로도 충분했을 테니까. 하지만 난 그 정도가 아니라고 생각했기에 여기까지 온 거야. 덕분에 많은 것을 얻었고."

"심려를 끼쳐 드려서 죄송합니다."

"미안할 건 없고. 아직 젊어서 그런 거니까. 그보다 서둘러야겠어. 문주님께 서신을 보내야 해."

"알겠습니다."

세 사람의 발걸음이 빨라지더니 이내 점이 되어 사라졌다.

휘이이잉.

감숙성 평량현(平凉縣)에서 그리 멀지 않은 공동산에 일단의 무리가 나타났다.

어둠이 짙게 내린 야밤에, 심지어 짙게 깔린 구름으로 인해 초승달마저 보이지 않을 때 이백여 명의 인원이 공동파가 내려다보이는 언덕 위에 하나둘 모습을 드러냈다.

"늘어지게 처자고 있네. 보초도 없이."

"평화에 찌들어 있는 거지. 정마대전이 끝난 지 삼십 년이 훌쩍 지났으니까."

"근데 왜 우리 둘씩이나 보낸 건지. 나 혼자만으로도 충분하건만."

"중원 구파일방 중 한 곳이잖아. 그만한 대우는 해줘야지. 중원무림을 떠받치는 열 개의 기둥 중 한 곳인데."

싸늘한 바람과 함께 서서히 밀려나는 구름 사이로 초승달이 모습을 드러냈다. 그러자 선두에 서 있던 두 사람의 모습도 드러났다.

새하얀 은발을 지닌 두 중년인은 특이하게도 머리카락의 색깔은 똑같았지만, 눈동자의 색은 달랐다.

"기둥은 무슨. 그저 옛 명성에 취해 있는 승냥이들일 뿐이지."

"그건 붙어봐야지. 삼제오왕칠성(三帝五王七星)에 속해 있는 무인이 없다고 하나, 그래도 구대문파의 일좌를 차지하고 있는 게 공동파야. 만만하게 봐서는 안 돼."

"그러면서 긴장은 왜 안 하는데?"

"조심은 하겠지만 지지는 않을 거라 확신하니까?"

벽안을 가진 중년인이 히죽 웃었다.

아무리 구파일방의 위상이 대단하다고 하나 그래 봤자 중원에서나 그런 것이지, 북해에서는 공동파 따위 아무것도 아니었다.

"공동파 따위에 질 거였으면 아예 시작도 하지 말았어야지."

"맞아."

"하지만 한편으로는 상대할 만한 무인이 있으면 좋겠군. 너무 시시하면 여기까지 온 발걸음이 아까우니까."

"그럼 내가 양보하는 걸로. 난 군이 손을 더럽히고 싶지 않아."

같은 십존(十尊)에 속해 있는 백수장존(白手掌尊)의 말에 천라혈존(天羅血尊)이 눈살을 찌푸렸다. 누가 결벽증 환자 아니랄까봐 벌써부터 손을 안 쓸 생각부터 하고 있어서였다.

"궁주님의 명을 잊은 건 아니겠지?"

"물론. 근데 네가 나서면 내가 나설 필요가 없을 것 같아서."

"그래도 네 말마따나 구파일방 중 한 곳이다. 세상에 드러나지 않은 은거고수가 있을지도 모른다."

"그럼 그때 나서는 걸로. 됐지?"

백수장존이 씩 웃으며 말했다. 그러고는 손을 들었다.

쿵쿵쿵쿵쿵!

백수장존의 수신호에 대열을 맞추고서 서 있던 이백여 명 중 등에 무언가를 짊어지고 있던 백 명이 앞으로 나왔다. 그러고는 마치 관처럼 보이는 직사각형의 목관을 바닥에 내려놓았다.

"사실 나도 네가 나설 가능성은 거의 없다고 생각한다. 공동파 녀석들은 자신들이 공격당할 거라고는 조금도 예상하지 못하고 있을 테니까."

"일단 야습이니까. 거기다 전쟁을 겪어본 이들이 몇 명이나 되겠어? 기껏해야 대련이니 비무니 일대일 수련만 했겠지. 몇 명은 검진이나 좀 연습해 봤을 테고."

"개봉해."

"존명."

천라혈존이 시시덕거리는 백수장존의 말을 끊으며 싸늘하게 지시했다. 그러자 전신은 물론이고 얼굴마저 죄다 가린 특이한 복장을 한 이들이 앞으로 나서며 대답했다.

이윽고 땅에 박히듯이 세워졌던 목관이 하나둘 들썩였다.

쿠우웅!

일렬로 나란히 세워진 관들이 일제히 흔들리더니 이내 뚜껑이 열렸다.

그리고 그 순간 무시무시한 한기가 공터를 휘감았다. 목관 안에 있던 냉기가 순식간에 사위를 집어삼켰던 것이다.

"어후, 좋다."

새벽의 안개처럼 하얗게 내리는 서리에 백수장존이 늙은이처럼 중얼거렸다. 안 그래도 고향보다 더운 중원의 날씨에 조금 짜증이 났는데 목관에서 냉기가 흘러나오자 더위가 꽤나 가시는 기분이었다.

"쓸어버려."

저벅저벅.

반면에 시종일관 무표정을 유지하던 천라혈존은 이어서 지시를 내렸다. 그러자 놀랍게도 목관 안에서 사람이 걸어 나왔다.

한데 그들의 모습이 조금은 괴이했다. 중원 양식과 다른 의복도 의복이지만 얼굴이 얼음장처럼 창백했던 것이다.

스으으으…….

게다가 전신에서는 북풍한설과도 같은 한기가 계속해서 흘러나왔다. 목관에서 흘러나오는 한기와는 비교도 할 수 없는 한기가 말이다.

번쩍!

잠시 후, 괴인들이 일제히 눈을 떴다. 마치 짠 것처럼 백 명의 인원이 동시에. 한데 그들의 눈자위에는 동공이 없었다. 그저 새하얀 빛만 뿌릴 뿐이었다.

쎄애애액!

왠지 모르게 섬뜩하게 느껴지는 백안을 드러낸 이들이 일제히 땅을 박찼다. 그러고는 아래 보이는 공동파를 향해 일말의 망설임도 없이 몸을 날렸다.

뎅뎅뎅뎅!

잠시 후 공동파의 외원이 시끄러워졌다. 갑작스러운 야습에 종소리와 온갖 비명 소리가 뒤섞였던 것이다.

"이놈들!"

"여기가 어디라고!"

그러나 혼란은 의외로 길지 않았다. 괜히 구대문파의 한 곳이 아니라는 듯이 일대제자들과 고수들이 발 빠르게 괴인들을 막아섰던 것이다.

"이제부터가 본격적인 시작이로군."

"얼마나 버티려나."

벼랑에 나란히 서서 아래를 내려다보던 두 사람이 중얼거렸다. 하지만 살짝 기대하는 천라혈존과 달리 백수장존은 약간 심드렁한 기색이었다.

공동파라지만, 그것도 정마대전의 피해를 대부분 복구했다고 하나 백수장존은 오늘의 미래가 자신의 예상과 크게 바뀌지 않을 거라고 생각했다. 평화에 찌들어 있던 중원과 달리 그들은 하루하루가 생존의 연속이었기 때문이다.

'살아온 길 자체가 다르지.'

비옥하고 따뜻한 중원과 달리 그들이 살아온 땅은 차갑기 그지없는 빙토(氷土)였다. 차갑고 시린 것을 넘어 꽁꽁 얼어 있는 대지에서 살아남기란 생각보다 너무나 어려웠다. 거대한 자연은 어른이건 아이건 나이와 성별을 가리지 않았으니까.

"크아아악!"

"뭐, 뭐야 이건!"

"끄륵!"

그런 백수장존의 예상을 증명하듯 고작 백 명의 인원은 몇 배가 넘는 공동파 무인들을 오히려 밀어붙였다. 시종일관 무표정한 얼굴로 말 한마디 없이 묵묵히 살수를 뿌렸던 것이다.

"이대제자와 삼대제자는 뒤로 물러나라!"

"억지로 상대하지 마!"

"힘이 부족하다 싶으면 검진을 펼쳐라!"

기하급수적으로 늘어나는 사상자에 뒤늦게 도착한 장로들이 소리쳤다. 그러자 주먹구구식으로 괴인들과 혈투를 벌이던 공동파의 제자들이 일사불란하게 움직였다. 괜히 명문이 아니라는 듯 발 빠른 움직임이었다.

하지만 안타깝게도 변화는 딱 거기까지였다.

따아앙! 따앙!

여러 명의 제자가 진형을 이루며 괴인들을 공격했지만 날카로운 검격도, 강맹한 장력도 아무런 소용이 없었다.

결국 무기도 없이 맨몸으로 달려드는 괴인들의 육신에 생채기 하나 내지 못했다.

우우웅!

그리고 그건 검기라고 해서 다르지 않았다. 선명하게 솟구치는 검기나 도기조차도 괴인들에게 상처를 입히지는 못했다. 의복만 갈라질 뿐 정작 치명적인 상처는 없었다.

"무슨 놈의 육신이……!"

"도대체 뭐하는 녀석들이냐!"

이곳저곳에서 노성이 터져 나왔다. 검기조차 견뎌내는 육신을 보고도 믿을 수가 없어서였다.

하지만 공동파 제자들의 비명 섞인 노성에도 괴인들은 누구 하나 입을 열지 않았다. 그저 묵묵히 살육을 이어가기만 했다.

콰아앙!

그때 지금까지와는 다른 폭발음이 들려왔다. 드디어 진짜 고수라고 할 수 있는, 공동파의 주력이라고 할 수 있는 강자들이 모습을 드러냈던 것이다.

쩌어억!

그리고 그 결과는 곧바로 이어졌다. 시퍼런 검광과 함께 처음으로 괴인들이 피를 토해냈다.

한데 보통 사람들과는 다른 시커멓게 죽은 피가 절단된 부위에서 솟구치자 여기저기에서 경악성이 터졌다. 한마디 말도 없기에 이상하다 싶기는 했지만 설마하니 죽은 자였을 줄은 꿈에도 예상하지 못했기 때문이다.

"강시다!"

"도대체 어디서 이런 마물을……!"

팔이 어깻죽지부터 잘렸음에도 별다른 표정 없이 재차 공격을 이어가는 강시의 모습에 공동파의 제자들이 식겁한 표정을 지었다. 자신들이 싸웠던 존재가 강시일 줄은 조금도 생각하지 못해서였다.

"술법사를 찾아라! 분명 근처에 강시를 조종하는 술법사가 있을 것이다!"

"강시들은 우리에게 맡기고 부상자들은 뒤로 빠지거라!"

몇몇 장로들이 형형한 강기들을 뿌리며 지시를 내렸다. 그러자 부상자들은 물론이고 상대적으로 실력이 떨어지는 삼대제자들이 썰물처럼 뒤로 물러났다. 이대제자들과 일대제자들은 발 빠르게 주변을 수색하기 시작했고.

하지만 주변 어디에서도 술법자로 보이는 사람은 발견할 수 없었다.

"크흑!"

"제, 젠장!"

"무슨 놈의 강시가……!"

반면에 초반에 강렬한 기세를 뿌렸던 장로들은 시간이 흐를수록 밀리고 있었다.

지치지도 않고 고통도 느끼지 못하는 강시들은 머리가 잘리지 않는 한 계속해서 공격해 왔다.

하지만 장로들은 사람이었다. 더구나 나이도 많았기에 시간이 흐를수록 체력은 떨어져 갔고, 충만했던 공력 역시 빠른 속도로 소모되고 있었다.

"켁!"

거기다 장로들은 열댓 명인 것에 비해 강시들은 백 명이나 되었다. 몇 구가 목이 잘려 전투 불능이 되기는 했지만 여전히 숫자는 많았고, 그 결과 전세는 다시 강시들 쪽으로 기울어갔다.

푹! 푹! 푹!

시간이 지날수록 밀리는 장로들의 모습에 뒤로 물러났던 제자들이 다시 참전했다.

하지만 그들의 고군분투에도 불구하고 전황은 크게 변하지 않았다. 오히려 무표정한 강시들의 살수에 공동파의 제자들이 목과 팔다리가 뜯긴 채로 죽어 나갔다.

"이……! 이……!"

"크아아압!"

때론 자식 같고, 때론 손자 같았던 제자들이 처참하게 죽어 나가는 광경에 장로들의 두 눈에서 피눈물이 흘러나왔다.

하지만 그럼에도 달라지는 것은 없었다. 강시는 여전히 강력했고 살아 있는 그들은 빠르게 지치고 힘이 빠졌다.

"도대체 어디서 이런 천인공노할 짓을……!"

갑작스러운 야습에 의복도 제대로 차려입지 못한 채 검 하나만 달랑 들고 밖으로 나온 공동파의 장문인이 온몸을 파르르 떨며 포효했다. 동시에 그의 머릿속으로 여러 개의 문파가 떠올랐다. 공동파가 명문대파이기는 하지만 적이 아예 없는 건 아니었기 때문이다. 심지어 같은 구대문파끼리 서로 경쟁하는 사이이기도 했고.

'혹시 마교? 하지만 마교는 강시를 사용한 적이 없는데……'

장문인의 표정이 복잡해졌다.

지난번 정마대전 당시에도 천년마교는 힘 대 힘의 대결을 펼쳤었지 강시를 사용하지는 않았었다. 게다가 의복이며 외모며 천년마교의 마인들과는 미묘하게 달랐다.

'흘러나오는 한기가 특징이기는 한데 원래 강시는 음한 곳에서 제조된다고 하니.'

장문인이 머리를 흔들었다.

지금은 강시들과 기습한 적들에 대해 고민하고 있을 때가 아니었다. 어서 빨리, 한 명이라도 제자들을 구해야만 했다.

'빈객들이 도와준다면 상황을 반전시킬 수 있다.'

장문인의 머리가 빠르게 회전했다.

다른 곳도 아니고 구대문파의 한 곳으로 꼽히는 공동파였다. 그런 만큼 평상시에 손님으로 머물고 있는 빈객들의 숫자도 제법 많았다. 때문에 그들이 합세해 준다면, 힘을 빌려준다면 지금의 상황을 충분히 반전시킬 수 있을 거라 생각했다.

"이제야 기어 나왔군."

"……누구냐?"

"딱 보면 모르나? 나라면 보는 순간 알 거 같은데."

"어디서 왔느냐?"

"아무리 비슷한 연배라지만 다짜고짜 반말이라니. 도사 맞나?"

천라혈존이 히죽 웃으며 반문에 반문으로 응대했다.

하지만 장문인은 말 대신 손으로 대답했다. 형형한 안광을 뿌리며 일검을 내질렀던 것이다.

쌔애액!

기습과도 같은 일검이 벼락처럼 뿜어져 나오며 천라혈존의 목을 노렸다. 오로지 죽이겠다는 일념만이 담긴 살초였다.

터어엉!

그러나 기습 같은 장문인의 일검은 천라혈존의 손짓 한 번에 허무하게 튕겨졌다.

허무하리만치 쉽게 허공으로 솟구치는 그 모습에 장문인의 얼굴이 딱딱하게 굳어졌다. 기습이기도 했지만, 기도가 심상치 않기에 이왕이면 쉽게 끝내고자 처음부터 전력을 다했는데 그걸 어렵지 않게 막아냈기 때문이다.

"누구냐? 어디서 왔지?"

"다짜고짜 살검을 뿌릴 때는 언제고. 이제 와서 묻는 게 어처구니없다고 생각하지 않나? 아니면 물어보면 내가 당연히 대답해 줄 거라고 생각하는 건가?"

웅웅웅!

천라혈존의 손에서 새하얀 강기가 솟구치며 불꽃처럼 일렁였다. 동시에 강시들하고는 비교도 되지 않는 끔찍한 냉기가 한순간에 사방을 집어삼켰다.

"설마 북해빙궁!"

"너무 늦게 알았어. 그리고 알아봤자 달라지는 것도 없고."

천라혈존의 손이 가볍게 허공을 갈랐다.

하지만 장문인은 그 공격을 절대 가볍게 생각할 수 없었다. 왜냐하면 손에서부터 솟구친 수강(手罡)이 채찍처럼 휘어지면서 그의 목을 노렸기 때문이다.

쩌어어엉!

"크흑!"

다급히 검을 들어 검신으로 천라혈존의 공격을 막았지만, 충격은 고스란히 그의 내부를 뒤흔들었다. 외상은 없었지만 내상이 상당했던 것이다.

그 결과 장문인의 입에서 새빨간 피가 줄줄이 흘러나왔다.

"공동제일인의 무위가 이게 다라면, 실망인데."

"이노옴!"

생각지도 못한 강격에 장문인의 두 눈에 핏발이 섰다. 동시에 그가 천뢰복마신공(天雷伏魔神功)의 진기를 모조리 끌어 올리며 천라혈존에게 달려들었다.

하지만 살벌한 기세와 달리 무릎을 꿇은 건 놀랍게도 장문인이었다. 그는 십 합을 채 넘기기도 전에 양팔이 뜯겨지며 주저앉았다.

"쿨럭!"

"먼저 가서 기다리라고. 수장이니 저승에서도 앞장서야 하지 않겠어?"

푸욱!

새하얀 수강이 장문인의 심장을 관통했다.

그가 죽자 마치 짠 것처럼 다른 곳도 급격히 무너지기 시작했다. 지친 장로들을 시작으로 일대제자, 이대제자들이 추풍낙엽처럼 쓰러졌던 것이다.

잠시 후 공동산에 화마(火魔)가 솟구쳐 올랐다.

꼭두새벽부터 일어난 심대현은 조용히 숙소에서 나왔다.

아무도 일어나지 않았지만, 그에게는 결코 이른 시간이 아니었다. 객잔에서 일할 때는 지금보다 더 일찍 일어나서 하루 일과를 시작했기 때문이다.

"오늘도 시작해 볼까."

눈을 비벼서 남아 있던 눈곱을 뗀 심대현이 환하게 웃으며 빗자루를 들었다. 아무도 시키지 않았으나 누군가는 해야 할 아침 청소이기에 그가 나서서 하는 것이었다.

더불어 자신과 형제들을 거두어준 벽우진에게 조금이라도 은혜를 갚고자 심대현은 매일 아침 청소를 했다. 그나마 자신이 가장 잘하는 것 중 하나가 바로 청소였기 때문이다.

"형."

"더 자지, 왜 나왔어?"

서서히 밝아오는 동쪽 하늘을 보며 상쾌하게 청소를 하고 있을 때 등 뒤에서 심소천의 목소리가 들려왔다.

그런데 잠이 아직 덜 깼는지 목이 상당히 잠겨 있었다.

"형이랑 같이하려고. 혼자 하기에는 너무 넓잖아."

"이 정도 가지고 뭘."

"그리고 혼자 하면 심심하잖아. 헤헤! 나도 운동도 할 겸. 너무 편하니까 사실 아직 적응이 안 돼."

"무공 수련 때문에 더 힘들 텐데?"

심대현이 의아한 표정을 지었다. 육체적인 노동을 생각하면 객잔보다 지금이 훨씬 힘든 게 사실이었기 때문이다.

"그건 누가 시켜서 하는 거였잖아. 근데 무공 수련은 날 위한 거니까. 그리고 재미있기도 하고. 난 아직도 믿기지가 않아. 내가 무공을 배우고 있다니. 그것도 대 곤륜파의 무공을 말이야!"

이제 잠이 좀 깼는지 심소천이 초롱초롱한 눈으로 소리쳤다. 그러다가 뒤늦게 자신의 실수를 깨닫고는 손바닥으로 입을 막았다. 자신들이야 깨어나 있지만 다른 사람들은 자고 있을 것이기 때문이다.

"사실 나도 그래."

"그치?"

"응, 그리고 지금은 사람이 별로 없어서 조금 을씨년스럽지만, 앞으로는 많이 달라질 거야."

"우리가 그렇게 만들어야지. 사부님 이름에 먹칠하지 않도록."

"맞아."

심대현이 다부진 얼굴로 대답했다. 그것이야말로 벽우진에게 보답하는 것이라고 생각해서였다.

"어머? 너희들 왜 이렇게 일찍 일어났어?"

"바닥 좀 쓸려고. 아침 운동도 좀 하고."

"너무 일찍 일어난 거 아냐? 청소는 아침 먹고 해도 되는데."

"미리 해두는 거지. 습관이 되기도 했고."

이른 아침임에도 가지런한 옷차림으로 밖에 나온 심대혜를 보며 심대현이 어깨를 으쓱거렸다.

밖으로 나온 사람은 그녀만이 아니었다.

"좋은 아침이에요!"

"소혜도 나왔어?"

"응, 내 기척에 깼나 봐."

"나도 아침에 일찍 일어날 수 있어요!"

냉큼 언니 옆에 나란히 서는 막내의 모습에 심대현은 물론이고 심소천도 두 눈을 휘둥그레 떴다. 어리기도 했지만, 형제 중에 가장 아침잠이 많은 아이가 심소혜였기 때문이다.

"그래도 너무 일러. 좀 더 자. 그래야 키도 더 크지."

"괜찮아요. 잠은 충분히 잤는걸요. 어제 일찍 자기도 했고. 그리고 애들 밥 줘야 해요!"

심소혜가 다부진 얼굴로 소리쳤다. 마치 굶고 있는 아이들을 자신이 챙겨야 한다는 듯이 말이다.

"밥을 줘야 하기는 한데……."

"애들은 제가 맡아서 밥 줄게요!"

"다들 일찍 일어났네?"

"어?"

사 남매가 이른 아침부터 모여서 대화를 나누고 있을 때 아직은 어둑한 산속에서 두 개의 인영이 걸어 나왔다.

하지만 갑작스러운 등장에도 사 남매 중 놀라는 이는 없었다. 곤륜파 내부이기도 했지만, 목소리만 들어도 누구인지 알아서였다.

"꼭두새벽에 산에는 왜 간 거야?"

"이 시기에 좋은 녀석들이 많이 돌아다니거든. 호법님들께 드릴 약주를 만들 겸 다녀왔지."

"뱀 잡은 거예요?"

"응, 근데 보여줄 수는 없어. 소혜한테는 아직 위험해."

"이추 오빠도 잡는데……."

꼼지락거리는 망태기를 보며 심소혜가 볼을 부풀렸다. 두 살밖에 차이가 안 나는 양이추도 뱀을 잡는데 자신은 안 된다고 하자 불공평하다는 생각이 들어서였다.

"이추는 어려서부터 뱀이랑 친했으니까. 하지만 소혜는 아니잖아."

"저도 잘할 수 있어요!"

"나중에 좀 더 익숙해지면 그때 같이하자. 오빠가 뱀 잡는 거 가르쳐 줄게."

"히잉, 알았어요. 오빠, 아니, 사형."

심소혜가 자신의 손으로 머리를 콩 때렸다. 이제는 사형제간이 되었음에도 아직 사형이라는 말이 익숙하지가 않아서였다.

하지만 그건 다른 이들도 마찬가지였다.

"호칭도 천천히 익숙해지면 돼. 사부님이나 호법님들 앞에서는 조심할 필요가 있지만."

"근데 난 이렇게까지 자유로워도 되나 싶기도 해."

"뭐, 어때. 들어온 시기가 비슷한데. 그렇다고 달로 항렬을 끊을 수는 없잖아?"

엄밀히 따지면 심대현보다 일찍 제자가 되었지만 그럼에도 양이추는 항렬에 대해서는 크게 예민하게 굴지 않았다. 동갑이기도 했고, 굳이 그렇게 깐깐하게 항렬을 정해야 하나 싶기도 해서였다.

벽우진도 딱히 그 부분에 대해서 지시를 내리지 않았다.

"그것도 그렇지. 나야 편하니까 좋고."

"내 말이."

"자자, 수다는 이쯤하고 각자 할 일 하러 가자. 벌써 시간이 꽤 지났어."

"예!"

박수와 함께 가장 나이가 많은 양일우가 분위기를 환기시켰다. 언제까지나 이렇게 수다를 떨 수는 없었기 때문이다. 게다가 거리가 제법 떨어져 있기는 했지만 여기 있는 이들을 제외하면 하나같이 다들 고수들이었다. 그렇기에 더욱더 조심할 필요가 있었다.

"근데 사형."

"왜?"

"도사인데 술 마셔도 되는 거예요? 원래 술은 기피해야 하는 거 아닌가?"

"신선들 중에 술 좋아하시는 분들도 있다고 하니 크게 상관은 없을 것 같은데? 스님들도 곡차라고 해서 술을 아예 안 드시는 건 아니고. 물론 그런 스님은 상당히 적다고 하지만."

심소천의 물음에 양일우가 대수롭지 않게 말했다.

매일 술에 절어 사는 게 아니라면 크게 문제될 것은 없다고 생각해서였다. 게다가 무인이라는 존재가 어차피 일반적인 행동 양식에서 살짝 벗어나 있기도 하고.

"헤에. 정말요?"

"응, 그리고 뱀술은 약주에 가까워. 그러니 난 괜찮다고 생각해. 아니면 팔아도 되고."

"아!"

심소천이 탄성을 터뜨렸다. 거기까지는 정말 생각지도 못했기 때문이다.

끼이익.

모두가 각자의 할 일을 찾아 뿔뿔이 흩어질 때 심대혜는 주방으로 향했다. 시간이 시간인 만큼 아침을 준비하기 위해서였다.

원래는 사람을 구하는 게 맞지만 아직은 인원이 적기에 심대혜는 자신이 직접 식사를 준비하겠다고 말했다. 나름 요리에 자신도 있었고 말이다.

"먼저 와 있었네?"

"사저."

"미안. 내가 좀 늦었지?"

"아니에요. 저도 막 왔는걸요."

서예지의 등장에 심대혜가 웃으며 고개를 저었다. 사실 인원이 그리 많지 않기에 그녀 혼자서 해도 충분했다. 그런데 서예지는 자신이 하고 있는 일이 따로 있음에도 불구하고 늘 주방을 찾아왔다.

"같이 가자니까."

"저 혼자서도 할 수 있는데요."

"그래도 혼자 하면 심심하잖아. 사매가 오기 전에는 내가 했던 일이기도 하고."

"이제는 놓으실 때가 되셨죠."

"아직은 아니거든?"

서예지가 장난스럽게 웃으며 소매를 걷어 올렸다. 본격적으로 아침을 준비하기 위해서였다.

동시에 그녀는 사부인 벽우진이 아이들을 참 잘 뽑았다는 생각을 했다. 무재도 무재지만 하나같이 착하기 짝이 없는 아이들이었기 때문이다.

'또한, 누구보다 열심히 노력하는 아이들이기도 하고.'

서예지가 새삼스러운 눈빛으로 야무지게 채소를 다듬는 심대혜를 바라봤다. 누가 시키지도 않는데 나서서 하는 게 그녀로서는 너무나 대견하고 기특했던 것이다.

"진짜 착착 진행되고 있네."

"예?"

"우리 사문 말이야. 처음에는 사부님이랑 청민 사숙밖에 없었거든. 곤륜파의 명맥을 제대로 이었는지를 따지면 사부님밖에 안 계셨고."

"저도 들었어요. 사실 대부분의 사람들은 곤륜파가 재기할 수 있을지에 대해서 회의적으로 생각하고 있고요."

심대혜가 씁쓸한 얼굴로 말했다.

자신들이야 당연히 과거의 명성을 되찾을 수 있을 거라고, 반드시 그렇게 만들 거라고 다짐하며 열심히 수련하고 있지만 냉정하게 따져보면 그 시선들이 틀린 건 아니었다. 중원무림에서 열 손가락 안에 들어갔던 문파를 다시 그 정도로 일으켜야 하니까.

"그건 우리 사문에 대해서 잘 모르는 이들이 하는 생각이고. 만약 곤륜파가 힘이 없었다면 청하상단이 지금까지 유지되지는 않았을 거야. 나 역시 이렇게 편하게 살고 있지는 못했을 테고."

"그런가요?"

"응, 곤륜파는 사매가 생각하는 것보다 강해. 아직 세력이 뒤받쳐 주지 못해서 그렇지. 그러니까 너무 걱정하지 마."

"네!"

"자, 얼른 준비하자."

서예지가 능숙하게 아궁이에 불을 붙이고 탕을 끓이기 시작했다. 나잇대가 적지 않은 이들이 많은 만큼 국물은 필수였다.

○

똑똑똑.

"들어와."

오늘도 어김없이 집무실에 앉아 무언가를 작성하던 벽우진이 문 쪽은 바라보지도 않고 입을 열었다. 그러자 당민호가 당당하게 집무실의 문을 열고서 안으로 들어왔다.

한데 그의 표정이 평소와는 사뭇 달랐다. 벽우진 못지않게 여유로운 태도로 하루하루를 보내는 당민호가 지금은 상당히 경직된 표정을 짓고 있었던 것이다.

"뭘 그렇게 매일 쓰고 있는 거야?"

"곤륜파에 무공이 얼마나 많은데. 게다가 한 권으로 다 정리가 안 되는 무공도 있고. 당가도 상중하로 나뉘어 있을 텐데?"

"그렇긴 하지."

"게다가 난 주석까지 달고 있다고. 이게 보통 일인 줄 알아?"

"생각보다 열심히 하네."

당민호가 살짝 놀랍다는 표정을 지었다. 장문인으로 앉아 있는 것도 믿기지 않지만 저렇게 오랫동안 책임감을 가지고 업무를 본다는 게 신기해서였다. 누가 봐도 농땡이를 피우는 모습이 어울리는 게 벽우진이었으니까.

"생각보다? 싸우자는 거냐?"

"그럴 리가. 내가 찾아온 건 좀 충격적인 사건이 터져서 알려주려고 온 거다."

"충격적인? 무슨 일인데? 소림사라도 망했어?"

"그 정도까지는 아니고, 공동파가 망했다."

벽우진이 두 눈을 끔뻑거렸다. 소림사만큼은 아니지만, 확실히 충격적인 소식인 건 분명해서였다. 게다가 공동파가 있는 공동산은 청해성과 맞붙어 있는 감숙성에 있었다.

"진짜? 농담 아니고?"

"이런 농담을 하려고 내가 이 이른 시간에 널 찾아오지는 않지."

"그렇긴 하지. 손녀 무공 봐줄 시간도 없을 텐데."

"……요즘에는 내 무공 수련에 더 시간을 할애한다. 어쨌든 공동파가 야밤에 기습 공격을 당해 현재 장문인이 죽고 몇 명의 장로들과 함께 제자들이 도주 중이다."

벽우진이 표정을 가다듬었다. 말하는 모습을 보니 진짜인 것 같았다.

이야기를 들으니 의문이 생겼다. 공동파가 비록 구파일방에서 말석에 해당되는 문파라고 하나 그렇다고 만만한 곳은 결코 아니었기 때문이다.

"공격한 곳은?"

"북해빙궁. 그것도 강시를 이용했어. 하지만 이건 시작에 불과해."

"설마 다른 곳도 공격한 거냐?"

"북해빙궁은 공동파만 노린 게 아니야. 나름 힘 좀 쓴다는 군소방파들도 같이 공격했어. 하지만 여기까지는 충분히 짐작할 수 있는 부분이지. 문제는 남쪽이야. 남만의 오독문이 마치 북해빙궁과 약속한 것처럼 북상했어. 공격한 곳은 똑같이 구파일방 중 한 곳인 점창파고. 근데 피해가 심각해. 독 때문인지 점창파의 9할이 녹아내렸어."

"일부러 노렸군."

벽우진이 턱을 쓰다듬었다.

우연히 겹쳐서 같은 시기에 움직였다고는 생각하기 힘들었다. 분명 두 곳 간의 밀약이 있었을 테고, 활동의 시작을 알리는 신호탄으로 일부러 구파일방을 노렸을 가능성이 컸다.

두 곳에 치명적인 타격을 입힘으로써 자신들의 힘을 확실하게 알릴 수 있을 테니까. 더불어 가장 강력한 적이라고 할 수 있는 구파일방의 힘도 축소시킬 수 있고 말이다.

"내가 생각하기에도 그래. 시기도 생각보다 절묘하고."

"선수를 친 느낌인데. 천년마교가 움직이기 전에."

"나도 같은 생각이다."

사실 백도의 힘은 이미 과거 정마대전 직전에 거의 근접해 있는 상태였다. 시간이 제법 흐른 만큼 복구가 웬만큼 되었던 것이다.

다만 이번에 두 문파가 큰 피해를 입은 건 생각지도 못한 기습을 당한 게 컸다. 강시를 이용한 것도 예상 밖이었고.

"근데 상황이 웃기네. 마치 과거 우리와 사천당가랑 똑같은데?"

벽우진이 피식 웃었다. 천년마교가 발호할 당시 가장 먼저 곤륜파를 노렸던 상황과 묘하게 비슷한 느낌이 들어서였다.

"안 그래도 나 역시 그 생각이 들었다. 안타까운 마음도 있지만, 꼴좋다는 생각도 들었거든."

"난 솔직히 안타까운 마음은 안 드는데. 우리가 당한 게 너무 크니까. 어쨌든 그래서 그다음은 어떻게 됐어?"

"어떻게 흘러가고 있을 거 같아?"

"똑같겠지."

당민호의 반문에 벽우진이 의미심장한 표정을 지으며 말했다. 듣지 않아도 상황이 어떻게 흘러가고 있을지 충분히 유추가 가능했기 때문이다. 적절하지는 않지만, 역사는 반복되는 경향이 없지 않아 있었으니까.

"맞아. 공동파가 도주하고 점창파가 무너졌지만, 중원의 백도문파들은 지원에 지지부진한 상태야. 오히려 탁상공론이 판을 치고 있는 상황이지."

"과거에도 그랬으니까. 그 성향이 어디 가겠어? 당한 쪽만 불쌍하지."

벽우진이 어깨를 으쓱거렸다. 공동파와 점창파의 생존자들이 어떤 심정일지 충분히 이해가 가서였다.

하지만 그렇다고 해서 그들을 가여워하지 않았다. 58년 전 공동파나 점창파 역시 다른 문파들과 똑같았으니까.

"맞아. 당한 쪽이 병신이지. 애초에 다른 이에게 기댈 생각을 하면 안 돼. 결국에 자신을 지키는 건 자신뿐이니까."

"명언이지. 그래서 짝짜꿍한 북해빙궁이랑 오독문은 그대로 남진, 북진 중이야?"

"응, 명문정파들만 주로 노리고 있어. 아무래도 현재 중원의 패권을 잡고 있는 건 백도니까. 마도와 사도는 힘이 미약하고. 하지만 앞으로는 달라지겠지."

"골머리 좀 썩겠군."

남의 집에 불이 난 것처럼 벽우진이 심드렁하게 대답했다.

솔직히 공동파가 무너지고 점창파가 녹아내린 건 그와 크게 상관없었다. 예전이야 걱정하고 지원을 고민했을지 모르지만, 지금은 아니었다.

"골머리뿐이겠어. 아주 머리가 복잡하겠지. 일단 공동파와 점창파를 잃었으니까."

"사분오열되는 게 뭐 한두 번도 아니고. 제 발등에 불이 떨어지면 그때서야 나서겠지. 적당히 힘이 빠질 때를 기다리면서 말이야."

"그렇겠지."

곤륜파와 마찬가지로 사천당가 역시 버리는 패로 사용된 적이 있기에 당민호도 딱히 중원무림을 동정하지는 않았다. 뿌린 대로 거두는 법이라는 말도 있지 않은가.

천년마교가 발호했다면 당연히 응전을 하겠지만, 북해빙궁과 오독문은 세외무림의 문파였다. 그렇다고 자신들을 공격한 것도 아니었기에 굳이 나설 이유는 없었다.

'오대세가끼리의 유대관계가 예전 같은 것도 아니고.'

당민호의 두 눈이 침중해졌다. 뒤끝이라면 사천당가 역시 어느 곳과 비교해도 뒤떨어지지 않았기 때문이다.

더구나 벽우진이 갇혀 있어 실질적으로 겪은 게 없는 것과 달리 그는 정마대전의 처음과 끝 그리고 지금까지의 모든 상황을 직접 봐온 사람이었다. 때문에 그는 티를 내지는 않았지만 속이 아주, 매우 시원한 상태였다.

"되게 고소해하는 거 같은데?"

"너는 안 그러냐?"

"솔직히 말하면 아주 꼬시지. 크크큭!"

벽우진이 천덕스럽게 웃었다. 아예 대놓고 박장대소했던 것이다. 살짝 품위는 없어 보였지만, 지켜보는 당민호도 속이 시원했다.

"사실 나도 그래. 아무래도 당한 게 있으니까. 그걸 잊지 못하기도 했고."

"게다가 이제 시작일 뿐이잖아? 아마 바로 사천당가에 사람을 보낼 거 같은데. 특히나 오독문 때문에라도."

"안 그래도 제갈세가에서 바람 같이 달려왔다. 전서응을 먼저 보내고 뒤이어 사람까지. 제갈세가의 부가주라고 할 수 있는 가주의 친동생이 직접 말이지."

"그럴 만하지. 중원에 터를 잡고 있는 명문정파 중에 독에 해박한 곳은 몇 없으니까. 그중에 사천당가를 제외하면 다 고만고만하잖아?"

당민호의 얼굴에 자부심이 서렸다. 남만의 오독문이 독으로 유명하다지만 사천당가는 그전부터, 아니, 과거부터 전 무림에 독으로 명성을 떨친 가문이었다. 그런 만큼 감히 오독문 따위와는 비교할 수 없었다.

"독과 암기로 한정하면 우리 가문이 최고이기는 하지."

"그건 나도 인정."

"너뿐만 아니라 세인들, 무인들 모두가 인정한다."

"그런데 오독문은 아닌 모양인데? 당가랑 맞붙을 자신이 있으니까 이빨을 드러낸 거 아니겠어? 자기들의 가장 큰 적이 사천당가라는 걸 모르지 않을 테니까."

벽우진이 장난스럽게 물었다. 바보도 아닌데 오독문이 이길 자신도 없이 중원의 문파들을 공격할 리가 없었기 때문이다.

"자신이야 누구라도 가질 수 있지. 하지만 문제는 그 결과가 자신들이 생각한 대로 이루어질 가능성이 희박하다는 거지."

"오, 패기 봐라."

"패기가 아니라 자신감이다. 그만한 역량도 있고."

"인정."

"하지만 굳이 먼저 나서서 달려들 필요는 없지."

당민호가 묘한 표정을 지어 보였다.

제갈세가가, 중원의 명문정파들이 도와달라고 쪼르르 달려온다고 사천당가가 꼭 나설 이유는 없었기 때문이다. 그것도 사천당가가 힘들 때 자신들도 피해가 상당하다고 외면했던 것들이 말이다.

"나도 동감. 지들끼리 치고받고 싸우겠다는데 굳이 참여할 필요는 없지. 나한테 이빨을 드러낸 거라면 모를까."

벽우진이 히죽 웃었다.

그런데 그 미소가 당민호에게는 섬뜩하게 다가왔다. 마치 이빨을 드러내면 보이는 족족 머리를 똑똑 따버릴 것 같은 느낌이 들었던 것이다.

"그래도 일단은 본가에 가야 할 것 같다. 만약이긴 하지만 오독문이 공격해 올 수도 있으니까. 오독문 입장에서는 본가가 가장 꺼림칙할 테고."

"필교도 데려갈 거야?"

"아니. 소윤이랑 아이들만 데리고 갈 거다. 공사는 계속 해야지."

"역시 이런 일은 철두철미하다니까."

벽우진이 다행이라는 듯이 고개를 주억거렸다. 상황이 상황이니만큼 당필교를 데려간다고 하면 붙잡을 명분이 없었기 때문이다.

"대신 잘 부탁한다. 너희 아이들만큼 잘 지켜줘."

"그건 걱정 마라. 우리 아이들처럼 지켜주마. 근데 워낙에 우리가 쪼그마해서 북해빙궁이나 오독문이 신경 쓸 것 같지가 않네."

"아직은 전력이 잘 알려지지 않았으니까. 하지만 곧 알려질 것 같은데. 네가 얌전히 있는 성격도 아니고."

"언젠가는 알려지겠지. 어쨌든 알았어. 조심히 집에 가고. 오늘 바로 갈 거지?"

"점심 먹고. 필교나 다른 사람들에게도 설명은 해주어야 하니까."

갑작스러운 북해빙궁과 오독문의 발호에 사천당가 역시 분주해졌다. 봉문하고 있었던 때라면 모를까 하필이면 막 봉문을 푼 상태였기에 제갈세가를 시작으로 찾아오는 이들이 한둘이 아니었기 때문이다.

게다가 점창파와 공동파가 기습을 당한 만큼 사천당가도 안전하다고 확신할 수 없기에 당민호는 계획했던 일정보다 빨리 복귀하기로 결정했다.

"배웅은 멀리 못 간다. 나도 바쁜 몸이라."

"기대도 안 했다. 그럼 일 보고. 이따 보자."

"그래."

당민호가 자리에서 일어났다. 할 말과 알려줄 소식을 다 전해주었기에 알아서 물러나 주는 것이었다.

잠시 후 당민호가 집무실을 나갔으나, 벽우진은 붓을 잡지 않았다.

"전쟁이라. 천년마교가 힘을 회복하고 있다는 사실을 모르지 않을 텐데 이 시기에 뛰쳐나왔단 말이지. 그 말은 자신이 있다는 소리인데 천년마교가 나서기 전에 중원을 양분할 자신이."

벽우진이 턱을 쓰다듬으며 눈매를 좁혔다. 지금 상황에서는 이렇게밖에 추측이 되지 않았다.

하지만 만약 두 곳이 밀약을 맺은 게 아니라면 얘기는 완전히 달라졌다. 그리고 그럴 가능성이 희박하기는 하지만 아예 없는 것도 아니었고.

"확실히 아직 갈 길이 멀어."

거의 없다시피 한 정보력에 벽우진이 쓴웃음을 지었다. 다시 한번 곤륜파의 현재 수준을 알 수 있었기 때문이다.

하지만 그렇다고 주저앉아만 있을 생각은 없었다.

당민호가 손자들을 이끌고 본가로 향하고 있을 무렵 사천당가의 가주인 당문경은 제갈세가의 이인자이자 부가주와 맞먹는 직위를 가지고 있는 제갈명을 마주하고 있었다.

또르륵.

명차 중 하나인 철관음의 깊고 그윽한 향기가 방 안을 은은하게 채워갔다. 하지만 두 사람의 표정은 훌륭한 차향과 달리 딱딱하게 굳어 있었다.

"지난 일로 당가가 얼마나 서운함을 느꼈을지 저는 알고 있습니다. 또한 본가 역시 잘 알고 있고요. 하지만 염치 불고하고 이렇게 부탁할 정도로 상황이 너무 좋지 않습니다, 당가주님."

"그럼 제가 할 말도 알고 계시겠군요."

"충분히 배신감을 느끼셨으리라 생각합니다. 하지만 저희는 지원을 안 보내려고 한 게 아닙니다. 서두른다고 했으나 이미 마교의 마인들이 사천성을 넘어 호북성에 진입한 상태였기에 자연스레 충돌한 것뿐입니다."

"그렇습니까."

시종일관 간절한 어조로 말하는 제갈명의 모습에도 당문경의 표정 변화는 없었다. 그저 낮게 대답하며 차를 홀짝이기만 했다.

그럴수록 제갈명은 애가 탔다. 오독문을 막기 위해서는 사천당가의 지원이 필수였기 때문이다.

"부디 도와주십시오. 부탁드리겠습니다. 만약 바라시는 게 있으시다면 허심탄회하게 말씀해 주십시오. 제가 이 자리에서 확답을 드릴 수는 없지만, 최대한 노력해 보겠습니다."

"너무 늦게 말을 꺼내셨습니다."

"……당가주님."

고개까지 숙였음에도 당문경의 눈빛은 달라지지 않았다.

그 무겁고 서늘한 눈빛에 제갈명은 침을 삼켰다. 태도를 보아하니 오늘도 당문경을 설득하기가 힘들 것 같아서였다. 하지만 그렇다고 포기할 수는 없었다.

'사천당가의 도움 없이는 피해가 너무 커진다. 지금 진압하지 못하면 피해는 기하급수적으로 커질 게야.'

제갈명이 입술을 깨물었다. 오독문 하나였다면, 혹은 북해빙궁 한 곳만 중원을 침공했다면 굳이 사천당가를 찾아오지는 않았을 터였다. 중원무림의 힘이라면 아무리 북해빙궁과 오독문의 저력이 대단하다 하더라도 충분히 감당할 수 있었다. 천하의 그 천년마교조차도 어찌 됐든 막아낸 중원무림이 아니던가.

하지만 문제는 정황상 북해빙궁과 오독문이 손을 잡았고, 이들을 밀어내더라도 천년마교가 남아 있다는 사실이었다.

'그렇기에 반드시 사천당가의 힘이 필요한데……'

제갈명은 물론이고 제갈세가의 가주인 제갈현 역시 북해빙궁과 오독문보다는 그 뒤에 올지도 모를 천년마교를 걱정하고 있었다. 중원무림의 힘이 약해진 때를 천년마교가 가만히 놔둘 리 없었기 때문이다.

북해빙궁의 빙혼강시(氷魂僵屍)나 오독문의 독강시(毒僵屍)가 위협적이라고는 하지만 중원 전체의 힘으로 상대하지 못할 정도는 아니었다. 하지만 문제는 피해를 최소화해야 한다는 점이고, 그러기 위해서는 사천당가의 지원이 필수였다.

'……쉽지 않구먼.'

제갈명이 다시 한번 깊은 한숨을 내쉬었다. 하지만 그의 그런 모습에도 당문경의 표정은 변함이 없었다.

앞에 앉아 있는 제갈명이 왜 이리 절실하게 도움을 요청하는지 모르지 않으나, 사천당가는 은혜도 원한도 잊지 않는 가문이었다. 진짜 사천당가의 도움이 필요하다면 이렇게 말로만 지껄이는 게 아니라 진정 어린 사과가 필요했다.

'그러나 그리할 리가 없지. 하려면 진즉에 했을 테니까.'

사실 당문경도 어떻게 보면 그들과 마찬가지였다. 다른 문파나 가문보다 자신의 가문이 훨씬 더 중요했으니까.

하지만 적어도 최소한의 성의나 서신 정도는 보내야 했다. 그 정도의 인연은 있었으니까. 아무리 큰 피해를 입었다고 하나 그 정도 여력이 없는 건 아니었다.

"당가주님. 지금 이 순간 죽어가고 있을 후기지수들과 무인들을 생각해 주십시오. 저희가 실수를 한 것은 알고 있습니다. 하지만 오독문의 손에 죽어가는 이들 중에는 그저 사문을 지키고자, 사형제를 지키고자 의기와 협심을 가지고 검과 주먹을 든 이들이 있습니다. 부디 그들을 생각해 주십시오."

쿠웅!

··· 제5장 ···

너 내 제자 할래

제갈명이 절절한 목소리로 머리를 다탁에 박았다.

사천당가의 도움을 받을 수만 있다면 자신의 머리를 박는 것쯤은 아무것도 아니었다. 정마대전 이후 제갈세가가 사천당가를 홀대한 것은 분명히 잘못이었으니까.

물론 다른 오대세가들보다는 낫다고 하나, 사천당가 입장에서는 오십보백보일 터였다.

"그 부분에 대해서는 저도 안타깝게 생각하고 있습니다. 하지만 제갈 대협께서도 아시다시피 본가는 이제 막 봉문을 푼 상태입니다. 아직 전력을 제대로 회복하지 못한 상태이지요. 그런 상태에서 다시 전쟁에 참여하는 건 무리입니다."

"그럼 소수라도 지원해 주실 수는 없겠습니까?"

붉게 물든 이마를 문지르지도 않은 채로 제갈명이 간절한 어조로 말했다. 하지만 가슴을 울리는 그의 목소리에도 당문경의 표정은 변화가 없었다. 그는 시종일관 무표정한 얼굴로 말을 이었다.

"죄송합니다. 사실 봉문도 오랜 고심 끝에 겨우 결정을 내린 상황이라서 말이죠."

"으음!"

여지를 두지 않고 단칼에 잘라 버리는 화법에 제갈명이 침음을 흘렸다.

동시에 그는 두 눈을 감았다. 어떻게 해야 설득할 수 있을지 아무리 궁리를 해봐도 막상 좋은 생각이 떠오르지가 않아서였다. 더불어 시시각각 늘어나는 피해가, 죽어가는 무인들의 비명이 머릿속에서 들려오는 듯했다.

"밀린 업무가 많아서 먼저 일어나 보겠습니다. 그럼."

"……."

당문경이 자리에서 일어났다.

없는 말이 아니라 오독문이 북진을 거듭하면서 사천성의 정세 역시 심상찮게 흘러가고 있었기에 실제로 그가 직접적으로 확인해야 할 업무들이 상당했다.

때문에 당문경은 짧은 묵례와 함께 접객당을 나섰다.

늦은 저녁 당필교가 옥청궁으로 향했다.

당민호는 떠났지만 그를 비롯한 사천당가의 기술자들과 인부들은 남았다. 남은 공사를 마저 마무리 짓기 위해서였다.

그런데 갑자기 늦은 시간에 벽우진이 자신을 부르자 당필교는 의아한 얼굴로 옥청궁에 발을 들였다.

똑똑똑.

"저를 부르셨다고 들었습니다."

"들어와."

안에서 들려오는 특유의 시큰둥한 목소리에 당필교가 조심스럽게 문을 열었다. 그러자 거의 널브러지듯이 편하게 의자에 앉아 있는 벽우진의 모습이 보였다.

"많이 피곤해 보이십니다."

"아아. 아무래도 하는 일이 많다 보니까. 알잖아? 내가 얼마나 과중한 업무에 시달리는지."

"듣기는 했습니다."

"아니라는 투로 말한다?"

"아닙니다."

당필교가 황급히 고개를 저었다. 그뿐만 아니라 손사래까지 쳤다. 괜히 트집을 잡혔다가는 한동안 고생할 게 뻔해서였다.

"자고 있는데 부른 건 아니지?"

"아닙니다. 막 목욕하고 누우려던 참이었습니다."

"다름이 아니라 민호도 없고 해서 불편한 거라든가 불만 사항이 있나 싶어서 불렀어."

"좋습니다. 식사도 맛있고, 생활도 편안합니다. 필요한 물품도 부족함 없이 구해주시니 오로지 일에만 집중할 수 있어 아주 좋습니다."

벽우진이 지그시 당필교를 쳐다봤다. 표정을 보아하니 진짜 별다른 불만이 없는 듯했다.

"그래도 산 구석에만 있으면 좀 답답할 텐데?"

"본가에 있을 때도 기껏해야 당가타에 나가는 게 전부였습니다. 다른 이들도 마찬가지고요. 기술자의 삶이라는 게 딱히 자유롭지는 않거든요. 아무래도 유출에 대한 우려가 있으니까요."

"한마디로 여기에 파견을 보낸 게 사천당가 입장에서는 정말 큰 결심을 한 거다?"

"어, 그런 의미로 말한 건 아닙니다만……."

요상하게 흘러가는 대화의 흐름에 당필교가 두 눈을 끔뻑거렸다. 그 모습은 왠지 우직한 소를 연상시켰다. 덩치가 있기도 했지만, 눈도 크고 눈매가 아래로 처져 있다 보니 이상하게 소를 보는 듯했던 것이다.

"예전부터 느꼈지만 넌 참 순진한 거 같다."

"감사합니다."

"왠지 모르게 날 나쁜 놈으로 만들고 말이지."

"어……."

"화내는 건 아니고. 이건 뭐, 내 성격이 유별나서니까."

벽우진도 자신의 성격이 평범하지 않다는 것 정도는 알고 있었다. 하지만 바꿀 수도 없는 게 그는 이렇게 태어났기에 앞으로도 이렇게 살아갈 수밖에 없었다. 사람의 천성이라는 게 쉽게 바뀌는 게 아니었으니까.

툭.

어깨를 으쓱이며 말하던 벽우진이 앞에 앉은 당필교를 향해 무언가를 내려놓았다. 그것을 본 당필교가 순간 눈을 크게 떴다. 작은 목함을 보자 반사적으로 하나의 단어가 떠올라서였다.

당필교는 자기도 모르게 침을 삼켰다.

"이건 무엇입니까?"

"네가 예상하는 게 맞아."

꿀꺽!

벽우진의 말이 끝나기 무섭게 당필교가 다시 한번 침을 삼켰다. 자기도 모르게 마른침을 삼켰던 것이다.

그는 흔들리는 눈빛으로 벽우진을 바라봤다.

"받아도 돼. 지금까지 고생했고, 앞으로 마무리도 잘 부탁한다는 뜻으로 주는 거니까. 참고로 이 자리에서 먹는 걸 추천하겠어. 혼자 먹는 것보다는 내가 도와주는 게 훨씬 안전하니까. 그렇다고 너무 큰 기대는 하지 말고. 이미 늙은 몸이라는 걸 알고 있잖아?"

"이런 귀중한 걸 저에게 주셔도 되는 겁니까? 태상가주님도 다섯 개밖에 받지 못하셨는데요."

"아직은 여유가 있어서 괜찮아. 너도 알겠지만, 아직 우리 문파가 인원이 그리 많지 않잖아? 게다가 허튼 곳에 쓰는 것도 아니고 열심히 공사해 주는 너에게 주는 거니까 상관없어."

조금의 망설임도 없이 시원스럽게 말하는 벽우진의 모습에 당필교가 순간 입을 쩍 벌렸다. 배포가 넓은 건 알았지만, 이 정도로 넓을 줄은 몰라서였다.

게다가 당민호에게 들은 벽우진은 누구보다 이해타산이 빠른 사람이었다. 그렇기에 당필교는 선뜻 목함을 받지 않았다.

"그래도 너무 과분한 것 같습니다."

"왜? 불안해? 너에게 바라는 게 있을까 봐? 이거, 이거 자신을 너무 과대평가하는 거 아냐? 네가 사천당가에서 제법 뛰어난 기술자인 건 알지만, 솔직히 천하제일의 수준은 아니잖아? 안 그래?"

"맞습니다. 저보다 뛰어나신 분들이 본가에는 몇 분 계십니다."

"그러니까 괜한 생각하지 말고 그냥 먹어. 진짜 고생해서 주는 거니까. 다른 아이들 역시 내 나름대로 선물을 줄 테니까."

"……진짜 받아도 됩니까?"

당필교가 다시 한번 물었다. 기술자지만 그 역시 당가의 무공도 익히고 있는 무인이었다. 그런 만큼 비천단이 탐나지 않는다면 거짓말이었다.

"비천단 주려고 이 늦은 시간에 널 따로 부른 거야. 그러니 걱정하지 말고 먹어. 지금 네 눈앞에 있는 비천단은 오로지 널 위한 거니까."

"감사합니다."

"그 마음 그대로 공사를 제대로 마무리 지어주면 돼. 내가 바라는 건 딱 그것뿐이야. 물론 관리, 보수하는 법도 인수인계 확실하게 해주고."

"그리하겠습니다."

당필교가 다부진 얼굴로 대답했다. 그러고는 더 이상 망설이지 않고 목함을 열었다.

"민호에게 얘기 들었겠지만 비천단의 기운을 모조리 흡수할 수 있을지는 너 자신의 역량에 달려 있어. 육체가 견디지 못하면 탈태까지는 가지 못해."

"알고 있습니다. 그럼 먹겠습니다."

목함을 여는 순간 방 안을 가득 채우는 상쾌한 향기에 당필교의 얼굴이 붉어졌다.

이윽고 어린아이 주먹보다 살짝 작은 비천단이 당필교의 입안으로 사라졌다.

우우우웅!

비천단을 흡입하기 무섭게 당필교는 가부좌를 틀었다. 벽우진이 호법을 서준다고 했기에 믿고 곧바로 운기행공에 들어갔던 것이다.

잠시 후 소성과 함께 당필교의 전신에서 비천단의 기운이 용솟음치기 시작했다.

'큰 그림은 원래 작은 점부터 시작하는 법이지. 후후후.'

고통이 상당한 모양인지 이를 악물고서 비천단의 기운을 흡수하고 제어하려는 당필교를 내려다보며 벽우진이 의미심장한 미소를 머금었다.

고마운 것도 있지만, 단순히 그런 이유 때문에 비천단을 선물로 준 것은 아니었기 때문이다. 많은 것을 고려하고 감안한 끝에 내린 결정이었기에 벽우진은 웃으며 천천히 당필교의 등 뒤로 다가갔다. 버거워하는 당필교를 조금이나마 도와주기 위해서였다.

○

작은 등잔에 붙은 불꽃이 은은하게 어둠을 흩어버리는 방 안에서 호리호리한 체격의 중년인이 연거푸 침음을 흘렸다.

화급을 다투는 일이었기에 전서응은 물론이고 동생까지 보냈건만 원하는 결과가 나오지 않고 있었다. 지금 이 순간에도 가엾은 영혼들이 고통에 울부짖으며 죽어가고 있는데 말이다.

"어찌 보면 자업자득이지."

사천당가 사람들은 독종으로 불렸다. 그런데 그 사실을 알고도 외면했으니 어떻게 보면 지금의 상황은 뿌린 대로 거둔 상태라고 봐도 좋았다.

어려울 때는 외면했다가 자신들이 급하니 손을 내민다? 만약 그도 기분이 언짢다 못해 화가 났을 것이다.

"하지만 문제는 그럼에도 사천당가의 도움이 필수라는 것이지."

오랫동안 오대세가의 한 자리를 차지한 가문이자 달리 신기제갈(神機諸葛)이라 불리는 가문의 수장인 제갈현이 무거운 한숨을 내쉬었다. 북진을 하는 오독문을 상대하기 위해서는 사천당가의 도움이 필수인데 좀처럼 움직일 기미를 보이지 않아서였다.

그렇다고 사천당가의 마음을 돌리고자 다른 오대세가의 수장들이 움직일 수도 없는 상황이었다. 이래저래 진퇴양난의 상황이었기에 제갈현으로서는 한숨만 나왔다.

"게다가 남쪽의 오독문도 문제지만 북쪽의 북해빙궁도 만만치 않으니."

상대하기 까다로운 건 오독문이었지만 제갈현은 개인적으로 북해빙궁이 더 위험하다고 생각했다.

오독문은 독을 제외하면 딱히 위협적인 게 없지만 북해빙궁은 빙공이라 불리는 음한계공의 무공뿐만 아니라 개인적인 무력 역시 상당한 편이었기 때문이다.

게다가 단일 세력으로 천년마교에는 밀렸지만 북해빙궁 역시 그 못지않은 저력을 지닌 대문파였다. 괜히 북해의 패자가 아닌 것이다.

"천년마교처럼 맹목적으로 궁주를 따르니 더더욱 위험할 수밖에."

개인적인 무력도 상당한데 거기에 빙혼강시라는 새로운 무기를 가진 채로 남하하고 있었기에 제갈현의 머리는 더욱더 복잡해졌다.

무기력하게 무너진 공동파와 달리 섬서성의 화산파와 하북성의 팽가가 다행히 전선을 잘 유지하고 있었지만, 이 대치 상태는 그리 오래가지 않을 터였다. 지치고 피로가 쌓이는 사람과 달리 강시는 그런 게 전혀 없으니까. 게다가 시간은 꼭 중원무림의 편이 아니었다.

"가정이기는 하지만 만약 빙혼강시들이 빠른 시일에 증원이 된다면, 화산파와 하북팽가도 위험하다."

화산파에는 삼제오왕칠성 한 명인 화산검제(華山劍帝)가 있고, 종남파도 합세해 있다고 하나 북해빙궁 역시 그것을 감안해서 전력을 배치해 놓았을 터였다. 섬서성에 화산파와 종남파가 있다는 걸 북해빙궁 측이 모를 리가 없을 테니까. 게다가 하북성의 경우 팽가에 벽력도왕(霹靂刀王)을 제외하면 딱히 절대고수라고 할 만한 고수가 없었다.

딱딱딱.

거기다 강시도 강시지만 십존이라 불리는 북해빙궁의 고수들도 제갈현의 머리를 복잡하게 만들었다. 세외에 웅크리고 있던 문파들인 만큼 알아낸 게 너무나 적어서였다.

비록 개방이 발에 땀나도록 뛰어다니고 있었지만 안타깝게도 알아낸 정보는 너무 적었다. 게다가 북해빙궁뿐만 아니라 오독문의 움직임에 대해서도 알아내야 하는 상태였고.

"하지만 가장 큰 문제는 이다음이지."

북해빙궁과 오독문이 생각보다 강력한 전력을 갖추고 있다하나 중원무림의 힘도 만만치 않았다. 세월이 세월인 만큼 정마대전의 후유증을 완벽히 떨쳐냈던 것이다.

다만 제갈현이 걱정하는 건 북해빙궁과 오독문을 쓰러뜨린 다음이었다. 천년마교가 어부지리와도 같은 상황을 가만히 주시하기만 할 리는 없었기 때문이다.

"고수가 필요해. 아주 많은 고수가."

제갈현의 눈동자가 날카롭게 빛났다.

삼제오왕칠성이 건재하고 구룡오화라는 걸출한 후기지수들이 나왔다고 하나 천년마교를 물리칠 수 있다고 장담할 수 없었다. 늘 예상보다 더한 전력을 보여주는 곳이 천년마교였기 때문이다. 더구나 현재 구파일방 중 공동파와 점창파가 무너진 상태였기에 더더욱 고수가 필요했다.

"곤륜파라……."

그때 제갈현의 뇌리에 하나의 문파가 떠올랐다. 정마대전의 시작을 알림과 동시에 몰락의 길을 걸어 결국 멸문지화를 입은 과거의 대문파가 말이다.

그 문파가 다시금 기지개를 켜고 있다는 소식을 가문의 정보 조직을 통해 들었고, 개방에 알아봐 달라고 부탁까지 했었다. 때문에 제갈현은 조금의 인연도 없었지만, 현재 곤륜파에 대해 제법 상세하게 알고 있는 상태였다.

"의문의 고수가 나타나 빠른 속도로 성장하는 중이라고 했었지."

청민이라는 도사 한 명뿐이던 곤륜파가 지금은 정체를 알 수 없는 젊은 고수 한 명과 열 명의 호법을 데리고 있었다. 제자들 역시 차곡차곡 늘리는 중이었고.

하지만 제갈현이 가장 놀란 이유는 하늘에서 뚝 떨어진 듯한 장문인과 열 명의 호법들이었다. 나타난 것과 동시에 청해성에서 강렬한 존재감을 발산했기 때문이다.

"곤륜. 곤륜이라."

제갈현이 묘한 표정으로 곤륜파를 중얼거렸다.

고수가 아쉬운 그의 입장에서 곤륜파는 충분히 변수를 일으킬 수 있는 곳이었다. 더구나 천검문과의 악연 역시 그는 알고 있었고, 대략적으로나마 어떻게 해결이 되었는지도 유추할 수 있었다. 청하상단이 건재하다는 건 결국 곤륜파가 이겼다는 뜻이었으니까.

"문제는 사천당가와 마찬가지로 부탁할 면목이 없다는 것 정도랄까."

동생인 제갈명이 사천당가의 장원 안으로 들어간 것만 하더라도 사실 대단한 결과였다. 제갈현과 제갈명은 사실 문전 박대를 당해도 할 말이 없다고 생각했었기 때문이다. 지금껏 보여준 사천당가의 성향을 생각하면 그래도 그간의 정을 생각해서 나름 배려해 준 게 분명했다.

"성격이 괴곽하다는 말도 있고."

부드러운 청민과 완전히 상반되는 성격이라는 보고를 받았기에 제갈현이 턱을 쓰다듬었다. 괄괄한 성격상 당문경과 달리 아예 상대조차 안 해줄 가능성이 컸기 때문이다. 그리고 그렇게 당해도 할 말이 없기도 하고.

"도움을 받을 수 없다면 최대한 이용하는 쪽으로 가닥을 잡아야 하나."

제갈현의 심유한 눈동자가 책상 위에 놓인 지도로 향했다. 그런 그의 시선은 청해성과 사천성을 넘어 신강으로 움직이고 있었다.

"이게 최선이라면야."

알 수 없는 말과 함께 제갈현의 시선이 산서성으로 향했다. 현재 북해빙궁으로 인해 가장 큰 피해를 입고 있는 곳이 바로 산서성이었기 때문이다.

구파일방이나 오대세가 같이 큰 세력이 터를 잡고 있지 않은 곳이다 보니 피해가 더욱 컸기에 제갈현이 무거운 눈빛으로 산서성의 지도를 뚫어져라 바라봤다.

◯

일단의 무리가 구름 한 점 없이 맑은 하늘 아래서 곤륜산을 오르고 있었다.

대략 오십여 명의 인원이었는데 특이하게도 모두가 다 남자들이었다. 게다가 연령대도 다양했다. 사십 대부터 십 대 초반의 소년들까지 있었던 것이다.

"여기가 곤륜산이구나."

"난 청해성 출신인데 곤륜산은 처음 와봐."

"근데 사실일까? 다시 일어서고 있다는 사실이."

"들려오는 소문에 의하면 제자들도 받고 있다던데?"

"그럼 뭐해. 이미 쫄딱 망한 문파인데."

허리에 검이나 도 혹은 창이나 손도끼를 찬 장정들이 떠들썩하게 대화는 나누었다.

그중 몇몇은 곤륜파에 가야 한다는 사실이 불쾌한 듯 인상을 잔뜩 찌푸리고 있었다.

"어이, 장우. 예전에도 말했지만 떠나고 싶으면 언제든지 떠나도 돼. 붙잡지 않으니까. 하지만 남기로 마음먹었으면 분위기는 좀 흐리지 않았으면 좋겠는데."

"죄, 죄송합니다."

"만약 장문인께서 들으셨으면 어쩌려고 그러나? 자네도 장문인의 성격에 대해서 들었을 텐데."

"……상당히 괴팍하다고 들었습니다."

장우라 불린 남자가 침을 삼키며 대답했다. 들리는 소문이 하나만 사실이라도 두들겨 맞는 게 전혀 이상하지 않아서였다.

"다들 말조심해. 예의를 지키란 말이야."

"예!"

전대 국주에 이어 새롭게 비호표국의 국주가 된 유한열의 말에 표사들은 물론이고 혹시 몰라 모조리 데려온 쟁자수들도 힘차게 대답했다.

그중 몇 명은 기대감이 가득한 눈빛으로 눈을 반짝이고 있었다. 애초에 표사를 목표로 들어온 아이들이었기에 곤륜파의 무공을 배운다고 하자 잔뜩 기대한 것이었다. 비록 지금은 몰락한 문파라고 하나 무공이 소실되지 않았다면 과거 천하를 울렸던 절학을 운 좋게 배울지도 몰랐다.

'어중간한 무공이 아닌 진짜 무공을 배울 수 있어.'

쟁자수 중 가장 나이가 많은, 하지만 아직도 표사가 되지 못한 도일수는 반짝이는 눈으로 웅장한 산세를 여지없이 드러내고 있는 곤륜산을 올려다봤다.

강호를 호령하는 고수가 꿈인 그였지만 안타깝게도 현실은 냉정했다. 별다른 재능이 없는지 나름대로 이름 있는 문파나 세가의 제자가 되기 위해 온갖 발품을 팔았지만 돌아오는 결과는 처참했다. 단 한 곳도 그를 받아주지 않았던 것이다.

그러는 사이 나이를 먹을 대로 먹고 시기를 놓친 도일수가 생각한 것은 표국이었다. 비록 뛰어난 무공을 배울 수는 없겠지만, 기본적으로 가르쳐 주는 무공이 있으니 그것을 최대한 익히면서 이곳저곳을 돌아다니다 보면 혹시라도 은거고수와 인연을 맺을지도 몰랐기에 도일수는 한 가닥 기대를 놓지 않고서 하루하루를 열심히 살았다.

물론 결과적으로 발을 들였던 비호표국이 일거리를 따내지 못해 빚이 쌓여 망하고 말았지만, 전화위복이라고 했던가. 새로운 기회가 그를 찾아왔다. 곤륜파라는 이름의 기회가 말이다.

'본산제자는 힘들겠지만, 속가제자라도 반드시 되어야 해!'

도일수가 눈을 번뜩였다.

본산제자들이 익히는 무공보다는 비록 수준이 떨어진다고 하나 속가제자들이 익히는 무공도 능히 절정에 오를 수 있는 상승무공이었다.

그리고 도일수는 지금 상황에서 절정무공만 해도 감지덕지였다. 현재 비호표국에서 알려준 기본공을 수십 년 익혀봤자 일류지경에 발끝도 대지 못할 게 분명했기 때문이다.

"근데 진짜 가르쳐 줄까? 우리야 기본공을 익힌 지 몇 년 되지 않았으니 포기하고 새로 쌓아도 되지만 표사님들이나 표두님들은 상황이 다르잖아. 적게는 십수 년, 많게는 이삼십 년 동안 무공을 수련했는데 그걸 포기한다는 건 말이 안 되지."

"게다가 곤륜파의 무공이 소실되지 않았다는 보장도 없고."

"그러니까."

도일수의 뒤로 이제는 제법 짬이 찬 쟁자수들의 소곤거림이 들려왔다. 하지만 뭐라고 할 수 없는 게 그 부분은 도일수 역시 걱정했던 부분이었기 때문이다.

기지개를 켜며 다시 비상할 준비를 하는 곤륜파이지만 만약 무공들이 대부분 소실되었다면? 그렇다면 배우는 걸 다시 생각해 봐야 했다. 만약 소실된 무공을 배웠다가 주화입마에 빠지면 자신만 손해였으니까.

"국주님."

"왜 그러나, 정 표두."

"정말 괜찮은 거겠죠?"

"적어도 빚은 없지 않나. 소문이 사실이라면 우리로서는 정말 필요했던 든든한 뒷배가 생긴 거고."

"만약 성격이 진짜 지랄 같으면요?"

이제는 둘밖에 남지 않은 표두 중 한 명인 정휴가 얼굴을 굳히며 작게 말했다. 표사들과 쟁자수 아이들에게는 걱정하지 말라는 투로 말했지만 사실 그 역시 염려가 되는 게 사실이었기 때문이다.

"그래도 어쩔 수 없지. 최대한 비위를 맞춰 드릴 수밖에. 어찌 됐든 이제 비호표국의 주인이시지 않나."

"차라리 청하상단의 산하로 들어가는 것도 나쁘지 않다고 생각합니다만."

"그것도 나쁘지 않지. 하지만 그렇다고 한들 실소유주가 달라지지는 않아."

유한열의 말에 정휴가 무겁게 고개를 주억거렸다.

그러면서 그는 나름 긍정적으로 생각하기 위해 노력했다. 어찌 됐든지 간에 망해가는 비호표국을 구제해 준 건 사실이었기 때문이다.

"왜들 그렇게 다들 죽상이야?"

"어?"

"산에 오르는 게 힘들어서 그런 건 아닐 테고. 역시 마음고생이 심해서인가?"

"누, 누구십니까?"

선두에서 걸어가던 유한열이 갑자기 나타난 청년 도사를 향해 조심스럽게 물었다. 겉보기에는 나이가 한참이나 어려 보이지만 곤륜파의 장문인이 약관 남짓한 외모라는 걸 알고 있기에 혹시 몰라 조심했던 것이다.

"누구일 거 같나? 이 시간에 여기까지 찾아온 사람이."

"어……."

"호, 혹시 장문인이십니까?"

머뭇거리는 유한열을 대신해 정휴가 조심스럽게 물었다. 본능적인 직감이 소문의 괴팍한 장문인이라고 말하고 있어서였다.

"맞아. 참고로 보이는 것보다 내 나이가 많다는 것은 알고 있겠지? 자세히는 몰라도 자네들보다는 많아. 그러니까 언짢아하지 말고."

"아닙니다."

"그렇지 않습니다!"

가까스로 신색을 회복한 유한열과 달리 정휴는 여전히 바짝 얼은 모습으로 크게 소리쳤다. 누가 보면 군벌에서 훈련받는 신입 병사라고 착각할 정도로 말이다.

"그렇다면 다행이고. 괜히 불필요한 과정을 할 필요는 없으니까."

꿀꺽!

이 한마디가 왠지 모르게 두 사람의 뇌리에 콕콕 박혔다. 불필요한 과정이 무엇을 뜻하는지 둘 다 본능적으로 알아들었던 것이다. 그래서인지 둘 다 뒷짐을 지고 있는 벽우진의 손을 힐끔거렸다.

"일단 따라들 와. 설명은 안에서 해줄 테니까. 겸사겸사 곤륜파도 구경하고. 사람만 좀 적을 뿐이지 있을 건 다 있으니까."

"예."

벽우진이 손수 안내해 주겠다는 듯이 몸을 돌리자 유한열을 위시로 비호표국의 사람들이 하나둘 곤륜파의 산문을 넘었다.

그들은 하나같이 호기심이 가득한 눈빛으로 주변을 두리번거렸다. 지금이야 몰락한 문파지만 과거에는 구대문파에 속해 있을 정도로 대문파였던 곳이다. 그때 당시에는 감히 그들이 이렇게 쉽게 안으로 들어올 정도로 문턱이 낮지 않았었기에 그들은 신기한 눈으로 주위를 구경했다.

◡

　곤륜파의 안내 겸 소개를 서예지에게 맡긴 벽우진은 유한열을 비롯해도 둘뿐인 표두들과 따로 자리를 가졌다. 아무래도 인원이 적지 않다 보니 우선은 수뇌부라 할 수 있는 세 사람과 대화를 나누기 위해서였다.

　또르륵.

　세 사람을 이끌고서 옥청궁으로 들어온 벽우진이 직접 준비한 차를 세 명에게 따라주었다. 그러자 셋 모두 잔뜩 긴장한 얼굴로 차를 받았다.

　"술을 기대했다면 실망했을지도 모르지만 일단 시간이 시간인지라. 그리고 중요한 얘기를 하는데 술 마시면서 할 수는 없잖아?"

　"맞습니다."

　"저희는 차도 좋아합니다."

　"그래?"

　벽우진이 고개를 갸웃거리며 정휴와 마종석을 번갈아 쳐다봤다. 선비와도 같은 분위기의 유한열은 술과 딱히 어울려 보이지 않았지만 표두인 두 사람은 달랐기 때문이다. 마치 파락호를 연상시키는 외모도 외모지만 둘 다 우락부락한 덩치를 가지고 있기에 술과는 떼려야 뗄 수 없어 보였다.

"물론 술도 좋아하지만요."

"솔직하게 말해도 돼. 내가 잡아먹는 것도 아닌데."

"두, 둘 다 좋아합니다."

산적 두령을 해도 이상하지 않을 법한 외모를 가진 마종석이었지만 이상하게도 그는 벽우진 앞에서 자꾸 위축되는 느낌을 받았다. 딱히 강렬한 기파를 뿌리거나 기도가 대단한 것도 아닌데 이상하게 주눅이 들었다.

'백면귀를 때려잡았다고 해서 그런 건가?'

천검문과의 일전에 대해서는 알려지지 않았지만 백면귀와 황면귀를 때려잡은 일화는 유명했다. 특히 백귀채를 몰살시킨 사건은 청해성에서 모르는 이가 없을 정도로 유명했다.

"근데 자기소개는 하지 않을 건가? 내 이름이야 모르지 않을 테고."

"정식으로 인사드리겠습니다. 이번에 국주로 임명받은 유한열입니다."

"유 국주야 따로 보고를 받아서 알고 있지."

"처음 뵙겠습니다. 정휴입니다."

"마종석입니다. 장문인을 만나 뵙게 되어 영광입니다."

벽우진의 말이 끝나기 무섭게 정휴와 마종석이 황급히 자리에서 일어나 포권을 하며 공손하게 인사했다.

그 모습에 벽우진이 고개를 주억거렸다. 하지만 두 눈만큼은 날카롭게 둘의 육체를 훑었다.

"반가워. 앞으로 잘해보자고. 내 세 사람에게 거는 기대가 크니까. 물론 불만 사항이 없지는 않겠지만 그래도 시작이 반이라는 말이 있잖아? 앞으로 키워가는 재미를 충분히 느낄 수 있을 거야."

유한열이 갓 절정에 오른 상태이고, 정휴와 마종석은 절정을 앞둔 초일류의 경지였다. 셋 모두 표국주와 표두에는 어울리지 않은 수준이었지만 벽우진은 개의치 않았다. 애초에 망해 버린 표국에 고급 인력이 남아 있을 리가 만무했기 때문이다. 오히려 이 정도라도 돼서 다행이라고 생각했다.

"저희도 열심히 노력하겠습니다!"

"그 마음 끝까지 잊지 말고. 그럼 본론으로 넘어갈까."

"예."

"앞으로 두 달 동안 자네들은 여기에서 가르침을 받을 거야. 물론 곤륜파의 무공을 익힐 필요는 없어. 이미 익히고 있는 무공들이 있을 테니. 강요하지는 않겠다는 말이지. 같이 온 표사들도 마찬가지고. 쟁자수들의 경우 본인이 원한다면 속가제자로 받아들일 생각이 있어."

"표사들이 익히고 있던 무공들을 포기한다고 하면요?"

유한열이 조심스럽게 물었다.

자신들이야 나이가 있으니 갈아엎고 다시 익히는 게 불가능하지만, 아직 이십 대인 젊은 표사들은 달랐다. 이류무공을 계속 익히느니 차라리 포기하고 새로 시작하는 게 낫다. 물론 전제 조건이 있기는 하지만.

"그래도 상관이 없기는 한데, 나라고 막 아무나 제자를 받아들이는 건 아니라서. 이번 일 역시 비호표국이 실력을 갖춰야 실적을 올릴 수 있기에 추진한 것뿐이니까. 즉, 가르침을 내려주기는 하되 사제지간을 맺는 건 아니라는 소리지. 엄밀히 따지자면 투자라고나 할까. 물론 그냥 퍼주는 것도 아니고. 일단 계획대로 훈련을 받으면 적어도 3년 동안은 비호표국에서 일을 해야 해. 그만두는 건 계약서를 작성하고 3년 후에나 가능하다는 소리지."

"괜찮은 사항 같습니다."

애써 1인분 몫을 하도록 키워놓았는데 그만둔다고 말하고 더 큰 표국으로 이직하는 경우가 의외로 많았다. 그렇기에 유한열은 충분히 이해한다는 듯이 고개를 주억거렸다.

"난 도인이지만 장문인이지. 그런 만큼 손해 보는 건 싫어. 이용을 당하는 것보다는 이용하는 쪽이 더 낫다고 생각하는 편이고."

"동의합니다. 그런데 장문인."

"묻고 싶은 게 있으면 허심탄회하게 말해. 괜히 속앓이하지 말고. 안 그래도 궁금한 게 많을 텐데."

"여쭙기 송구하지만, 너무나 중요한 사항이라 염치 불고하고 한 가지 여쭈고 싶은 게 있습니다."

유한열이 힘겹게 입을 열었다.

그러면서도 그는 연신 벽우진의 눈치를 살폈다. 아무래도 곤륜파의 장문인인 벽우진에게는 민감할 수밖에 없는 질문일 게 분명해서였다. 그렇기에 유한열은 심장이 쫄깃한 심정이었다.

"뭘 물어보려고 그렇게 뜸을 들이는 거야? 그냥 편하게 물어보라니까? 내가 막 화내면서 주먹질이라도 할 것 같아? 나 그렇게 막돼먹은 사람 아니다. 나도 평범한 인간이야."

"흠흠! 저뿐만 아니라 표사들과 쟁자수들도 한 가지 걱정하고 있는 게 있습니다. 아무래도 정마대전 당시 곤륜파가 큰 피해를 입은 만큼 무공이 소실되지는 않았을까 하고요."

"에이. 그거 물어보려고 그렇게 조심한 거야? 난 또 되게 심각한 걸 물어보는 줄 알았네."

"소실된 게 아닌가요?"

"당연히. 오히려 발전했으면 했지 소실된 것은 없어. 완벽하게 원형을 되찾았다면 모를까. 그것에 대한 증명은 내일 청민에게서 확인할 수 있을 거야. 자네들도 알다시피 내가 등장하기 전까지 곤륜의 맥을 이어온 것은 청민이니까."

"그렇습니까."

"그 외에 다른 궁금한 사항들은?"

가장 큰 산을 넘어서일까. 유한열을 비롯해서 두 사람은 미리 정리해 두었던 것들을 하나둘 풀었다.

특히 운영과 실무에 관한 이야기가 많았는데 대부분이 걱정이었다. 가뜩이나 망한 표국에 그나마 있던 실력 좋은 표사들과 표두들이 대거 다른 곳으로 적을 옮긴 상태였기에 셋 다 얼굴이 어두웠다.

"일보 전진을 위해 이보 후퇴하는 건 좋지만, 소득이 없는 게 가장 큰 문제가 될 것 같습니다. 일단 표행을 나갈 수 있는 인원도 너무 적고요. 이번에 데려온 쟁자수들을 키워서 삼급 표사로 진급시키고 새로 신입 쟁자수들을 뽑는다고 해도 전력이 단번에 확 올라가는 것은 아닐 테니까요."

"돈 걱정은 하지 말고. 괜히 청하상단이 있는 게 아니니까. 나도 재산이 적지 않고. 그리고 국주까지 표행을 나갈 수 있는 인원이 지금 서른 남짓이잖아? 이 정도면 인원이 너무 적은 건 아니라고 생각하는데. 소수 정예로 큼직한 표행만 나가면 되니까."

"소수 정예로 표행을 나가는 것도 한 가지 방법입니다만……."

유한열이 말끝을 흐렸다.

말은 그럴싸하지만 소수 정예로 큰 건의 표행을 나가기 위해서는 표물을 맡기는 의뢰자가 있어야 했다. 하지만 보통 큰손이라 할 수 있는 이들이 망해 버린 비호표국에 표물을 맡길 리만무했다. 일단 신뢰도 자체가 바닥이었기 때문이다.

"무엇을 우려하는지 알아. 하지만 그 표행에 호법들이 함께한다면 말이 달라지지."

"아!"

유한열이 탄성을 터뜨렸다. 청해성 곳곳에 자리 잡은 산적들을 퇴치한 곤륜파의 호법이 표행에 함께한다면 얘기가 달라졌기 때문이다.

혼자서 산채들을 박살 내는 고수들인 호법들이 합류한다면 표물을 맡기려는 의뢰자들이 제법 몰릴 게 분명했다.

"하지만 그건 말 그대로 임시방편일 뿐이지. 중요한 것은 실력을 늘리는 일이야. 그래서 단기로나마 훈련 계획을 짠 것이고."

"최선을 다하겠습니다."

"따로 무공을 배우는 건 아니지만 그래도 얻는 게 제법 많을 거야. 고수와의 대련은 쉽게 얻을 수 있는 경험이 아니니까."

"감사합니다!"

"물론 얼마만큼 얻어 가느냐는 각자의 노력에 따라 달라지겠지?"

벽우진이 장난스럽게 웃으며 말했다. 하지만 말하는 의도는 분명했다.

그러나 그 말에 겁먹는 사람은 아무도 없었다. 말했던 대로 정말 흔치 않은 기회였기 때문이다.

'곤륜파의 무공이 고스란히 남아 있단 말이지.'

더불어 소실되지 않았다는 말에 정휴와 마종석의 머릿속이 바쁘게 돌아가기 시작했다. 비록 속가제자들에게 가르쳐 주는 무공일지라도 그 수준이 지금 익히고 있는 무공보다 나을 게 분명해서였다. 더구나 현재 익히고 있는 무공은 한계가 너무나 명확했다.

'연도 맺을 수 있고 말이지.'

더디기는 했지만, 곤륜파는 분명히 성장하고 있었다. 게다가 인원이 적을 뿐이지 고수들의 숫자는 결코 적지 않았다. 부방주가 태산권에게 두들겨 맞았음에도 대호방이 얌전한 사실이 그것을 뒷받침해 주고 있었고.

게다가 어찌 됐든 비호표국의 실소유주가 벽우진인 만큼 좋은 인연을 맺어두어서 나쁠 것은 없었다.

"참 장문인. 감숙성의 소식은 들으셨는지요?"

"북해빙궁과 오독문에 관한 것이라면 알고 있다."

"따로 연락이 오지는 않았습니까?"

"그 정도로 염치가 없지는 않더라고. 아니면 그럴 만한 가치가 없다고 생각하든지."

벽우진이 어깨를 으쓱거렸다. 개인적으로 후자 쪽에 가깝지 않나 생각해서였다. 누가 봐도 곤륜파는 이제 막 재건을 시작한 단계니까. 물론 호법들이 곤륜파의 건재함을 알리기는 했지만, 그 수준을 제대로 파악하지는 않았을 터였다.

'나름 변방이라 할 수 있는 지역이기도 하고.'

중원에 속해 있지만, 변두리라는 말이 어울리는 지역이 바로 청해성이었다. 수많은 고수들이 즐비하고 밀집되어 있는 하남성과 호북성과는 다를 수밖에 없었다. 천하제일고수는 늘 중원에서 나오기도 했었고.

"만약 구파일방이나 오대세가에서 도움을 청하면 어쩌실 생각이십니까?"

"이제는 칠파일방과 사대세가라고 봐야지. 공동과 점창파는 멸문지화에 가까운 피해를 입었고, 오대세가끼리의 유대 관계도 예전 같지 않으니까. 그리고 그걸 묻는 건 혹시라도 내가 비호표국의 인원을 차출할까 봐 걱정돼서 그런 거겠지?"

"솔직히 말씀드리면, 그렇습니다."

"제 몫도 못 하는 애들을 앞세울 정도로 난 그렇게 무도한 사람이 아니다. 내 성격이 평범하지는 않아도 도리에 어긋난

짓은 하지 않아. 그 정도로 막 나가는 사람이 아니라고."

"주제넘은 질문을 해서 죄송합니다."

유한열이 고개를 숙였다. 그로서는 꼭 짚고 넘어가야 했지만 벽우진 입장에서는 심기가 불편했을 수도 있어서였다.

"주제넘기는. 수장이라면 꼭 짚고 넘어가야지. 그게 비록 실소유주에게 물어야 한다고 해도 말이지. 오히려 난 아랫사람들을 아끼는 거 같아서 마음에 드는데?"

"좋게 봐주셔서 감사합니다."

"어쨌든 싸워도 내가 싸우지 애들한테 시키는 일은 없을 거야."

유한열은 물론이고 정휴와 마종석의 얼굴도 밝아졌다. 이제 막 대면한 사이지만 왠지 모르게 허언을 할 것 같은 사람처럼 보이지는 않아서였다.

오히려 방정맞은 게 연기가 아닐까 싶을 정도로 벽우진에게서는 범상치 않은 분위기가 풍겼다. 누가 봐도 위험해 보이는 분위기가 말이다.

휘이익! 휘익!

아직 어둠이 완전히 가시지 않은 이른 아침에 도일수는 숙소 뒤쪽에 있는 텅 빈 공터에서 홀로 박도를 들고 휘둘렀다. 다른 쟁자수들이 어제의 산행으로 인해 피곤하다는 핑계로 모두가 널브러져 있을 때 오직 그만이 혼자 나와서 아침 수련을 하고 있었다.

하지만 이건 특별한 일이 아니었다. 비호표국에 있을 때도 도일수는 아침 수련을 거른 적이 없었다.

"훅! 후욱!"

어느 대장간에서든 흔하게 구할 수 있는 볼품없는 박도였지 만 도일수에게는 하나뿐인 애병이었다.

또한 지금까지 함께한 친구이기도 했다. 한참 어린 꼬마 시 절부터 벌써 십 년 넘게 함께한 병기가 바로 지금 들고 있는 박 도였던 것이다.

"집중이 안 되네."

기본기라 할 수 있는 수련을 반복하던 도일수가 갑자기 휘 두르던 박도를 멈췄다. 그러고는 두 팔을 늘어뜨리고서 한숨 을 쉬었다.

어제 만났던 한 명의 여인이 그의 뇌리에 깊숙이 박혀서 도 무지 떠날 기미를 보이지 않았던 것이다.

"역시 청해제일미라고 해야 하나."

눈을 감든 뜨든 선명하게 떠오르는 서예지의 미모는 어떤 의미로는 절세무공이라고 해도 과언이 아닐 정도였다. 도일수 가 살아오면서 이토록 아름다운 미녀가 존재했나 싶을 정도로 말이다. 다른 여제자도 상당히 예쁘장한 외모를 가지고 있었 는데 서예지와 나란히 서 있자 그 미모가 순식간에 죽었다.

그야말로 입이 쩍 벌어지는 미모에 도일수는 물론이고 쟁자 수들과 표사들마저도 넋을 잃었다. 압도적인 미모도 미모지만 고고한 분위기가 그녀를 한층 더 매력적으로 보이게 만들었던 것이다.

짝! 짝!

"정신 차리고 수련하자. 조금이라도 더 강해지기 위해서는 노력하는 수밖에 없으니까."

박도를 땅에 거꾸로 박은 후 도일수가 양손으로 자신의 뺨을 강하게 때렸다. 정신이 번쩍 들 정도로 때려서 딴생각을 하지 못하게 하려는 것이었다.

이윽고 도일수는 박도를 들고서 비호표국이 기본적으로 가르쳐 주는 참격도결을 수련했다. 그러나 말이 참격도결이지 실상은 삼재검법을 도법에 맞게 조금 개량한 것에 불과했다.

"차하압!"

하지만 도일수에게는 이마저도 감지덕지였다. 제자가 아닌 한 자신의 비전절학을 전수해 줄 무인은 강호에 단 한 명도 없을 것이기 때문이다.

그렇기에 도일수는 기본 중에서 기본이라고 할 수 있는 참격도결에라도 매달릴 수밖에 없었다. 포기하는 것보다는 그래도 실낱같은 가능성에 매달리는 게 더 나았으니까.

뚝. 뚝.

그런 그의 노력을 말해주듯 낡은 박도가 허공을 가를 때마다 굵직한 땀방울이 바닥에 떨어졌다. 더불어 그의 얼굴 역시 선선한 산바람이 불어옴에도 불구하고 땀으로 흥건했다.

하지만 그럼에도 도일수는 전혀 신경 쓰지 않는 얼굴로 수련에만 집중했다.

'더 노력해야 해. 내 나이가 벌써 스물이야. 여기서 더 뒤처질 수는 없어.'

도일수가 이를 악물었다.

벌써 몇 명이나 그를 앞질러 표사가 된 동생들이 있었다. 기본적으로 지닌 재능의 차이로 인한 결과였다. 하지만 그렇게 수없이 추월을 당했음에도 도일수는 포기할 수 없었다.

'밑바닥 인생에서 벗어나기 위해서는 힘이 필요해. 그게 금력이든 무력이든!'

어린 시절 뒷골목을 전전하던 그였기에 세상의 냉혹함을 누구보다 잘 알았다. 하지만 셈이 빠르지도, 머리가 영악하지도 않았기에 도일수가 택할 수 있는 건 한 가지뿐이었다. 그리고 그 길에 그는 모든 것을 걸었고. 비록 그 선택의 끝이 그저 그런 삼류무사, 이류무사라고 하더라도 포기할 수 없었다.

'아직. 내가 포기하지 않는 한 끝난 게 아니니까!'

도일수의 눈동자에 독기가 줄기줄기 솟구칠 때 하나의 인영이 그의 곁으로 천천히 다가왔다.

"도세에서 한이 느껴지는구나."

"헙!"

"아, 놀랐나?"

등 뒤에서 들려오는 음성에 도일수가 기겁하며 몸을 돌렸다. 자기도 모르게 반사적으로 반응한 것이다.

비록 정식 표사는 아니지만 쟁자수들도 기본적으로 싸울

줄은 알았다. 난전이 벌어지면 표사와 마찬가지로 표물을 지
켜야 하는 게 쟁자수들이었기 때문이다.

"대, 대협은⋯⋯!"

"대협까지는 아니고. 난 그런 거창한 호칭은 달고 싶지도 않
아. 그러니까 대협이라고는 부르지 마."

"넵!"

"그보다 혼자만 수련하고 있네? 다른 이들은?"

"아직 안에 있습니다."

갑작스러운 벽우진의 등장에 도일수가 우물쭈물거리며 대
답했다. 차마 아직 자고 있다고 말할 수는 없어서였다. 그리고
현재 시간이 이른 시각이기도 했고.

"신세 좋네, 아니, 게으른 건가."

"어, 다들 어제 고생을 좀 했으니까요."

"넌?"

"전 이게 일상이거든요. 매일 수련하는 것이요."

벽우진이 도일수의 몸을 찬찬히 살폈다.

딱 보니 쟁자수로 오랫동안 일을 했는지 전체적으로 근육이
고르게 분포되어 있었다. 신체 균형 역시 나쁘지 않았고 말이다.

하지만 기본적으로 자질이 평범했고, 나이도 너무 많았다.

"실력이 크게 늘지는 않았을 텐데."

"그래도 안 하는 것보다는 나으니까요."

한눈에 봐도 하루아침에 만들어진 몸이 아니었다. 선천적
인 재능은 없으나 끊임없는 노력 끝에 만들어졌다는 걸 몸만

봐도 알 수 있었다. 특히 수도 없이 벗겨진 양손의 손바닥은 그가 어떤 노력을 해왔는지 능히 짐작할 수 있게 해주었다.

"그렇게까지 수련을 해야 할 필요가 있나?"

"포기하는 순간 제 인생은 여기서 더 나아지지 않으니까요. 제 꿈이 성공해서 부귀영화를 누리는 거거든요. 그걸 이루기 위한 방법 중 하나가 바로 무인이 되어 명성을 떨치는 것이고요."

"쉽지 않다는 걸 알 텐데."

벽우진이 평소의 그답지 않게 돌려 말했다. 지금껏 해온 노력이 어느 정도인지 짐작이 가기에 차마 현실을 말해줄 수가 없어서였다.

차라리 악인들을 천참만륙 내면 내었지 누구보다 열심히 살아온 이에게 상처를 주기는 싫었다. 도일수가 느꼈을 절망감과 좌절감을 그로서는 감히 짐작도 할 수 없기에.

"알고 있습니다. 하지만 그래도 꾸준히 노력하다 보면 달라지지 않을까요? 지금 당장 제가 할 수 있는 게 이것뿐이기도 하고요."

"그래서 양손을 모두 단련한 건가?"

"예, 쟁자수가 잡부에 가깝지만 표물을 지키기 위해서 싸워야 할 때도 있으니까요. 그래서 이것저것 많이 익혔습니다. 어렸을 적에 명문대파를 찾아다니면서 운 좋게 어깨너머로 훔쳐배운 것도 있고요."

도일수가 씩 웃으며 말했다.

분명 지금까지 겪어온 삶이 결코 녹록지 않았을 터였다. 하지만 그럼에도 도일수는 웃었고, 포기하지 않았다.

그 모습이 벽우진의 가슴을 묘하게 울렸다.

'근성이라.'

사실 벽우진은 지나가다 인기척을 느끼고 이곳에 왔다. 산책 겸 곤륜산을 돌아다니다가 이른 아침부터 누군가 혼자 수련을 하는 듯하자 궁금해서 찾아온 것이었다.

물론 비호표국의 표사들과 쟁자수들을 주의 깊게 볼 생각도 있었다. 운 좋게 드러나지 않은 원석을 발견할 수도 있으니까. 그런 면에서 볼 때 이자는 원석은 아니었다.

하나, 고수라고 늘 안목이 뛰어난 건 아니었다. 경지가 높은 것과 안목의 연관 관계가 절대적이지만은 않았으니까. 오히려 벽우진은 편협한 기준을 가질 수도 있다고 생각했다. 스스로가 익힌 무공에 맞는 제자를 찾는다고 말이다.

'그것도 틀린 방법은 아니지만.'

벽우진의 시선이 다시 도일수에게로 향했다.

해맑게 웃고 있는 얼굴과 달리 눈동자에는 삶의 굴곡이 여실히 담겨 있었다. 또한 그가 얼마나 절박해 하면서도 끈질기게 매달리고 있는지도.

"이름이 뭐지?"

"도일수라고 합니다."

"너, 내 제자 할래?"

"예? 제, 제가요?"

도일수가 두 눈을 휘둥그레 떴다. 정말 생각지도 못한 말이 벽우진의 입에서 나와서였다.

그렇기에 도일수는 자기도 모르게 손가락으로 자신을 가리키며 반문했다.

"그래, 너. 본산제자가 싫으면 속가제자로 들어와도 좋아. 선택은 네가 하는 거다."

"지, 진짜로요?"

"그럼 가짜로 말하겠어? 내가 시답잖은 농담을 즐겨하지만 남의 인생 가지고 장난을 치지는 않아. 다른 일도 아니고 한 사람의 인생이 걸려 있는 선택인데."

꿀꺽!

진심이 담긴 벽우진의 말에 도일수는 침을 꿀꺽 삼켰다.

하지만 고민은 길지 않았다. 안 그래도 내심 바라던 일이 바로 곤륜파의 문하로 들어가는 것이었기 때문이다.

그러나 그전에 도일수는 묻고 싶은 게 한 가지 있었다.

"외람될지 모르나 한 가지 여쭈어봐도 되겠는지요?"

"얼마든지."

"왜 저에게 이런 제안을 해주시는 겁니까? 아까도 말씀드렸지만 저는 제법 많은 무문들을 찾아갔습니다. 하지만 결국 그 어느 곳에서도 받아들여지지 못했습니다."

도일수가 담담하게 말을 이었다.

절실히 바랐던 이들에게 거절을 당하는 것만큼 큰 상처도 없지만, 이제는 오래된 과거의 일이었다. 그렇기에 도일수는 더 이상 아파하지 않고 있는 그대로의 사실을 덤덤하게 말했다.

벽우진의 두 눈을 똑바로 바라보면서 말이다.

"그랬겠지. 근골도 평범해, 나이도 많아. 그렇다고 뽑아먹을 뒷배가 있는 것도 아닌 어디서나 흔하게 볼 수 있는 고아이니 문하로 받아들이는 게 오히려 이상하지."

"……맞습니다."

냉정하지만 지극히 맞는 소리에 도일수가 무거운 표정으로 고개를 끄덕였다. 그 역시 같은 생각이었기 때문이다.

만약 그에게 특출한 재능이 있었다면, 특별한 무언가가 있었다면 수많은 무문들을 전전하다 비호표국에 몸을 담지는 않았을 터였다.

"그래서 궁금해졌어. 노력만 하는 녀석이 곤륜파의 무공을 얻으면 어디까지 갈 수 있을지가. 사실 본파도 예전에는 오로지 무재만 보고 제자를 뽑았었거든. 최소한의 기준이 있는데 나름 그 문턱이 구대문파의 기준답게 좀 높다고나 할까."

"다른 곳도 크게 다르지 않습니다."

"맞아. 이왕이면 다홍치마라고 그저 그런 무난한 아이보다 잠재력이 뛰어난 녀석을 제자로 들이는 게 방파들 입장에서도 나으니까. 그런데 나는, 너도 눈치챘겠지만 조금 별종이거든."

"하하하……."

도일수가 멋쩍게 웃었다. 그가 생각하기에도 확실히 평범한 인물은 아니었기 때문이다.

어느 누가, 그것도 한 문파의 수장이 보잘것없는 그에게 제자가 되겠느냐고 물어볼까. 지금까지 그런 적은 단 한 번도 없었다.

'기대는 많이 했었지만. 꿈도 많이 꿨었고.'

누구도 알아보지 못한 자신의 재능을 이 세상에 한 명 정도는 알아봐 주지 않을까 기대했던 적이 있었다. 자신만의 재능을 알아봐 주는 사람이 적어도 한 명은 있지 않을까 싶었던 것이다.

하지만 세상은 냉정했다. 그가 알고 있는 것을 세상 역시 알고 있었다.

주르륵.

'그랬었는데……'

인정하기 싫지만, 가슴 깊은 곳에서는 수긍하고 있었다. 아니, 체념하고 있었다. 재능이 있는 아이들이 얼마나 빨리 성장하는지, 다른 사람들의 눈에 얼마나 빨리 띄는지 20년을 살아오면서 수도 없이 봐왔기 때문이다.

그렇기에 말은 포기하지 않는다고 했지만 도일수는 내심 알고 있었다. 자신은 진짜 재능이 없다는 것을. 다만 이 길마저도 포기하면 그의 인생에서 기댈 게 전혀 없기에 끝끝내 놓지 못했을 뿐이다.

"그러니 증명해 봐. 범재가 신공절학을 만났을 때 어디까지 갈 수 있는지를. 이왕이면 한계를 돌파해서 훨훨 날아보라고."

"감사합니다, 정말 감사합니다……!"

"근데 알지? 해이해지는 순간 네가 쌓아온 모든 것들이 모래성처럼 부서진다는 것을. 하나 쌓기도 어려운 너이지만 무너지는 건 더 쉽다는 걸 말이야."

"각골명심하겠습니다!"

"누가 나이 많은 녀석 아니랄까 봐."

벽우진이 피식 웃었다. 어째 단어 선택이 애늙은이 같아서였다. 하지만 그렇기에 벽우진은 진심으로 궁금했다. 과연 도일수가 곤륜파의 무공을 얻고 어디까지 성장할 수 있을지가 말이다.

'모두가 주저앉더라도 얘만은 주저앉지 않았으면 좋겠는데 말이지.'

벽우진이 묘한 눈빛으로 연신 허리를 숙이는 도일수를 쳐다봤다.

내뱉은 말과 달리 그는 절대 즉흥적으로 결정한 게 아니었다. 애초부터 쟁자수들 중에 자질이 괜찮은 아이가 있으면 속가제자로 받아들일 생각이 있었고, 그중에 유독 도일수가 들어왔을 뿐이었다.

'부지런한 것도 아주 마음에 들었고 말이지.'

모두가 힘들어서 쉬고 있을 때 유일하게 도일수만이 아침 수련을 빼먹지 않았다. 그 차이는 의외로 작으면서도 컸다. 시간이 흐를수록 그 차이는 더욱 커질 터였고.

"따라와. 애들이랑 정식으로 인사해야지."

"어, 표사님들이나 표두님들에게 말을 전해야……."

"내가 윗사람이야. 어제 이야기가 끝난 부분이기도 하고. 그러니 토 달지 말고 따라와."

"옙!"

도일수는 더 이상 묻지 않았다.

사실 말이 도사이지 이곳에서의 왕은 벽우진이었다. 호법들의 명성이 제법 대단하다고 하나 이곳에서 벽우진의 위상은 그 이상이었다.

몇 명 보지 못했지만, 선풍도골과도 같은 풍모를 가진 호법들 중 누구도 벽우진을 가볍게 대해지 못했다. 정확하게는 대호방의 부방주를 때려잡았다던 진구조차도 벽우진 앞에서는 설설 기었기에 도일수는 힘차게 대답하고는 벽우진의 뒤를 따랐다.

정식 인사라는 말이 무색할 정도로 벽우진은 제자들에게 도일수를 짧게 소개했다. 이번에 새로 받아들였다는 말이 전부였던 것이다.

그런데 웃긴 건 그 말에 누구 하나 이상하게 생각하지 않았다. 다른 아이들이야 입문한 지 얼마 되지 않았다고 하지만 터줏대감이자 첫째 제자라고 할 수 있는 서예지조차 그저 고개를 끄덕이는 게 다였다.

쉬이익! 쉬익!

그 후로는 벽우진과의 일대일 대련이 이어졌는데 시간이 흐를수록 도일수는 감탄을 금할 수가 없었다. 마치 곤륜파의 무공을 다 알고 있다는 듯이 벽우진은 제자들에게 가르친 무공을 똑같이 펼치며 상대해 주었던 것이다.

검법이든 도법이든 아니면 권장각이든 벽우진은 그 어떤 무공도 막힘없이 펼쳐 보이며 실전 같은 대련으로 제자들에게 가르침을 내려주었다. 그 모습이 도일수는 너무나 놀라웠다.

'수, 수준이 달라.'

각자의 수준에 딱 맞춰서 눈높이 교육을 하는 모습에 도일수는 경악했다. 펼치는 무공 하나하나의 성취도가 어중간한 게 단 하나도 없었기 때문이다.

"역시 우리 사부님!"

"난 항상 볼 때마다 감탄사가 나온다니까. 진짜 대단하신 것 같아."

"우리 사부님이니까."

동갑내기인 양이추와 심대현이 두 눈을 반짝이며 말했다. 매일 같이 보는 광경이지만 그렇다고 감동이 옅어지지는 않았다.

"우리가 빨리 강해져서 사부님의 짐을 덜어드려야 하는데."

"더 열심히 해야지."

"그러니까. 새로운 분도 오셨고."

심대현의 시선이 오늘 새롭게 제자가 된 도일수에게로 향했다.

그런데 정작 도일수는 그의 말을 듣지 못한 것인지 입을 쩍 벌린 채로 양일우와 벽우진의 대련을 뚫어져라 바라보고 있었다.

"오늘부터는 비호표국 사람들과 같이 수련한다고 하니까."

"곤륜파의 제자로서 못난 모습을 보여줄 수는 없지."

"당연하지."

심대현과 양이추가 결의를 다졌다. 비록 무공에 입문한 시간은 짧지만 그렇다고 속절없이 당하고 싶은 마음은 없었다.

"그런데 왜 우리는 아직 도호를 내려주시지 않는 걸까?"

"나도 사실 그게 궁금하기는 했어. 우리는 다 본산제자를 택했잖아? 사저야 속가제자라고는 하지만 무기명제자라 할 수 있고."

양이추가 짐짓 궁금한 표정으로 작게 소곤거렸다. 제자가 된 지 제법 시일이 지났고, 본산제자를 택했음에도 벽우진이 딱히 도호를 내려주지 않았기 때문이다.

"그건 급한 문제가 아니라서 그런 거다. 항렬 문제도 있고."

땀범벅이 된 양일우와 달리 호흡 하나 흐트러지지 않은 벽우진이 다가오며 입을 열었다. 그러자 작게 수군거리던 두 사람이 퍼뜩 놀란 표정을 지었다.

"죄, 죄송합니다!"

"뭐가 죄송해. 단순히 궁금해하는 것뿐인데. 안 그래도 청민이랑 요즘에 하는 말이 그것이기도 하고. 근데 도호보다는 항렬이 먼저라고 생각해서 말이지."

벽우진의 시선, 같이 있지만 왠지 모르게 살짝 동떨어져 있는 듯한 도일수에게로 향했다. 아무래도 어제 처음 본 사이이다 보니까 함께 있는 게 아무래도 어색할 수밖에 없었다.

"별 차이가 없어서 그냥 편하게 지내기로 했어요. 하지만 사부님께서 원치 않으시면 바로 시정할게요."

"그럴 필요까지는 없고. 나 그렇게 딱딱한 사람 아니야. 그리고 이왕이면 가족 같은 분위기를 좋아하기도 하고. 나도 사실 고아였고, 청민도 마찬가지지. 물론 나중이 되면 파벌도 생기고 서로 얼굴을 붉히는 일도 적지 않겠지만, 그래도 지금은 서로 편하게 지냈으면 싶다. 다만 문제는 일수인데."

자연스럽게 자신의 옆에 나란히 서는 서예지를 일별하며 벽우진이 도일수를 쳐다봤다.

그러자 죄진 것도 아닌데 도일수가 움찔거렸다. 모두의 시선이 집중되니 살짝 부담이 되었던 것이다.

"나이가 스무 살이라고 하셨죠?"

"예, 예. 사고!"

짧은 시간이었지만 제자들의 서열을 파악하는 건 어렵지 않았다. 나이를 밝히지는 않았지만 그래도 순서 정도는 빠른 눈치로 알 수 있어서였다. 그렇기에 서예지가 묻기 무섭게 도일수는 곧바로 대답했다.

"저는 개인적으로 편하게 말씀하셨으면 좋겠어요. 저희보다 가장 나이가 많으시기도 하고요."

"하지만 제가 막내이지 않습니까, 하하."

"저도 예지와 같은 생각입니다. 사실 따지고 보면 입문한 시기가 그렇게 차이 나는 것도 아니니까요. 저희들도 나이순으로 편하게 지내기도 하고요."

서예지에 이어 양일우도 조심스럽게 의견을 제시했다. 입문 시기가 크게 차이 나지도 않는데 굳이 딱딱하게 부르자니 신경 쓰였던 것이다.

"지금이야 그렇게 해도 되지만 나중에도 나이로 따지면 배분이 많이 꼬일걸? 청민도 언젠가는 제자를 들일 테니까. 사실 많이 늦은 편이지."

"일단 올해는 나이로 하고 내년부터는 딱딱 끊어서 정하는 게 어떨까요?"

벽우진은 곧바로 대답하지 않았다. 배분이라는 게 별거 아닌 것 같아도 대단히 중요한 문제였기 때문이다. 지금이야 가족 같은 분위기가 이어지고 있지만 여기서 인원이 더 많아지면 분명히 문제가 생길 터였다.

'일수는 그럴 것 같지 않지만.'

지금만 하더라도 눈치를 보는 도일수의 모습에 벽우진은 내심 웃음이 나왔다. 눈치가 상당히 빠르고 독기가 있지만, 기본적으로 순박한 성격이라는 것을 알고 있어서였다. 물론 사람인 이상 나중에는 변할 수도 있겠지만 말이다.

"아무리 그래도 입문한 순서는 무시할 수 없어. 일우, 이추 형제와 너희들이야 들어온 시기가 별 차이 나지 않는다고 하지만 일수는 다르니까. 그러니까 앞으로는 들어온 순서대로 정확히 끊어. 그게 제일 깔끔하니까. 일수는 동생들에게 존댓말 하기가 쉽지 않겠지만, 어쩔 수 없어."

"아닙니다. 괜찮습니다. 나이보다는 입문한 시기가 먼저죠. 다른 문파들도 다 마찬가지고요. 전 정말 괜찮습니다."

"그럼 정리 끝."

"어, 서로 존댓말 하는 건 괜찮죠?"

"그건 알아서."

서예지가 손을 살짝 들어 올리며 물었다. 그 모습에 벽우진은 고개를 끄덕였다. 거기까지 제재할 생각은 없어서였다.

그렇게 서열 정리가 얼추 끝나자 벽우진은 다시 양이추부터 일대일 대련을 이어갔다.

○

북해빙궁과 오독문의 침공으로 황급히 본가로 귀환한 당민호는 곧바로 가주인 당문경부터 찾았다. 전서구로 대략적인 내용을 듣기는 했지만 오는 와중에 상황이 수도 없이 달라질 수도 있기에 제대로 설명을 듣기 위해서였다.

"앉으시지요."

"제갈명은?"

"어제 돌아갔습니다."

"호오. 의외로 순순히 돌아갔네? 내가 올 때까지는 머물 줄 알았는데."

한때는 자신의 집무실로 사용했던 가주전에 들어오며 당민호가 자리에 앉았다.

그러나 상석에 앉지는 않았다. 이제 저 자리는 그의 자리가 아니었기 때문이다.

"저도 그럴 거라고 생각했는데 상황이 급박했던 모양인지 마지막까지 매달리다가 돌아갔습니다."

"소식은 대충 들었다. 섬서성과 하북성은 그나마 버티고 있지만 산서성은 쑥대밭이 되었다고."

"완전히 무너졌다고 보는 게 좋습니다. 하지만 문제는 산서성 아래가 바로 하남성이라는 것이죠."

당민호가 묘한 표정을 지었다. 무슨 의미가 담겨 있는지 모르지 않았기 때문이다.

"발등에 불이 떨어졌군."

"소림사인 만큼 쉽게 무너지지는 않겠지만 그래도 위험한 것은 사실이죠. 정신적 지주인 소림사가 무너진다면 공동파나 점창파 이상의 타격이 있을 테니까요."

"하지만 쉽게 무너질 소림이 아니지. 무당파도 마찬가지고."

"일단 북해빙궁은 소림사를 중심으로 집결해서 상대하는 중이고 오독문은 남궁세가와 제갈세가를 중심으로 뭉치고 있습니다."

"많이 시달렸겠어."

보지 않아도 제갈명이 얼마나 매달렸을지 당민호는 충분히 예상할 수 있었다.

세간에는 독공을 비하하는 무인들은 많아도 무시하는 이들은 단 한 명도 없다. 그만큼 독공이 무섭기 때문이었다. 또한 약자가 강자를 죽일 수 있는 가장 강력한 방법 중 하나였고.

"하지만 속 시원하기도 했습니다. 고소하다고나 할까요. 귀찮았지만 그 재미 덕분에 버틸 수 있었습니다."

"허허허."

"게다가 명분이 없기도 하고요. 사실 염치없는 짓이지 않습니까. 우리가 힘들 땐 나 몰라라 했다가 이제 와 똥줄이 타니 허겁지겁 달려오는 게요."

"그만큼 급해서겠지."

당민호가 어깨를 으쓱거렸다.

하지만 그가 당문경이었어도 똑같이 했을 터였다. 당가는 절대 빚을 잊지 않는 가문이었으니까.

툭.

"이게 그 영단입니까?"

"그래, 비천단보다 더 뛰어나다고 자부하는 영단이다. 비천단이 중급이라면 이건 상급이라고 하더구나."

"호오."

당민호가 탁자 위에 올린 두 개의 목함을 바라보며 당문경이 눈을 빛냈다. 그러고는 망설이지 않고 목함을 열었다.

"향기 좋지?"

"확실히 영단이라 부를 만하네요. 향기만 맡아도 몸이 상쾌해지는 느낌입니다. 소환단을 한 번 본 적이 있는데 그보다 윗줄이에요."

독인은 의원이기도 했다. 기본적으로 독공을 익히기 위해서는 의술 역시 어느 정도는 익혀야 했기 때문이다. 그렇기에 당문경은 냄새만 맡았음에도 이 영단이 어느 정도의 가치가 있는지 대번에 파악했다.

"비천단만 하더라도 소환단 이상이지. 대환단까지는 아닐 테지만."

"중요한 건 대환단은 더 이상 제조할 수 없지만 이건 다르다는 거죠. 개인적으로 곤륜파에 있다는 그 연단가를 꼭 모셔오고 싶습니다."

당문경이 욕심을 감추지 않고서 말했다.

말이 연단가지 사기꾼들이 대부분인 게 현 실정이었다. 그렇기에 당문경은 진짜 할 수만 있다면 곤륜파의 호법이라는 그 연단가를 데려오고 싶었다. 이 정도로 실력 있는 연단가는 진짜 희귀했기 때문이다.

"안 그래도 넌지시 운을 띄워보았는데 면전에서 단칼에 기절당했다. 자신이 곤륜파에 있는 것도 우진이 때문에 어쩔 수 없이 있는 것이라면서 말이다. 원래는 속세에 내려올 생각이 없었다고 하구나."

"어떻게 모셔온 걸까요? 아니, 대체 어떻게 찾아낸 걸까요?"

"그건 나도 모르지. 하지만 분명한 건 그런 기인이사들이 세상에 분명히 존재한다는 사실이지. 다만 접점이 없거나 알아보지 못할 뿐이지."

당민호가 입맛을 다셨다. 일선에서 물러난 그였지만 그렇다고 아예 손을 놓은 건 아니었기 때문이다.

"그래도 일단 두 개를 가져왔으니 손해는 아니네요. 아이들도 다 환골탈태를 이루었고."

"엄청난 성과지. 또한 당분간은 숨겨야 할 비밀이기도 하고."

"그렇죠."

흉흉한 정세에서 비장의 한 수가 있다는 건 더할 나위 없이 좋은 일이었다. 더구나 아직 어린아이들인 만큼 성장 가능성이 무궁무진했기에 당문경은 언제 얼굴을 굳혔냐는 듯이 잔잔한 미소를 머금었다.

"이 중 하나는 가주가 흡수하고."

"제가요?"

"그래, 자고로 가주란 든든하게 중심을 잡아주어야 하니까. 난 너무 늙지 않았느냐. 이제는 뒷방 늙은이이기도 하고."

"누구도 그렇게 생각하지 않을 것입니다."

당문경이 단호하게 말했다.

세월이 제법 흘렀다고 하나 독황의 별호를 잊은 사람은 없었다. 고수들이라 불리는 사람일수록 더더욱 말이다. 괜히 제갈세가의 이인자라 불리는 제갈명이 발에 땀 나도록 사천당가까지 달려온 게 아니었다.

"하지만 고수가 한 명인 것보다는 두 명인 게 낫지. 그 고수가 예상했던 것보다 더 강하다면 두말할 필요가 없고. 그리고 지금은 애걸복걸하지만 북해빙궁과 오독문을 밀어내면 반드시 이번 일에 대해 앙갚음을 할 거야. 물론 명문정파이니 대놓고 그러지는 못하겠지만."

"그래서 힘이 더욱더 필요하단 말씀이시죠?"

"맞아. 아예 달려들 엄두가 나지 않을 정도로 강한 힘을 가지고 있어야 해. 우리가 안절부절못하는 게 아니라 상대방이 그러도록."

"음!"

사람은 기본적으로 은혜보다 원한을 더욱더 잊지 못했다. 그렇기에 당문경의 고민은 짧았다. 영단이 단 하나뿐이었다면 좀 더 고심했겠지만, 다행스럽게도 하나가 더 남기에 당문경은 손을 뻗었다.

똑똑똑.

그런데 그때 시비가 가주전의 문을 두드렸다.

"무슨 일이더냐?"

"가주님. 정문에 손님이 찾아왔습니다. 아미파에서 왔다고 합니다."

"누구라고는 밝히지 않고?"

"영화 사태라고 들었습니다."

이어진 시비의 말에 당문경의 두 눈이 화등잔만 하게 커졌다. 왜냐하면 영화라는 불호를 쓰는 아미파의 제자는 당민호와 동시대를 살았던 무인이자 금강신니(金剛神尼)라고 불리는 아미제일고수였기 때문이다.

"아무래도 제갈명이 그냥 간 게 아닌 것 같구나."

"그런 것 같습니다."

"모시거라."

"예."

금강신니라는 말에 당민호 역시 살짝 놀란 표정을 지었다. 거물도 너무 큰 거물이 움직여서였다.

하지만 한편으로는 반가운 마음도 들었다. 정마대전 당시 그녀와 함께 싸운 적이 제법 많았기 때문이다.

'하지만 그렇다고 순순히 움직여 줄 생각은 없지.'

좋은 인연은 말 그대로 좋은 인연일 뿐이다. 친우인 것도 아니었기에 반갑기는 했지만 딱 거기까지였다.

당민호는 심유한 눈빛으로 창밖을 주시했다.

잠시 후 승복을 입은 두 명의 비구니가 이곳을 향해 다가오는 게 그의 눈에 들어왔다.

타다다닷!

십여 명의 남녀가 다급한 얼굴로 산길을 올랐다.

그런데 그들의 행색이 심상치 않았다. 격전을 치른 모양인지 다들 입고 있는 무복이 찢어지거나 곳곳에 상처를 입고 있었던 것이다.

한눈에 봐도 멀쩡한 사람이 없어 보일 정도였는데 그럼에도 그들은 멈추기는커녕 오히려 더욱더 달리는 속도를 올렸다.

"힘내! 일단 폭포나 개울가만 가면 추적을 조금이라도 늦출 수 있을 거야!"

"물 냄새가 이쪽에서 납니다, 사형!"

"폭포나 계곡을 거친 후 아예 방향을 트는 게 어떨까요?"

하나같이 안색이 창백했지만, 누구 하나 발을 놀리는 걸 멈추지 않았다.

진기는 진즉에 바닥이 났고, 육신 역시 당장에라도 쉬고 싶다는 듯이 비명을 질러대지만 멈출 수 없었다. 지금 멈추면 영원히 쉬게 될 게 분명했기 때문이다.

"어디로?"

"일단 곤륜산으로 가는 겁니다. 듣자 하니 곤륜파가 다시 일어서는 중이랍니다. 고수들도 제법 있다고 하고요."

"곤륜파?"

"예, 그래도 한때 같은 구대문파에 속해 있지 않았습니까. 상황이 상황인 만큼 도와주지 않을까요?"

··· 제6장 ···
꺼져 이 새끼들아

무리 중 가장 연장자인 백상수가 고민 어린 표정을 지었다.

그가 저지른 것은 아니지만, 사문이 곤륜파를 어찌 대했는지 모르지 않았기에 고민하는 것이었다. 곤륜파가 힘들 당시에는 나 몰라라 했다가 이제 와서 도와달라고 하는 게 이기적으로 느껴졌다.

하지만 상황이 그 정도로 절박하기도 했기에 백상수는 이러지도 저러지도 못했다.

"일단은 살아야 하지 않겠습니까? 우선 곤륜파로 가시죠, 사형."

"저도 같은 생각입니다. 그래도 미운 정도 정이라고 하지 않습니까?"

"같은 정파인 만큼 아예 모른 척을 하지는 않을 거라고 생각합니다."

사제들과 사매의 말에 백상수가 얼굴을 굳혔다. 누가 뭐래도 우선은 살아남는 게 가장 중요했기 때문이다. 복수도 살아 있어야 할 수 있는 거지 죽으면 하고 싶어도 할 수가 없었다.

그리고 곤륜파도 엄연히 명문정파인 만큼 자신들을 대놓고 외면하지는 않을 거라 생각했다.

"하나 최악의 상황도 생각해 봐야 해."

"어떻게 보면 곤륜파도 저희와 같은 상황이지 않습니까. 그렇기에 동질감을 느낄지도 모릅니다."

"그건 우리 생각이고."

"시간이 없습니다, 사형. 서둘러 결정을 내려야 합니다. 곤륜산으로 향할 것인지, 아니면 남하해서 사천성으로 향할 것인지를요."

백상수의 시선이 맨 끝에서 겨우겨우 따라오고 있는 막내 사제에게로 향했다. 가까스로 지혈을 한 덕분에 더 이상의 출혈은 없지만 창백한 안색으로 보건대 금방이라도 쓰러질 것처럼 보였다. 그리고 그가 쓰러진다면 가뜩이나 느린 이동 속도가 대번에 급감할 게 분명했다.

'다른 선택지가 없나.'

지쳐서 쓰러진 사제를 버리고 갈 수도 없었기에 백상수는 입술을 깨물었다. 일단 죽이 되든 밥이 되든 가장 가까운 곤륜파로 갈 수밖에 없다는 생각이 들었다.

물론 따뜻하게 반겨줄 가능성은 희박했지만 그래도 지금 상황에서는 곤륜파에 매달릴 수밖에 없었다.

"개울가예요!"

"제대로 왔어요!"

"최대한 서둘러 목을 축이고 그대로 이동한다."

졸졸졸 흐르는 물줄기를 확인하며 백상수가 소리쳤다. 다들 적지 않은 출혈이 있는 만큼 수분 보충은 반드시 필요했기 때문이다.

하지만 곧바로 개울을 넘는 건 더욱 선명한 흔적을 남길 수 있기에 일단은 역으로 올라가든 아니면 내려가든 둘 중에 하나를 선택해야 했다.

"예!"

"힘들어도 조금만 더 힘을 내. 이번에 따라 잡히면 모두 죽는다."

백상수의 말에 사형제들이 마른침을 삼켰다. 악귀와도 같은 빙혼강시가 반사적으로 떠올랐던 것이다. 지치지도 않고 강기가 아니면 손상도 입지 않는 그 괴물은 단 한 구만으로도 일행을 몰살시키기에는 충분했다.

철벅철벅!

잠시 동안 목을 축인 그들은 빠르게 개울을 따라 올라갔다.

그러면서 몇몇은 옷을 찢어 물에 떠내려 보냈다. 후각이 예민한 추적자들에게 혼란을 주기 위해서였다.

○

벽우진은 뒷짐을 진 채로 널찍한 연무장을 내려다봤다.

연무장에는 서예지를 위시로 한 제자들뿐만 아니라 비호표국의 표사들과 쟁자수들도 함께 있었는데 다들 적당한 거리를 두고서 대련을 하는 중이었다.

그런데 무엇이 그리 마음에 들지 않는지 벽우진의 눈매가 꿈틀거렸다.

"허이구야."

"탄식을 내뱉을 시간에 대책을 생각하시죠."

"저 정도 실력에 무슨 대책을 생각하란 말이오?"

"으음!"

옆에 서 있던 진구의 헛웃음에 벽우진이 침음을 흘렸다. 답이 안 나오는 것은 그 역시 마찬가지였기 때문이다.

표국주인 유한열이나 두 표두 그리고 몇몇 표사들의 실력은 나쁘지 않았다. 그런데 그 외가 문제였다. 쟁자수들이야 원래 실력이 부족한 걸 알고 있었지만 표사들은 진짜 심각했다.

"어중이떠중이들만 남아 있으니 표국이 운영될 리가 있나. 이급표사나 삼급표사나 다를 게 없네. 일급이라고 해서 일류에 제대로 발을 디딘 것도 아니고."

진구의 냉혹한 평가가 쉴 새 없이 이어졌다.

하지만 상황이 또 그렇게 암담한 것은 아니었다. 나름 산전수전 다 겪은 표사들이라서 그런지 제자들에게는 그들과의 대련이 큰 공부가 되었다. 표사들이 겪은 경험을 제자들이 대련하면서 빠른 속도로 습득했던 것이다.

"그나마 다행이라고 해야 하나."

"형님들이 엄청 고생하시겠군."

"진 호법도 파견 가실 겁니다만?"

"나야 뭐, 이미 포기했소이다."

진구가 어깨를 으쓱거리며 대답했다. 청하상단 때의 일로 자신이 1순위라는 걸 알고 있어서였다. 그리고 의외로 속세에서 활동하는 것도 나쁘지 않았고.

다만 문제는 저런 덜떨어진 녀석들과 함께 움직여야 한다는 게 그의 심기를 불편하게 만들었다.

"물론 그전에 사람부터 만들어야겠지만요."

"재능도 없는데 게으르기까지 하니. 이건 완전 답이 없는데."

"노력하려는 사람도 있습니다."

"오십보백보 아니오."

진구가 혀를 찼다.

물론 노력하려는 이들도 있었다. 하지만 그 노력이 곤륜파의 제자들과 비교하면 조족지혈이었다. 비호표국 내에서나 노력하는 축에 들지 제자들과는 비교하기가 민망할 정도였다.

"바꿔봐야죠. 첫술에 배부를 수는 없는 노릇이니."

"두 달은 너무 짧은데……."

진구가 두 눈을 좁혔다.

60일이라는 시간은 결코 짧지 않았지만, 기초부터 다시 가르치기에는 턱없이 모자란 시간이었다. 더구나 표사들의 경우 안 좋은 습관들을 너무나 많이 가지고 있었기에 교정을 한다고 해도 그게 바로 될 리가 없었다.

그렇다면 방법은 하나뿐이었다.

"불가능을 가능하게 만드는 방법은 하나뿐이죠."

"확실히 장문인의 전문이기는 하겠구려."

"진 호법도 마찬가지라고 생각합니다만."

벽우진과 진구가 똑같은 눈빛을 흘렸다. 두 사람이 같은 생각을 떠올렸던 것이다.

그 모습에 조용히 대련을 지켜보고만 있던 청민이 어색하게 웃었다. 듣지 않아도 두 사람이 무슨 생각을 하는지 그는 알 수 있었던 것이다.

'명복을 빌어줘야 하나.'

차마 입 밖으로 나오지 않는 말을 떠올리며 청민은 슬그머니 자리를 옮겼다. 벽우진과 진구에게서 심상치 않은 말들이 나와서였다.

대신 그는 쟁자수들을 유심히 살펴봤다. 나이가 어리고 아직 제대로 무공에 입문하지 않은 만큼 어떻게 보면 짧은 시간에 가장 큰 성장을 보일 수 있는 게 쟁자수들이었기 때문이다.

'그렇다고 속가제자들도 아닌데 비천단을 나눠줄 수도 없고.'

서예지를 제외하면 아직 제자들 중에서도 비천단을 하사받은 이가 없었다. 그런 보물을 속가제자들도 아닌 쟁자수들에게 나눠준다는 건 말이 안 되었기에 청민은 비천단에 대한 생각은 시작과 동시에 털어버렸다.

대신 천호문의 장로들과 천류검대주가 익히고 있던 무공들을 떠올렸다.

'강호일절이라 부르기는 힘들지만 그래도 나름 상승무공이라 부를 만한 것들이니.'

청민은 대수롭지 않게 생각했지만 절정무공만 하더라도 표사들과 쟁자수들에게는 엄청난 보물이었다. 절정무공은 배우고 싶다고 해서 배울 수 있는 게 아니었기 때문이다.

게다가 비밀리에 청하상단의 호위대도 익히고 있기에 앞으로의 미래를 생각하면 이쪽이 훨씬 더 나았다.

쟁자수들 중에는 도일수처럼 곤륜파의 제자가 되고 싶어 하는 이들이 몇몇 있기는 했지만 아쉽게도 그의 눈이나 벽우진의 눈에 차는 이는 없었다.

"그래도 실력이 많이들 늘었네."

제자들을 보며 청민이 아주 흐뭇한 표정을 지었다. 무공을 제대로 배운 지 얼마 되지 않았음에도 불구하고 다들 실력이 일취월장했기 때문이다.

그중 군계일학은 바로 서예지였다. 환골탈태한 몸이라는 사실을 여지없이 보여주듯 서예지는 비호표국의 몇 없는 일급표사들을 상대로 전혀 밀리지 않았다. 오히려 연거푸 일대일 대련을 할 정도로 체력적으로도 우세를 보였다.

"정말 잘 컸어, 허허허."

일취월장하는 실력만큼이나 미모도 나날이 발전하는 서예지의 모습에 청민이 손녀를 바라보는 눈빛으로 쳐다봤다. 청범의 손녀인 만큼 어떻게 보면 서예지는 그의 손녀나 마찬가지였기 때문이다.

특히 표사들과 쟁자수들이 넋을 잃고서 서예지를 쳐다보는 광경에 청민은 흐뭇한 웃음을 흘렸다.

"정말 많이 달라졌어."

청민이 감회 어린 표정을 지었다. 폐허였던 이곳이 정말 많이 달라졌기 때문이다.

그리고 그 시작은 누가 뭐래도 벽우진이었다. 사형이 오면서부터 모든 변화가 일어났다.

"이렇게 한 걸음씩 나아가다 보면 반드시 과거의 성세를……"

밝은 미래를 꿈꾸던 청민의 얼굴이 삽시간에 굳어졌다. 멀지 않은 곳에서 지독한 살기가 줄기줄기 솟구치고 있었기 때문이다. 숨길 생각도 없이 살기를 사방에 흩뿌리는 기세에 청민은 번개 같이 벽우진을 쳐다봤다. 자신이 느낀 걸 벽우진이 느끼지 못할 리가 없어서였다.

"많이 컸어, 우리 청민이. 거리가 상당한데 벌써 느낀 걸 보면."

"누구일까요?"

"글쎄. 대호방이나 백운산장은 아니겠지?"

"쫓기는 기척이 있는 걸 보면 원한 관계가 아닐까 생각되는데."

진구 역시 느낀 모양인지 한 다리를 걸쳤다.

그런데 그의 표정이 요상했다. 지독한 살기가 줄줄이 솟구치고 있음에도 오히려 살짝 기대하는 표정을 지었던 것이다.

"방향이 정확히 산문 쪽입니다."

"일부러 이쪽으로 온다는 건데. 어디일라나. 일단 마기는 아닌데."

"저도 그게 의문입니다."

"뭐, 가보면 알겠지. 가시겠습니까?"

"당연히."

벽우진의 말에 진구가 일고의 망설임도 없이 대답했다. 이런 재미있는 일에 그가 빠진다는 건 말이 되지 않았기 때문이다.

"저도 가겠습니다."

"셋이 다 갈 필요 있나. 한 명은 여기를 지켜야지. 혹시라도 애들 다치지 않게 감독도 해야 하고."

"둘이면 충분하다고 생각하오."

"알겠습니다."

다른 이도 아니고 벽우진과 진구였다. 그렇기에 청민은 고개를 끄덕였다.

대부분의 사람들이 모르고 있지만 곤륜파에서 제일 강한 사람이 벽우진이었다. 호법들을 통틀어서도 말이다.

"가죠."

"좋소이다."

벽우진이 이곳을 맡긴다는 의미로 청민의 어깨를 두어 번 두드려 주고는 가볍게 땅을 박찼다. 그리고 그 뒤를 진구가 히죽 웃으며 곧바로 따라서 이동했다.

"큰일이 아니어야 할 텐데."

벽우진이나 진구만큼은 아니지만 청민 역시 기감이 꽤 많이 확대되고 예민해진 상태였다. 높아진 경지만큼 파악할 수 있는 범위 역시 늘어났던 것이다.

그런데 그의 기감에 느껴지는 기파는 제법 강렬했다.

"뜬금없이 북해빙궁이 나타나지는 않겠지. 공동산에서 여기까지 거리가 얼만데."

구대문파에 들어가는 게 민망할 정도로 곤륜산은 위치상 중원보다는 신강과 서장에 훨씬 더 가까웠다.

그렇기에 청민은 피식 웃었다. 공동파의 제자들이 곤륜산까지 올 가능성은 전무하다고 생각해서였다.

"헉헉헉!"

"조금만 더 가면 됩니다!"

"그 말 맞아? 한 식경 전에도 똑같은 말 했잖아!"

"어차피 길이 하나뿐이니……."

쐐애애액!

공동파의 속가제자들이 등 뒤에서 들려오는 맹렬한 파공음에 해쓱한 표정을 지었다. 날아오는 게 무엇인지 도주 중에 질리도록 겪어봤기 때문이다.

그렇기에 속가제자들은 파공음이 들리는 순간 각자 방향을 틀었다.

"컥!"

하지만 운이 나쁘게도 한 명이 적중당하고 말았다. 매서운 기세로 날아온 돌멩이가 정확히 어깻죽지를 강타한 것이다.

"진량아!"

가뜩이나 부상으로 인해 제대로 뛰지 못하던 사제가 꼬꾸라지듯이 쓰러지자 백상수가 피를 토하는 심정으로 소리쳤다.

하지만 충격에 기절한 것인지, 아니면 죽은 것인지 문진량은 쓰러진 채로 미동도 하지 않았다.

"쫓는 사람 참 피곤하게 만드네."

"그러니까. 얌전히 뒈져주면 좀 좋아? 꼭 여기까지 왔어야 했어?"

저벅저벅.

백상수 일행이 잠시 멈췄을 때 숲속에서 일단의 무리가 걸어 나왔다.

그들을 본 일행들의 얼굴이 삽시간에 시커멓게 변했다.

"여기까지인가……."

"조금만 더 가면 되는데……."

열 명의 추적자들보다도 위풍당당하게 선두에 서 있는 두 구의 빙혼강시에 일행들의 안색이 시커멓게 죽었다. 한 구만 해도 상대할 수가 없는데 하나가 더 늘어 있자 희망이 아예 사라진 듯한 느낌이 들어서였다.

-아직 기회는 있습니다, 사형.

근데 그때 백상수의 귓전으로 한 줄기 전음이 들려왔다. 두 번째 항렬이자 평소에 친하게 지내는 동생인 종혁진이 그에게 전음을 보내왔던 것이다.

-방법?

-여기서 뿔뿔이 흩어지면 됩니다. 정확하게는 각기 다른 방향으로 곤륜파를 향해서요.

-……진량이를 버리자는 말이냐?

백상수의 표정이 삼엄해졌다. 무슨 말인지 그는 단박에 알아들었던 것이다.

그렇기에 그의 표정이 더없이 무거워졌다.

-어쩔 수 없습니다. 한 명 때문에 모두가 죽을 수는 없지 않습니까. 진량이도 그걸 바라진 않을 겁니다. 이미 할 수 있는 만큼 하기도 했고요. 다른 아이들을 생각하세요, 사형.

백상수가 두 눈을 감았다. 찰나가 억겁처럼 길게 느껴졌다. 하지만 생명의 무게가 똑같다면 그는 한쪽을 선택해야만 했다.

"이거, 이거 대가리 굴리는 소리가 여기까지 들리는데?"

"그보다 왜 여기까지 온 거야? 설마 곤륜파에 가려고? 근데 배신 때려놓고 이제 와서 도와달라고 찾아가는 것도 웃기지 않아? 아, 혹시 비슷한 일을 겪었으니 동병상련이라도 느껴서 동정심에 도와줄 거라 생각하는 건가?"

"큭큭큭!"

북해빙궁의 무인들이 키득거렸다. 만약 추측이 맞으면 골 때려도 이렇게 골 때리는 일이 없어서였다.

하지만 만약 곤륜파 무인들과 조우한다고 해도 북해빙궁 소속의 무인들은 물러날 생각이 없었다.

'괜히 여기까지 온 게 아니니까 말이지.'

상황 보고를 할 때 직속상관이 직접 하달한 지시가 있기에 조장인 그는 기광을 번뜩이며 주변을 훑었다.

곤륜파가 근래 들어 기지개를 켜고 있다는 소식을 북해빙궁 역시 알고 있었기에 안 그래도 예의 주시하고 있었다. 물론 전황에 크게 영향을 끼칠 가능성은 희박했지만 그래도 변수가 될 수도 있었기에 미리 파악해서 나쁠 것은 없었다.

"이 새끼들 완전 몰염치한 새끼들일세. 안 그렇습니까, 조장?"

"뭐, 자기중심적으로 생각할 수도 있으니까. 원래 명문정파라는 족속들이 겉 다르고 속 다른 놈들이잖아. 충분히 그리 생각할 수 있지. 자신이 한 짓은 까맣게 잊어버리고 말이야."

"……."

대놓고 자신들을 멸시하는 북해빙궁의 말에도 백상수는 아무런 대답을 하지 않았다. 대신 입술을 깨물고서 결정을 내렸다.

힘겨운 선택이었지만 어쩔 수 없었다. 살릴 수 있을지 장담할 수 없는 한 명을 살리고자 사형제들을 모조리 사지에 밀어넣을 수는 없었기 때문이다. 빙혼강시라도 없었다면 자신을 희생해서라도 활로를 만들었을 테지만 안타깝게도 지금 그의 상태로는 빙혼강시 한 구도 제대로 상대할 수 없었다.

"흡……!"

"개판이구만."

"확실히 세상이 많이 변하긴 한 것 같소이다. 사형이라는 놈이 저렇게 무책임한 선택을 내릴 줄이야."

"현실적으로는 가장 확실한 방법이긴 합니다. 다만 살아남아도 윗사람 대접은 받기 힘들겠지요."

"누구냐!"

타악!

허공에서 갑자기 떨어져 내리는 두 개의 인영에 공동파의 속가제자들은 물론이고 북해빙궁의 무인들 역시 깜짝 놀라며 소리쳤다.

하지만 정작 내려선 두 인영은 너무나 여유로운 태도로 주변을 둘러보고 있었다. 둘 다 뒷짐을 진 채로 말이다.

"복색이 특이하구려."

"북해빙궁 같은데. 음한기공을 익힌 것으로 보아."

"곤륜파의 제자인가?"

조장이 날카로운 눈빛으로 두 사람을 빠르게 훑어봤다.

그러면서 그는 내심 두 사람의 무위를 가늠해 보았다. 풍기는 기도와 자세 그리고 호흡으로 자신보다 윗줄인지 아닌지 파악하려 했던 것이다.

"곤륜산에서 곤륜파라고 물어보다니. 확실히 세월이 많이 흐르긴 흘렀어. 이런 어처구니없는 말을 내가 듣게 될 줄이야."

"대, 대협!"

은연중에 인정하는 벽우진의 말에 백상수가 소리치며 달려왔다. 그토록 만나고자 했던 곤륜파의 제자가 등장하자 한달음에 다가왔던 것이다.

하지만 그는 이내 발걸음을 멈출 수밖에 없었다.

"역시 일부러 이곳으로 왔군."

"그게, 그러니까……."

"한때 같은 구대문파였으니 당연히 도와줄 거라 생각했던 건가?"

"……."

백상수의 얼굴이 시뻘겋게 달아올랐다. 적나라한 말이었지만 틀린 소리가 아니었기에 부정할 수가 없었던 것이다.

그리고 그건 다른 속가제자들도 마찬가지였다.

"근데 본파에 공동파가 했던 짓은 까맣게 잊었나 봐? 아니, 나만 기억하는 건가?"

"그 부분에 대해서는……."

"물론 선대의 잘못을 후대에 묻는 것은 잘못된 일이긴 하지. 선대가 저지른 일을 후대가 굳이 책임져야 할 이유는 없으니까. 하지만 그 말은 반대로 본파 역시 공동파를 도와줄 이유가 없다는 뜻이기도 하다."

꿀꺽!

분노는커녕 흥분도 하지 않는 지극히 냉정한 표정과 말투에 백상수는 물론이고 종혁진과 사제들이 마른침을 삼켰다. 젊은 도사는 그들에게 명확히 선을 그었던 것이다.

동시에 그들은 의문이 들었다. 자신들 또래가 너무나 자연스럽게 하대를 하고 있어서였다.

"하지만 같은 백도의 무인으로서 어려운 상황에 빠진 사람을 도와줄 수도 있지 않겠습니까?"

"같은 백도의 무인일 뿐만 아니라 적지 않은 교분까지 나누었던 사이를 단칼에 끊어버린 쪽은 공동파였지. 그런데 우리라고 똑같이 그러라는 법은 없지 않나? 더구나 영악하게도 그 명분을 이용하러 여기까지 온 녀석들에게는 더더욱."

급한 마음에 자기도 모르게 나섰던 종혁진의 얼굴이 새빨 갛게 변했다. 반박할 여지가 없는 말에 입이 있어도 대답을 할 수가 없었던 것이다.

"조, 조금만 아량을 베풀어……."

"그럴 수는 없을 것 같아. 누구들 덕분에 사문이 쫄딱 망한 상태라. 그래도 한때 동료이자 전우였던 곳의 제자들이니 매 몰차게 손을 쓰지는 않겠어. 그러니 꺼져."

벽우진이 환하게 웃으며 말했다. 마지막 말과는 정말 어울 리지 않는 해맑은 미소였다.

그래서인지 백상수는 물론이고 북해빙궁의 무인들 역시 어 안이 벙벙한 표정을 지었다. 정말 생각지도 못한 말이었기 때 문이다.

"푸하하핫!"

"이거 골 때리는 녀석일세!"

"큭큭! 저 병신들은 썩은 동아줄을 믿고 여기까지 온 거야?"

이윽고 북해빙궁 무인들이 파안대소를 터뜨렸다. 동시에 공 동파의 속가제자들의 안색은 창백해졌다.

분명 좋은 말을 듣지는 못할 거라 예상하기는 했다. 그래도 중원도맥의 발상지이자 명문도문인 만큼 조금의 도움은 주지 않을까 기대했는데 그건 너무나 큰 착각이었다.

"네놈들은 닥치고."

"뭐라?"

"그러니 둘 다 꺼져. 괜히 내 구역에서 얼쩡거리지 말고. 내일 년에 몇 번 부리지 않는 아량을 오늘 베풀어 사지 육신 온전하게 보내줄 테니까."

"클클클!"

품위라고는 쥐똥만큼도 없는 벽우진의 말에 의외로 조용히 서 있던 진구가 웃음을 터뜨렸다. 역시나 기대를 저버리지 않는 벽우진의 말 때문이었다.

하지만 웃는 건 진구 한 명뿐이었다. 다른 이들은 얼굴을 딱딱하게 굳히며 벽우진을 노려봤다.

"그만 꺼져. 싸우려면 곤륜산 내려가서 해."

"대, 대협!"

조금의 여지도 두지 않겠다는 싸늘한 벽우진의 말에 백상수가 다시 한번 입을 열었다. 창백한 안색으로 다급하게 벽우진을 불렀던 것이다.

그러나 벽우진의 태도는 냉랭했다. 그는 번복할 생각이 없다는 듯이 차가운 눈으로 백상수를 쳐다봤다.

"여기서 그냥 하직할래?"

"……."

빈말이 아니라는 것을 느낄 수 있는 태도에 백상수가 주먹을 움켜쥐었다.

태어나서 이렇게 괄시받은 적이 없지만, 곤륜파의 제자는 그럴 자격이 있었다. 천년마교를 누구보다 앞장서서 상대했던 곤륜파를 매정하게 외면했던 게 바로 그의 사문이었으니까.

"죽이지 않는 걸 고맙게 여기지는 못할망정. 역시 사람의 이기심이란."

거기에 진구까지 합세하자 백상수와 속가제자들의 고개는 점점 아래로 숙여졌다.

그런데 그때 북해빙궁 쪽에서 끼어들었다.

"우리가 왜 그래야 하지?"

"좋은 말로 할 때 내려가. 장난감 믿고 까불지 말고."

"장난감?"

조장이 눈썹을 꿈틀거렸다. 빙혼강시를 쳐다보는 무심한 눈빛이 그의 심기를 건드렸던 것이다.

게다가 아무리 곤륜파의 제자라지만 마치 이 지역이 자신의 것이라도 되는 양, 마치 왕이라도 되는 것처럼 말하는 꼬락서니가 심히 거슬렸다.

"내가 말하지 않았소. 이리될 게 뻔하다고."

"예상을 하긴 했지만. 근데 진 호법은 너무 즐거워하는 거 아닙니까?"

"크흠! 흠!"

언제 박장대소를 터뜨렸냐는 듯이 살기를 내뿜으며 이곳을 노려보는 북해빙궁의 모습에 슬쩍 미소를 머금었던 진구가 표정을 가다듬었다.

그러고는 엄한 눈빛으로 조장을 노려봤다. 감히 그에게 살기를 흩뿌리는 게 너무나 가소로워서였다.

"호법이라. 그쪽이 혹시 태산권인가? 청해성에서 나름 명성이 있던데."

"참 세상이 많이 변하기는 했소이다. 저런 허접한 녀석들이 반말을 찍찍 해대는 것을 보면."

"제가 보기에는 이렇게 나오길 기다린 것처럼 보입니다만."

"원래 무림이라는 세계는 힘을 쓰면 그 꼬리에 꼬리를 물고 사건이 벌어지게 마련이외다. 자신이 원하지 않더라도 말이오. 그것을 끊기 위해서는 오직 두 가지뿐이라고 생각하오. 죽든가, 죽이든가."

"허!"

조장이 헛웃음을 흘렸다. 말하는 본새를 보아하니 자신들을 얕잡아 봐도 그렇게 얕잡아 볼 수가 없어서였다.

다른 조원들의 생각도 마찬가지인 듯 하나같이 서늘한 살기를 내뿜었다.

반면에 공동파의 속가제자들은 요상하게 흘러가는 상황에 눈치만 살피고 있었다.

"뭐, 일정 부분은 동의합니다. 힘이 있는 사람은 가만히 있고 싶어도 주변에서 가만히 놔두지를 않으니까요."

"가만히 있지도 않잖습니까."

진구가 무슨 소리냐는 듯이 한마디를 내뱉었다. 그는 사건을 일으키면 일으켰지 절대 가만히 있는 쪽이 아니었다.

"원래 인생사라는 게 사건과 사건의 연속입니다. 살아가는 것 자체가 선택이며 모든 게 인과율에서 벗어날 수가 없으니까요."

"죽여라!"

시종일관 자신들을 무시하는 두 사람의 모습에 조장이 더이상 참지 못했다. 어차피 지시받은 내용도 있겠다, 굳이 대화에 연연할 필요가 없었다.

쿠우우웅!

그리고 그 지시에 두 구의 빙혼강시가 땅을 박찼다. 후미에 있던 술법사가 빙혼강시에게 명령을 내렸던 것이다.

이윽고 얼음장처럼 차갑게 굳어 있는 표정의 빙혼강시가 상당히 빠른 속도로 벽우진과 진구를 향해 쇄도했다.

"강시라."

"몸놀림은 제법 빠르군요."

순식간에 접근한 빙혼강시의 양손이 두 사람의 어깨를 노렸다. 양쪽 어깨를 잡아서 그대로 찢어버리겠다는 속셈이었다.

하지만 무지막지한 악력도 악력이지만 빙혼강시의 무서운 점은 따로 있었다.

후우우웅!

바로 전신에서 자연스럽게 흘러나오는 냉기였다. 북해에서 쌓이고 쌓인 극한의 냉기가 빙혼강시의 육신에 머물고 그게 다시 자연스럽게 사방으로 흘러나왔다. 때문에 빙혼강시의 근처에만 가면 무인들이 경직되고 제대로 싸울 수가 없었다.

더 큰 문제는 빙혼강시들이 모이면 그 냉기가 중첩된다는 사실이었다.

터어어엉!

"제법 단단하네?"

다만 변수는 빙혼강시의 상대가 진구와 벽우진이라는 점이었다.

우당탕탕!

짧은 한마디와 함께 빙혼강시 한 구가 처참하게 널브러졌다. 진구의 주먹질 한 방에 속가제자들을 절망에 빠뜨렸던 빙혼강시가 허무하리만치 무기력하게 바닥을 나뒹군 것이다.

그 광경에 속가제자들은 물론이고 북해빙궁의 무인들 역시 순간 입을 쩍 벌렸다. 지금까지 막강한 위력을 선보였던 빙혼강시가 이렇게 무력하게 날아갈 줄은 몰라서였다.

"그래 봤자 강시죠."

우드드득!

냅다 주먹부터 때려 박은 진구와 달리 벽우진은 달려오던 빙혼강시의 다리를 걸어 그대로 자빠뜨렸다. 그러고는 손을 쓸 가치도 없다는 듯이 발바닥으로 빙혼강시의 발목을 지르밟았다.

터어엉!

물론 빙혼강시도 가만히 당하고만 있지는 않았다. 빙혼강시는 벽우진이 발목을 밟기 위해 다리를 든 순간을 놓치지 않고 반대 발로 발차기를 날렸다.

그러나 안타깝게도 약물로 인해 강철보다 더 단단하게 여문 빙혼강시의 발등으로도 벽우진에게 별다른 타격을 입히지 못했다. 강력한 공격이기는 했으나 누운 자세에서 펼친 발차기였기에 힘이 제대로 실리지 않았고, 육체의 강도는 벽우진도 크게 뒤떨어지지 않았기 때문이다.

게다가 진기를 전혀 사용하지 못하고 오로지 육신의 힘에만 기댈 수밖에 없는 빙혼강시와 달리 벽우진은 내외공이 조화를 이룬 상태였기에 피해를 더더욱 최소화할 수 있었다.

"저, 저런!"

한편 별거 아닌 발길질 한 번에 빙혼강시의 발목이 아작 나자 북해빙궁의 무인들이 두 눈을 부릅떴다. 강기가 아니면 생채기가 전부일 정도로 단단하기 짝이 없는 빙혼강시의 육신을 벽우진이 너무나 쉽게 파괴해서였다.

정작 벽우진은 그런 반응을 이상하다는 듯이 쳐다봤다.

콰드득!

그러나 아직 놀라긴 일렀다.

진구는 양손으로 재차 달려드는 빙혼강시의 두 팔을 잡고 그대로 뜯어냈다. 지금껏 빙혼강시가 무인들을 살육했던 방법이랑 똑같이 말이다. 다만 차이점이 있다면 무인들이 비명을 내질렀던 것과 달리 빙혼강시는 아무런 표정 변화가 없었다.

"어, 어!"

그 광경에 공동파의 속가제자들이 멍한 표정을 지었다. 지금 눈앞에 있는 빙혼강시가 동료들을 도륙하던 그 마물이 맞는지 의구심이 들었던 것이다.

하지만 전신에서 안개처럼 흘러나오는 냉기와 무표정한 얼굴 그리고 백발은 지금껏 보아온 빙혼강시가 분명했다.

"이런 것들에게 당했다니. 공동파도 예전 같지 않은 모양이외다."

"여기에는 두 구밖에 없지 않습니까. 공동산에서는 백 구 정도 있었다고 하니 지금보다는 위력이 좀 더 강했겠지요. 그리고 저나 진 호법에게나 손쉬운 상대지 일반 무인들에게는 살귀와 다름없었을 겁니다."

"흐음."

진구가 못마땅한 표정을 지었다. 소문과 달리 너무나 약해 빠진 것 같아서였다.

손맛은 있지만 긴박감이 없다고나 할까. 무인이라기보다는 힘만 세고 단단한 인형을 상대하는 느낌이었다.

"그리고 아직 싸움은 끝나지 않았습니다."

"흐흐흐."

이어지는 벽우진의 말에 진구가 히죽 웃었다.

그 미소는 북해빙궁뿐만 아니라 공동파의 속가제자들에게도 섬뜩하게 다가왔다. 마치 먹이를 노리는 맹수의 눈빛이 진구에게서 흘러나왔기 때문이다.

"참고로 도망칠 생각은 하지 않는 게 좋아. 난 이를 드러낸 새끼들을 얌전히 돌려보낸 적이 없거든."

"다 때려잡지 않았소."

"때려잡았다기보다는 인생의 참맛? 쓴맛을 가르쳐 주었죠. 인생은 실전이니까요."

"자, 잠깐만!"

아까 전의 자신만만하던 태도는 어디로 갔는지 조장이 다급하게 손을 들며 소리쳤다. 설마하니 빙혼강시가 이렇게 무기력하게 제압당할 줄은 몰랐기에 깜짝 놀란 것이었다.

물론 아직은 거동이 가능한 상태이지만 두 사람의 여유 있는 태도로 보건대 아까 말했던 것처럼 빙혼강시는 한낱 장난감에 불과했다.

그렇기에 조장은 황급히 입을 열었다.

"잠깐만? 여전히 반말을 지껄이네?"

쩌어억!

나머지 발목도 으그러뜨린 벽우진이 피식 웃으며 빙혼강시의 머리를 터뜨렸다. 강시에 대해 잘은 모르지만 대부분 머리가 핵심이라는 걸 알기에 망설이지 않고 짓밟은 것이다.

그 예상이 맞았는지 빙혼강시는 꿈틀거리지도 못한 채 사지를 널브러뜨렸다.

"잠시만, 잠시만 멈추시지요."

"이제 좀 대화를 할 마음이 생기는군."

꿀꺽!

단숨에 주도권을 휘어잡는 벽우진의 모습에 우측에 자리 잡고 있던 백상수가 침을 꿀꺽 삼켰다. 말도 안 되는 무위도 무위지만 분위기 자체가 범상치가 않아서였다.

동시에 그의 뇌리에 한 명이 떠올랐다. 지금의 곤륜파를 만든 인물이 자연스럽게 연상되었던 것이다.

'혹시?'

'맞는 것 같습니다.'

종혁진도 똑같은 추측을 했는지 눈이 마주치기 무섭게 고개를 주억거렸다.

그리고 그건 다른 사형제들도 마찬가지였는지, 다들 눈을 크게 뜨며 벽우진을 주시하고 있었다.

"혹시 곤륜파의 장문인이십니까?"

"내가 군이 대답해 줘야 할 필요성을 못 느끼겠는데."

"으음!"

시작부터 삐딱하게 대답하는 벽우진의 모습에 조장이 얼굴을 굳혔다.

하지만 누가 갑인지는 명백했다. 아무리 그들이 북해빙궁의 강인한 전사들이라고 하나 열 명으로 상대할 수 있는 빙혼강시의 숫자는 한 구뿐이었다. 그나마도 절정에 오른 그가 있어서 가능한 것이지 다른 조원들은 한 구도 상대할 수 없었기에 조장은 마른침을 삼키며 머리를 굴렸다.

"그리고 묻는 건 내가 해야지. 네놈이 해야 하는 게 아니라."

"맞소이다. 어디서 머리에 피도 안 마른 게 버르장머리 없이."

"저에게 하는 소리 같습니다만?"

"커험! 그럴 리가 있겠소?"

진구가 헛기침을 하며 먼 산을 바라봤다. 말로는 아니라고 하지만 벽우진은 알았다. 방금 전 말에 자신 역시 포함되어 있다는 사실을 말이다.

"돌아와서, 왜 우리를 노렸지?"

"……공동파의 잔존 세력을 쫓다가 여기까지 왔습니다."

"말 돌리지 마. 너희 꿍꿍이속이 있어서 여기에 온 거 아냐."

"아닙니다."

조장이 곧바로 대답했다. 그러면서 표정을 황급히 가다듬었다. 하지만 안타깝게도 그게 된 것은 그뿐이었다. 부하들은 하나같이 뜨끔한 표정을 짓고 있었다.

"뒤에 있는 놈들은 아니라는데?"

"헉!"

"뭐, 묻지 않아도 예상이 가기는 하지만. 상부에서 한번 찔러보라고 시켰겠지? 감숙성을 차지하기는 했지만, 옆에 적이 있으면 아무래도 신경이 쓰일 수밖에 없으니까. 차라리 멸문해서 제자 한 명만 달랑 남아 있는 상태라면 신경도 쓰지 않을 텐데, 어라? 다시 재건 중이라고 하네? 그럼 당연히 확인해 보고 싶어지지 않겠어? 전력은 어떤지? 위험 요소가 될 수 있는지 등등."

조장이 자기도 모르게 마른침을 삼켰다. 동시에 입술이 바짝바짝 말라왔다. 너무나 정확하게 짚어내는 통찰력에 식겁한 것이다.

"그리고 가능하다면 쓸어버리라고 지시했겠지. 변수가 될지 모르는 것은 아예 싹을 밟아버리는 게 가장 확실하니까."

부르르!

이어지는 벽우진의 말에 조장의 몸이 떨렸다. 직속상관이 지시했던 말과 너무나 판박이였다.

"근데 그건 누구나 생각할 수 있는 것 아니오?"

"뭐, 그렇긴 하죠. 저라도 그렇게 지시를 내렸을 테니까."

"그럼 이제 마무리를 짓는 게 어떻겠소이까."

쾅쾅!

진구가 양 주먹을 가슴 앞에서 정면으로 부딪쳤다. 그 소리에 북해빙궁의 무인들이 움찔거렸다. 저 주먹질 한 방에 그 단단한 빙혼강시가 속절없이 날아간 걸 직접 목도했기 때문이다.

"한 명은 살려둬야 합니다. 내 경고를 전달해야 하니까."

"그럼 그 한 명은 내가 택해도 되겠구려."

진구가 땅을 박찼다. 한 명이라면 나머지 아홉 명은 마음대로 해도 된다는 뜻이었기 때문이다.

그러나 즐거운 기색의 진구와 달리 북해빙궁의 무인들은 하나같이 식겁한 표정을 지으며 몸을 날렸다.

한데 진구에게 달려드는 이는 단 한 명도 없었다.

"암만 봐도 은거 생활보다는 속세가 더 어울리는데 말이지."

"이놈들!"

도인이라고 하기에는 너무나 호전적인 성향의 진구를 보며 벽우진이 혀를 찼다. 아무리 봐도 도사 체질은 아니었기 때문이다.

스윽.

북해빙궁에게서 시선을 뗀 벽우진이 고개를 돌렸다. 그 끝에는 백상수를 비롯한 공동파의 속가제자들이 모여 있었다.

"도움에 감사……."

"도와준 거 아니다. 잡것들을 쫓아낸 것뿐이지. 착각하지 마라."

"……예에."

북해빙궁 무인들이 그랬던 것처럼 백상수도 단박에 현재 처지를 파악했다. 아니, 모르면 그게 이상할 터였다. 명분뿐만 아니라 힘까지도 직접 보여주었으니까.

그렇기에 누구 하나 벽우진의 말에 토를 달지 못했다.

"뭐해? 안 가고."

"예?"

"아까 내가 했던 말 잊었어?"

벽우진이 대놓고 인상을 썼다. 그 모습에 백상수가 다급히 앞으로 한걸음 다가왔다.

하지만 그가 움직일 수 있는 건 딱 거기까지였다. 날카로운 기세가 그의 발걸음을 멈춰 세웠던 것이다.

"자, 장문인. 잠시만, 잠시만 제 말씀을 들어주십시오!"

"싫어."

"부상자가 있습니다. 아이들이 부상을 치료할 때까지만이라도 잠시 머물게 해주시면 안 되겠습니까?"

"마을 가서 의원 찾아. 우리는 몰락한 문파라서 의원이 없어."

단호하게 거절하는 벽우진의 모습에 백상수의 입술이 바짝 말랐다.

곤륜파의 도움으로 어찌어찌 추적조와 빙혼강시의 위협에서는 벗어났지만 그렇다고 안전이 확보된 것은 아니었다. 감숙 성과는 거리가 제법 있지만 북해빙궁의 추적조가 여기까지 따라온 만큼 후발대가 없으리라고는 장담할 수 없었기 때문이다. 그렇기에 백상수는 간절한 눈빛으로 벽우진을 바라봤다.

털썩!

"제발, 제발 한 번만 도와주시면 안 되겠습니까?"

"어, 싫어. 무릎 꿇어도 소용없고. 이제 와서 그러는 게 더 역겹다는 거 알고 있지?"

"무슨 말을 그리 하오? 그냥 다리만 움직일 수 있게 쥐어 패서 내려보내면 되는 것을."

벌써 다 처리했는지 진구가 양손으로 도복을 털며 터벅터벅 걸어왔다. 그러자 하나같이 피골이 상접한 모습의 속가제자들이 식겁하며 뒷걸음질 쳤다.

"이렇게 좋게 말해주는 것만으로도 너희는 감지덕지해야 해. 곤륜파에 저지른 것을 생각하면."

"……이 은혜는 언젠가 갚겠습니다."

"사, 사형!"

"가자."

번복의 여지가 전혀 없는 벽우진의 말에 몸을 일으킨 백상수가 정중히 포권을 했다. 어떻게 보면 정말 큰 도움을 이미 받은 것이나 다름없었기 때문이다.

만약 벽우진과 진구가 조금이라도 늦었다면 그와 사제들은 이렇게 살아 있지 못했을 터였다.

"하지만……!"

"일단 마을에 서둘러 가자. 다들 상처가 깊으니."

"아니, 어떻게든……!"

종혁진이 재차 입을 열었지만, 백상수는 단호히 그의 팔을 이끌었다. 만약 여기서 더 매달렸다가는 두 팔을 쓰지 못한 채로 곤륜산을 내려가야 할 수도 있었다.

그리고 곤륜파가 잘못한 것은 없었다. 오히려 억지를 부리는 쪽은 자신들이었으니까.

"쯧쯧! 진짜 염치없는 것들이 아니오. 곤륜파를 내버려 둘 때는 언제고."

"죽음이 코앞에 닥치면 무슨 짓이든 하는 게 인간 아닙니까. 근데 한 명은 확실하게 살려 보낸 겁니까?"

"두 다리와 입만 놀리면 되는 거 아니오?"

"……."

진구의 대답에 벽우진은 본능적으로 알 수 있었다. 딱 저 정도의 상태라는 것을 말이다.

"일단 움직일 수는 있으니 알아서 잘 갈 것이외다. 가다가 죽으면 제 운명이 거기까지인 거고."

"진 호법이 도공을 익혀서 참으로 다행이라고 생각합니다. 마공을 익혔다면 아마 희대의 대마두가 되지 않았을까 싶네요."

"크흠!"

진구가 몸을 돌렸다. 하지만 부정하지는 않았다.

··· 제7장 ···
출렁이는 판도

주변의 천막들과는 확연히 다른 크고 화려한 천막 안으로 냉담한 인상의 중년인이 들어왔다. 그러자 가장 안쪽에 자리 잡고 있던 백발의 여인이 고개만 돌려 중년인을 쳐다봤다.

　"반드시 보고해야 할 게 있어 늦은 시간이지만 무례를 무릅쓰고 찾아왔습니다."

　"말해."

　고저가 전혀 없는 무미건조한 목소리로 여인이 입을 열었다. 감정이라고는 전혀 담겨 있지 않은 특이한 목소리였지만, 정작 중년인은 그 부분에 대해 전혀 개의치 않았다.

　"공동파의 잔존 세력을 쫓던 추격조가 곤륜파의 제자들과 마주쳤습니다. 짐작하기로는 장문인과 호법들 중 한 명이었는데 실력이 상당했다고 합니다."

　"……."

여인은 입을 열지 않았다. 그저 숨을 고르는 중년인을 지그시 바라보기만 했다.

"빙혼강시를 마치 장난감 다루듯이 했다고 합니다."

"멸문했다고 들었는데, 용케 고수가 남아 있었나 보군."

"최근에 무서운 속도로 성장하고 있습니다."

"그래서 위험하다?"

"위험한 정도까지는 아니지만 그래도 아예 무시할 정도는 아니라고 생각합니다. 변수 정도는 되지 않을까 싶습니다."

진지한 중년인의 말에도 여인의 표정은 변화 없이 시종일관 무표정을 유지했다. 다만 눈빛이 아주 조금이지만 시시각각 변했다.

"보고 받기로는 구파일방과의 관계가 예전 같지 않다고 하던데?"

"소원해진 사이입니다. 정확하게는 구파일방과 오대세가가 곤륜파와 사천당가를 버렸습니다. 그나마 사천당가의 경우 재기에 성공했는지 봉문을 풀고 다시 활동하는 것으로 알고 있습니다. 하지만 제갈세가의 원조 요청은 거절했다고 합니다."

"그럼 굳이 들쑤실 이유가 없지 않나? 얌전히 잘 있는데."

"추격조 중 한 명이 오다가 죽었는데 마지막 서신에 이런 내용이 적혀 있었습니다."

중년인이 방금 전에 날아온 서신을 여인에게 건넸다.

이윽고 두 손으로 공손히 건네진 서신을 여인이 찬찬히 읽어 내려갔다.

"경고라."

"속하의 개인적인 생각으로는 확실하게 정리하는 게 가장 깔끔하다고 생각합니다. 언제 뒤통수를 칠지 모르니까요. 물론 그럴 가능성은 희박하지만 저는 아주 작은 가능성도 확실하게 지워 버리는 게 낫다고 생각합니다. 어차피 이득에 의해 움직이는 게 문파의 수장들이니까요."

"곤륜파. 곤륜파라."

"명령만 내려주시면 즉시 조치하겠습니다."

중년인이 다부진 어조로 말했다.

하지만 여인은 여전히 알 수 없는 표정을 지은 채 골똘히 생각에 잠겼다.

"지금 병력에 여유가 있나?"

"차도살인지계를 써도 될 것 같습니다."

"남의 손을 이용한다? 어디?"

"녹림십팔채와 사이가 그리 좋지 않은 것으로 알고 있습니다. 게다가 이번에 휘하로 들어온 감숙성의 문파들도 있고요. 아니면 조금 이르기는 하지만 본격적으로 청해성을 노려도 나쁘지 않다고 생각합니다."

중년인의 말에 여인은 곧바로 고개를 저었다. 이제 와서 굳이 전선을 확대시킬 이유는 없었기 때문이다. 애초에 청해성은 염두에 두지도 않았고.

"불가. 쓸데없는 짓이야."

"하오나 만약 소수 인원으로 뒤를 노린다면 상당히 피곤해질 우려가 있습니다."

"감숙성이 있잖아. 9할 가까이 점령했는데 제아무리 소수 정예라도 비밀리에 감숙성을 관통하는 건 불가능해."

"개방이 있습니다."

중년인이 조심스럽게 입을 열었다. 개방은 구파일방 중 한 곳이자 중원무림의 눈과 귀나 마찬가지였기 때문이다.

그리고 정보력으로 따지면 중원제일이라는 자리를 지금까지 단 한 번도 놓치지 않았다. 마도나 사도가 득세할 때에도 개방은 늘 중원 곳곳에 있었다.

"거지새끼들이 도와준다면 일말의 가능성은 있겠지. 그렇지만 사이가 좋지 않다며? 그리고 만약 관계가 개선되더라도 상관없어. 그전에 결판을 내면 되니까."

"지당하신 말씀이긴 합니다만……."

"자신 없느냐, 파천도존(破天刀尊)."

말끝을 흐리는 중년인을 향해 여인이 무미건조한 어조로 물었다. 그러자 중년인이 단호하게 고개를 저었다.

"제가 쓸데없는 말을 한 것 같습니다."

"우리가 신경 써야 할 곳은 곤륜산이 아니다. 이곳 화산이지. 그리고 오늘 밤 화산검제를 끝장낼 것이다."

"그리 만들겠습니다."

화산제일인이자 지금까지 꿋꿋하게 화산을 지켜온 거인이 바로 화산검제였다. 적어도 검만으로는 천하제일을 논할 수 있는 무인이 바로 그였고. 하지만 파천도존은 그 위명도 오늘로써 끝을 맺을 거라고 자신했다.

"탈백강시(奪魄僵屍)들은?"

"충분한 숫자가 완성되었습니다. 지금 즉시 사용 가능합니다."

"좋아. 준비시켜. 우리도 물량 공세를 펼칠 수 있다는 걸 보여줘야지."

"아마 혼비백산할 것입니다. 어제의 동료가, 혹은 면식이 있는 이들이 다른 존재가 되어 나타났으니까요."

파천도존이 의미심장하게 웃었다.

그동안 북해빙궁이 비옥하고 풍족한 중원의 영토를 노린 건 이번이 처음이 아니었다. 과거에도 수없이 중원을 침범했었다. 하지만 결과는 실패였다.

그러나 이번에는 다를 것이었다.

'비록 독식은 힘들겠지만, 오히려 절반이 나을 수도 있다. 너무 큼직한 음식은 한꺼번에 소화하기가 힘드니까.'

파천도존의 눈빛이 형형하게 빛났다.

얼어붙은 동토에서 오로지 생존하기 위해 대자연과 싸우는 그 무의미한 삶을 그는 후대에게 물려주고 싶지 않았다. 따뜻하고 풍요로운 대지에서 후대가 살아가길 원했기에 그는 물론이고 동료들도 여기까지 내려온 것이었다. 쉽게 얻을 수 없다면 싸워서라도 빼앗기 위해서 말이다.

"오늘 밤 잠은 자하각에서 잘 것이다."

"존명."

여인이 일어나며 천막 밖으로 걸어 나갔다. 그리고 그 뒤를 파천도존이 묵묵히 뒤따랐다.

잠시 후 개미 떼를 연상케 하는 수십, 수백의 검은 인영이 일제히 화산을 오르기 시작했다.

○

사아아아.

가부좌를 틀고 있는 벽우진의 주위로 청, 홍, 백, 흑, 황. 오색의 안개가 천천히 휘돌았다.

안개는 각자의 영역을 침범하지 않고서 조화롭게 벽우진을 감싸며 천천히 회전하며, 동시에 벽우진의 콧속으로 들어갔다가 나왔다가를 반복했다.

평범한 무인과는 완전히 다른, 신비로운 광경이었지만 안타깝게도 이 모습을 볼 수 있는 사람은 없었다.

"후우우우."

긴 날숨과 함께 벽우진이 운기조식을 마무리 지었다.

사실 피로를 쫓는 것 말고는 딱히 효과를 보는 게 없었지만 그럼에도 벽우진은 매일 운기조식을 하는 걸 빼먹지 않았다. 이제는 습관이 되기도 했고, 나름 명상을 하면서 하기에 좋았기 때문이다.

"북해빙궁이라. 이렇게 빨리 마주치게 될 줄은 몰랐는데 말이지."

북해빙궁과 오독문이 중원을 침공한다는 소식을 들었을 때 벽우진은 사실 이렇게 될지도 모른다고 짐작을 하기는 했었다. 천년마교만큼은 아니지만 북해빙궁과 오독문 역시 세외에

서는 난다 긴다 하는 곳들이었기 때문이다. 각각 세외 북쪽과 남쪽의 패자들이기도 했고.

그렇기에 부딪히는 건 어쩔 수 없었다. 곤륜파가 가만히 있겠다고 해도 북해빙궁이나 오독문이 가만히 있을 리가 없을 테니까.

"그래도 가급적이면 지네들끼리 치고받고 했으면 좋겠는데 말이지."

벽우진의 그린 그림 속에 북해빙궁과 오독문은 없었다. 두 곳이 침공하는 것보다 힘을 회복한 천년마교의 발호가 먼저라고 생각해서였다.

하지만 솔직히 지금의 상황도 나쁘진 않았다. 곤륜파를 버렸던 구파일방과 오대세가가 속수무책으로 당하는 모습을 보니 솔직히 고소했던 것이다.

"나도 어쩔 수 없는 사람이라니까. 그나저나 조금 서둘러야겠는걸."

운기조식을 마친 벽우진이 처소의 창문을 열며 중얼거렸다. 천년마교가 언제 발호할지 모르기에 서둘러야 한다고 생각했지만 북해빙궁과 오독문으로 인해 그 속도를 좀 더 올려야 할 것 같아서였다.

오독문이야 남쪽에서 치고 올라오니 당장 부딪칠 일은 없으나 문제는 북해빙궁이었다. 이미 한 번 충돌을 했기에 대대적으로 쳐들어올 가능성도 있었다.

"지금 당장은 화산파와 종남파, 하북팽가에 집중하겠지만, 그 이후에는 모르지."

곤륜파가 구파일방, 오대세가와 많이 소원해졌다고 하나 그래도 명문정파였다. 게다가 경고까지 보냈으니 가만히 있을 리가 없었다. 당장은 아니더라도 칼을 갈고 있을 게 분명했다.

때문에 벽우진은 조금 이르지만 한 명씩 시작하기로 결정을 내렸다. 고래로 결국 강호는 강한 자가 살아남는 세상이었으니까.

"의외로 애들이 잘 따라와 주고 있고."

비호표국을 훈련시키는데 성과는 제자들이 더 많이 가져가고 있었다. 성장세가 말 그대로 눈부셨던 것이다. 더구나 생각했던 것보다 더한 근성을 보여주는 모습에 벽우진은 내심 흡족했다.

아무리 나이가 어리다고 하나 패배하는 걸 좋아하는 사람은 없었다. 그런데 아이들은 수도 없이 패배하고 깨지면서도 표사들에게 도전하는 것을 망설이지 않았다. 오히려 어떻게든 하나라도 더 배우고 훔치려는 듯한 모습에 벽우진은 그저 웃음만 나왔다.

"특히 일수가 대단하지."

원래부터 부지런했던 도일수는 본격적으로 곤륜파의 무공을 배우기 시작하자 더욱더 처절하게 수련했다. 잠자는 시간과 밥 먹는 시간, 그 외 생리 현상을 제외한 모든 시간을 오로지 무공 수련에 쏟아부었다.

물론 그렇다고 해서 실력이 확 늘지는 않았다. 하지만 분명한 것은 아주 조금씩이지만 성장하고 있다는 점이었다.

"미래가 아주 밝아. 다만 그 미래는 수많은 위기를 이겨내고 헤쳐내야 얻을 수 있겠지만."

똑똑똑.

최근에 제자로 들인 도일수를 떠올리며 벽우진이 만족스러운 미소를 머금고 있을 때, 문 두드리는 소리가 들렸다.

"사부님, 일수입니다."

"호랑이도 제 말 하면 온다더니."

"예?"

"들어와라."

뜻 모를 말에 당황하던 도일수가 이내 표정을 가다듬고 문을 열고 처소 안으로 들어왔다.

그러고는 공손히 고개부터 숙였다. 하늘 같은 사부에게 인사부터 했던 것이다.

"안녕히 주무셨습니까."

"나야, 늘 건강하지. 그런데 아침부터 무슨 일이더냐?"

"손님이 찾아오셨습니다. 하오문의 양선이라 전하면 사부님께서 아실 거라 했습니다."

"호오."

벽우진이 눈을 빛냈다. 찾아온 시기가 절묘하다는 생각이 들어서였다.

하지만 한편으로는 당연하다는 생각도 들었다. 개방과 비견되는 정보력을 지닌 게 하오문이었기 때문이다.

"아시는 분이신지요?"

"얼굴은 알지. 한 번 만나봤으니까. 몇 명이서 왔더냐?"

"세 명입니다."

"접객당으로 데려오너라."

벽우진이 자리에서 일어났다. 아침 일찍부터 곤륜산을 찾아왔다면 그럴 만한 이유가 있을 거라고 생각해서였다.

"알겠습니다."

"너무 무리하지는 말고. 육신을 해치며 수련하는 건 수련이 아니다. 혹사지."

"명심하겠습니다."

도일수가 경건한 표정으로 대답했다.

하지만 입가에는 미소가 맺혀 있었다. 이십 년 동안 이렇게 자신을 신경 써주는 사람이 없었기에 고맙기도 하고 행복하기도 했기 때문이다. 게다가 형제자매가 없는 그에게 사형제들도 생겼기에 도일수는 힘들고 피곤해도 하루하루가 너무나 행복했다.

"가자."

"예."

벽우진은 왠지 모르게 감격해 하는 도일수와 함께 처소를 나섰다.

접객당에 도착한 양선은 눈동자만 움직여 방 안을 살폈다. 지난번과 크게 달라지지 않은 풍경이었지만 그래도 혹시 몰라서였다.

사실 그녀가 살피는 건 방 안만이 아니었다.

'많은 게 변했어.'

그리 많은 시간이 흐르지 않았음에도 곤륜파는 하루가 다르게 바뀌고 있었다. 부족했던 사람들이 빠르게 채워지고 있었던 것이다.

그리고 그녀는 곤륜파가 사천당가의 도움을 받아 무언가를 준비하고 있다는 사실을 알았다. 자세히는 모르지만 상당한 자재들이 곤륜파로 들어가고 있다는 걸 그녀는 파악할 수 있었다.

'유비무환이라고, 미리 준비해서 나쁠 것은 없어. 하지만 실제로 그렇게 하는 사람은 별로 없지.'

아무도 없는 텅 빈 접객당에 홀로 앉아서 양선은 생각에 잠겼다. 오늘은 단순히 친분을 다지고자 찾아온 자리가 아니었기 때문이다.

'알 수가 없단 말이지. 사실 자연스럽게 다시 관계를 진척시키기에는 공동파의 속가제자들이 찾아왔을 때가 기회였는데 말이야.'

원한은 중요했다. 사람인 이상 원한을 잊지 않는 건 불가능했다. 하지만 한 문파의 수장은 달라야 했다. 원한을 갚는 것도 중요하지만, 그보다 더 큰 그림을 보고 방향을 잡아야 한다.

그러나 벽우진의 선택은 보통의 사람들과 달랐다. 또한 사천당가 역시 마찬가지였고.

'분명 모종의 협약이 있을 거야. 곤륜파의 장문인과 사천당가의 태상가주의 사이가 아주 각별했었다고 하니까. 독황이

직접 곤륜파를 찾아오기도 했고.'

전대 고수이기에 많은 이들이 만천독황 당민호를 잊고 있었다. 아니, 별호와 무명은 알아도 그의 모습을 아는 이는 이제 거의 없다고 보는 게 옳았다. 봉문을 해서 대외 활동을 하지 않기도 했고, 오랜 세월이 흐른 만큼 모습 역시 많이 바뀌어서였다. 하지만 하오문은 그런 당민호를 알아보았다.

'똑같이 행동하는 데에는 분명한 이유가 있을 테니까.'

만천독황 당민호는 전대의 천하십대고수 중 한 명이었다. 지금으로 따지면 삼제오왕칠성에 버금가는 무인인 것이다. 물론 세월이 흐른 만큼 노쇠하였지만, 무인이라기보다는 독인인 만큼 그 실력이 어디로 가지는 않았을 터였다. 오히려 더욱 농익었으면 모를까.

'그래서 의문이 든단 말이지. 도대체 장문인의 무위는 어느 정도일까.'

양선이 가장 궁금해하는 점이 바로 이것이었다.

분명 강하다는 사실은 알았다. 하지만 중요한 것은 그 강함이 어느 정도냐 하는 것이었다. 그리고 그건 그녀뿐만 아니라 구파일방과 오대세가 역시 궁금해했다.

'일단은 독황과 엇비슷한 수준으로 잡는 게 가장 현실적이지만 정확하지는 않지. 그리고 우리 같은 정보를 다루는 이들에게 애매한 것만큼 안 좋은 것도 없고.'

양선의 눈빛이 번뜩였다.

그녀가 생각하기로 벽우진의 무위는 청해성에서 제일 강할

게 분명했다. 하지만 중원 전체로 보면 어느 정도인지 정확히 감이 잡히지 않았다. 배짱을 부리는 건지 실제로 만천독황 이상 가는 무위를 지닌 건지 알 수가 없었던 것이다.

'빙혼강시 두 구로 가늠한다는 것 자체는 말이 되지 않고.'

게다가 곤륜파에는 벽우진만 있는 게 아니었다. 진구를 비롯한 호법들 역시 존재했다. 특히 진구 같은 경우는 대호방의 부방주를 어린애 다루듯이 상대한 것으로 유명하기도 했고.

'좀 더 확실한 표본이 있었으면 좋겠는데 말이지.'

잔머리가 좋은 건지 영악한 건지 벽우진은 지금껏 본신의 무위를 단 한 번도 드러낸 적이 없었다. 힘을 써야 할 때에도 굉장히 은밀히 드러냈다.

한 번은 청하상단의 호위대를 통해서 알아보려고 했으나 그녀가 알아낸 것은 지극히 기본적인 게 다였다. 안목이 고만고만한 이들이 본 것이니만큼 알 수 있는 것도 한정적이었다.

달칵.

그녀의 머리가 점점 더 복잡해져 갈 때 인기척이 들렸다. 당당하게 문을 여는 소리가 들려왔던 것이다.

"내가 너무 늦은 모양이군."

"아닙니다. 아침 일찍 찾아온 저희가 어떻게 보면 예의에 어긋났지요."

"그럼에도 왔다는 건 그만한 이유가 있다는 뜻이겠지?"

"예."

단 한 번의 만남이었지만 벽우진의 성격을 파악하기에는 충분했다. 그렇기에 양선은 돌려서 말하지 않고 솔직하게 대답했다.

"앉지."

"네."

"둘은 알아서 하고."

"서 있겠습니다."

호위무사처럼 양선의 한걸음 뒤에 나란히 서 있는 두 명에게 벽우진은 굳이 자리를 권하지 않았다. 저번에도 서 있었기에 그러려니 했다.

대신 벽우진은 자연스럽게 삼매진화의 수법으로 차를 데워서는 양선에게 따라주었다.

"지난번에 주셨던 차와 다른 차네요."

"요즘 돈을 좀 벌고 있거든. 살림살이가 꽤 나아졌지."

"호호호."

품위라고는 조금도 느껴지지 않는 대답이었지만 이상하게도 양선은 이런 말투가 어색하지 않았다. 다른 이가 이렇게 말했다면 참으로 없어 보였을 텐데 벽우진이 하니까 그러려니 하고 받아들이게 되는 느낌이었다.

"피차 바쁜 사람들이니 바로 본론으로 넘어갔으면 하는데."

"장문인께 알려 드려야 하는 소식이 한 가지 있어서요. 촌각을 다투는 정도까지는 아니지만 제법 충격적인 사건이라."

"소림사가 공격이라도 받았나?"

"그 정도까지는 아닌데, 화산검제가 죽었습니다. 지난밤에 화산이 불타올랐고요."

후르릅.

양선이 사뭇 경직된 얼굴로 말했으나 벽우진은 딱히 놀란 기색이 아니었다. 마치 건넛마을에 불이 났다는 소식을 들은 것처럼 태연하게 차만 들이켰다.

"그래? 안 되었군."

"……종남파의 무인들도 합류해 있었지만, 중과부적이었다고 합니다. 특히 새로운 강시를 대대적으로 사용했다고 합니다. 빙혼강시만큼 위력적이지는 않지만, 숫자가 어마어마하다보니 결국 버티고 버티다 못해 밀린 모양입니다."

"새로운 강시?"

"예, 북해빙궁 측에서는 탈백강시라고 부른답니다. 그런데 그 강시로 사용된 이들이 중원의 무인들이었습니다."

양선이 그리 말하며 벽우진의 표정을 살폈다. 어떤 반응을 보일지 궁금해서였다.

"죽인 시체들을 사용했나 보군."

"그렇습니다. 그리고 그건 오독문도 마찬가지라고 합니다."

"확실히 밀약을 맺기는 한 모양이야."

"본문은 9할 이상 그렇다고 생각하고 있습니다. 미리 약속된 게 아니면 이런 상황이 벌어질 수가 없으니까요. 아마 남북으로 나눠 먹기로 협약이 되어 있지 않을까 생각합니다."

"아닐 수도 있고. 진짜 희박한 확률이기는 하지만 우연히 겹친 걸 수도 있으니까, 단정 짓는 건 아직 이르지."

벽우진은 그리 말하며 다시 차를 홀짝였다.

물론 벽우진도 진짜 그럴 가능성은 희박하다고 생각했다. 그러나 지금은 협력 관계더라도 나중에는 달라질 수 있었다. 사람 마음이라는 게 뒷간에 가기 전과 나올 때가 다르니까 말이다.

'둘 중 하나가 먼저 무너질 수도 있고 말이지.'

지금이야 양동 작전처럼 위아래에서 몰아치는 공격에 중원 무림이 당황했다고 하나 천년마교의 침공도 저지했던 저력이 있는 게 명문대파였다. 그런 만큼 지금은 당황해할지 몰라도 나중에는 전세가 달라질 가능성이 컸다. 정마대전 당시만 하더라도 지금보다 더한 피해를 입기도 했고.

'북해빙궁이랑 오독문 역시 정복 이후를 생각하지 않을 수가 없고 말이지.'

상처뿐인 승리를 얻어 봤자 천년마교에 어부지리를 주는 꼴밖에는 되지 않았다.

때문에 대대적으로 강시들을 만들었을 가능성이 컸다. 자신들의 전력을 최대한 보존해 두어야 천년마교와 한판 대결을 펼칠 수 있을 테니까 말이다.

'그렇게 따지면 나도 서둘러야 하는데 말이지.'

벽우진이 입맛을 다셨다.

사실 그는 혼자서는 누구에게도 지지 않을 자신이 있었다. 아직 다수와 싸우는 경험이 부족하다고 하나, 그 정도쯤은 싸우다 보면 자연스럽게 채울 수 있는 부분이었다.

하지만 문제는 곤륜파의 제자들이었다.

"장문인?"

"아아, 미안. 잠깐 생각할 것이 있어서."

"혹시 공동파에 관한 것인가요?"

"아니, 걔네들을 왜 내가 신경 써? 알아서 잘들 지내겠지."

"어디로 갔는지 궁금하지 않으신가요?"

양선이 조심스럽게 운을 띄웠다. 하지만 벽우진은 조금의 관심도 보이지 않았다.

"알아서 잘들 살고 있겠지. 적어도 추적조는 사라졌으니까."

"진짜 관심이 없으시군요."

"가져서 뭐 해? 우리 애들 챙기기도 바쁜데. 근데 화산검제가 죽었다는 소식을 알려주려고 여기까지 온 거야?"

벽우진의 심유한 눈빛이 양선에게 닿았다.

화산검제의 죽음이 다른 사람들에게는 충격일지 모르나 벽우진에게는 아니었다. 일면식도 없을뿐더러 딱히 인연이 있는 사이가 아니었기에 굳이 여기까지 와서 말해줄 가치는 없다고 생각했다. 전서구나 인편으로 보내도 충분한 정도였으니까.

"아닙니다. 겸사겸사 알려 드릴 겸 해서 제가 찾아뵌 것입니다. 부탁드릴 것과 여쭈어볼 것이 하나 있어서요."

"두 가지나 있다라. 화산파의 소식은 그 대가라는 건가?"

"그런 의미가 절대 아닙니다!"

양선이 단호하게 손사래를 쳤다. 절대 거래의 의미로 소식을 전한 게 아니었기 때문이다.

"그렇다고 소리는 지르지 말고. 강한 부정은 강한 긍정이라는 말이 나도 모르게 떠오르잖아."

"결단코 그런 의미가 아니었습니다."

"아아, 그래. 알았어. 그렇다고 해둘게."

벽우진이 진정하라는 듯이 손을 휘저었다. 그러고는 본론으로 넘어가자는 듯이 빙그레 웃었다.

"화산파는 그저 알려 드려야 할 것 같아서 말씀드린 것뿐입니다."

"알았다니까. 그러니 부탁할 것이든, 아니면 물어볼 것이든 말해봐. 내가 말해줄 수 있는 거라면 말해줄 테니까."

"그럼 부탁부터 말씀드리겠습니다. 빙혼강시의 사체를 저희에게 팔아주시지 않으시겠습니까?"

"빙혼강시를? 왜?"

벽우진이 얼굴 가득 의아한 표정을 지었다. 굳이 빙혼강시를 구매해 가려는 게 이해가 되지 않아서였다.

"조사를 해보려고요."

"강시공에 대해서?"

"그것도 있고, 혹시나 약점이 있을까 해서요. 지금이야 중원의 명문정파들과 싸우고 있지만, 나중 일은 어떻게 될지 모르니까요. 오독문 역시 마찬가지고요."

"만약의 사태를 대비하는 자세는 반드시 필요하지. 세상일이라는 게 어떻게 될지 아무도 모르니까. 늘 짐작이나 추측했던 대로 흘러가는 법도 없고."

"맞습니다."

양선이 조심스럽게 벽우진의 표정을 살폈다.

알아본 바에 의하면 곤륜파에 있는 빙혼강시의 상태는 비록 깨끗하지는 않았지만 그래도 구할 가치는 있었다. 때문에 그녀는 반드시 빙혼강시의 사체를 가져가고 싶었다.

"가격만 잘 쳐준다면 못 팔 것도 없지. 어차피 우리야 묻어 두거나 태우는 것밖에는 하지 않으니까. 근데 조금 의아하기는 하네. 조사를 한다고 해서 제조 방법을 알아낼 수 있는 건 아닐 텐데."

"그래도 많은 것들을 알아낼 수 있지 않겠습니까. 참고로 이건 제 생각이 아닌 문주님의 결정입니다."

"좋아. 너희에게 넘겨주지. 다음은? 물어볼 거라는 게 뭐야?"

벽우진이 시원스럽게 결정했다.

딱히 고민할 문제는 아니라고 생각해서였다. 오히려 뒤처리를 해주는 느낌이라 벽우진으로서는 나쁠 게 없었다.

"앞으로도 지금처럼 태세를 유지하실 생각이신지요?"

"내 생각이 궁금한 모양이구나."

"예에. 언짢으셨다면 죄송합니다."

"궁금할 수도 있지. 냉철하게, 이익을 생각한다면 확실히 공동파나 점창파와 손을 잡는 게 현명하니까. 같이 버림받은 처지이기도 하고. 하지만 반대로 생각해 보자고. 한 번 버렸던 이들이 두 번이라고 버리지 못할까? 그리고 죽어간 이들이 과연 그것을 바랄까? 도인이라고 해서 사람이 아닌 건 아냐."

"……죄송합니다."

양선이 곧바로 고개를 숙였다. 자신이 지극히 계산적으로 생각했음을 뒤늦게 깨달은 것이었다.

그렇기에 양선은 감히 벽우진을 똑바로 쳐다보지 못했다.

"선을 잘 지켜야 해, 양 분타주. 우리가 앞으로도 좋은 관계를 유지하려면 말이야. 알고 있겠지만 양 분타주의 조력이 본파에 큰 도움이 되는 건 사실이지만 꼭 필요한 건 아니거든. 대체할 수 있는 방법은 얼마든지 있어."

"명심하겠습니다."

"그렇다고 너무 딱딱하게 있지는 말고. 아직까지는 좋은 관계잖아? 앞으로도 그렇게 되도록 노력할 테고."

"물론입니다. 그리고 한 가지 더 말씀드릴 게 있습니다. 공동파의 속가제자들이 곤륜산으로 온 게 어쩌면 우연이 아닐 수도 있습니다."

벽우진의 눈매가 꿈틀거렸다. 하오문의 청해성 책임자씩이나 되는 이가 아무런 증거 없이 이런 말을 할 리가 없어서였다.

"우연이 아니다?"

"예, 사마세가에서 수작질을 부린 것 같습니다. 일부러 곤륜산으로 향하도록요."

"확실히 이상하기는 하지. 굳이 청해성 쪽으로 올 필요는 없으니까. 도망칠 곳이 꼭 청해성만 있는 것은 아닌데."

"저희가 판단하기로는 곤륜파를 끌어들이려는 속셈이 아닐까 생각합니다."

제갈세가와 비슷한 성향을 가지고 있는 가문이 사마세가였다. 오대세가에는 들지 못했지만 적어도 열 손가락 안에는 들었고, 제갈세가처럼 지략을 중점적으로 활용하는 가문이 사마세가였기에 가능성은 충분했다.

"그럴 수도 있겠지. 남의 힘을 이용해 먹는 데 도가 큰 곳들이니."

"물론 공동파의 속가제자들은 그런 사실을 모르고 있겠지만요. 정확하게는 경황이 없었겠지요."

"본파는 사마세가, 사천당가는 제갈세가란 말이지. 어쨌든 알려줘서 고맙다."

"아닙니다. 앞으로도 중요한 소식들을 최대한 빠르게 전해드리겠습니다."

"그래 주면 고맙고. 할 말을 다 했으면 이제 그만 일어나지. 빙혼강시가 궁금할 텐데."

벽우진이 묘한 미소를 머금으며 자리에서 일어났다. 그 모습에 양선 역시 반응하듯 몸을 일으켰다.

"넘겨주셔서 감사합니다."

"감사할 것까지야. 우리로서도 처치 곤란이기도 했고. 선물이라고 하기에는 뭐하지만 술법사가 가지고 있던 일지도 넘겨주지. 강시공에 대한 내용은 별로 없지만, 그래도 조금은 도움이 될 거야."

"배려에 진심으로 감사드립니다."

"뭐, 앞으로도 잘해보자고."

벽우진이 씩 웃으며 앞장서서 걸어갔다.

몰락한 천검문의 뒤를 이어 청해성의 패권을 잡은 대호방의 주인인 허정근은 의동생이자 부방주인 설규를 기다렸다. 아주 중요한 정보를 알아보라고 시켰기에 전전긍긍하며 설규가 오기만을 기다렸던 것이다.

똑똑똑.

그때 집무실 문을 두드리는 소리와 함께 익숙한 음성이 들려왔다.

"접니다, 방주님."

"들어와!"

"예."

이윽고 문이 열리며 설규가 옷매무시를 가다듬고서 들어왔다. 급하게 달려온 모양인지 아직 옷에는 흙먼지가 가득했다.

"어떻게 됐어? 좀 알아낸 것은 있어?"

"아무래도 사천당가와 특별한 사이인 게 맞는 것 같습니다. 아미파의 금강신니가 사천당가를 찾아갔음에도 별다른 소득 없이 아미산으로 돌아갔다고 합니다."

"제갈세가에 이어 아미파도 깠단 말이지?"

"아닐 수도 있지만, 연막일 가능성은 낮다고 생각합니다. 눈에는 눈, 이에는 이로 갚는 게 사천당가의 사람들이지 않습니까. 괜히 독종가문이라고 부르는 게 아니죠."

"곤륜파와 사천당가라."

허정근이 턱을 쓰다듬었다.

북해빙궁과 오독문이 중원을 공격했다는 소식을 듣고 그는 사실 밤에 제대로 잠을 자지 못했다. 그 대단한 구대문파에 속해 있는 공동파와 점창파가 하루아침에 멸문지화를 입었다.

　물론 생존자들이 제법 있고, 수없이 많은 속가제자들이 남아 있다고 하나 본산을 빼앗긴 건 타격이 컸다. 과거 어마어마한 성세를 구가했던 곤륜파 역시 본산이 불타오르면서 몰락의 길을 걷지 않았던가.

　"둘이 연맹을 맺었을 가능성이 크다라."

　"아무래도 같은 처지이지 않습니까. 두 곳 다 중원무림에 버림을 받았으니까요."

　"하지만 곤륜파의 경우 공동파의 제자들을 본산에 들여보내지 않았지."

　"저도 그게 사실 좀 아쉬웠습니다. 지금 상황에서 공동파를 끌어안는 것도 나쁘지는 않다고 생각했거든요. 곤륜과 공동, 그리고 사천당가와 점창파가 힘을 합치면 파급력이 상당할 테니까요."

　설규가 입맛을 다셨다.

　비록 멸문지화에 가까운 피해를 입었다고 하나 그렇다고 명문의 저력이 어디 가는 것은 아니었기 때문이다. 그리고 백지장도 맞들면 낫다고 곤륜파와 사천당가만 있는 것보다는 공동파와 점창파가 합류하는 게 훨씬 나았다. 거기에 자신들을 비롯해서 청해성의 힘을 하나로 합친다면 북해빙궁이나 오독문도 선뜻 달려들지는 못할 터였다.

　"하지만 두 곳 다 거절했지. 그 말은 달리 말하면 감당할 자신이 있다는 뜻 아니겠어?"

"무모한 배짱을 부리는 것일 수도 있죠. 사실 곤륜파에 고수는 제법 있지만 말 그대로 소수 정예 아닙니까. 아니, 오히려 지켜야 할 짐들이 많은 상태죠."

"그래서 내가 답답한 거 아냐. 어느 쪽인지 확실하게 알 수가 없으니. 강한 건 사실이지만 문제는 그 강함이 어느 정도이냐는 거지. 지금 감숙성은 쑥대밭으로 변한 거 알지? 항복한 이들은 살려두지만 반항한 곳들은 모조리 쓸어버렸어. 단 한 곳도 남김없이 모조리."

"그리고 곤륜파는 공동파의 속가제자들을 쫓아온 북해빙궁의 무인들과 충돌했죠."

설규가 어두운 얼굴로 말했다. 한 번 충돌한 이상 곤륜파와 북해빙궁이 싸울 것은 기정사실이었기 때문이다. 그리고 그 말은 중원을 뒤덮은 전화(戰火)가 곧 청해성까지 온다는 뜻이기도 했다.

"곤륜파만 공격하지는 않겠지?"

"그 전에 결정을 해야 할지도 모릅니다."

"어후."

허정근이 머리를 감싸 쥐었다. 왜 하필 지금 이 시기인지 짜증이 났다. 하지만 설규의 말마따나 결정을 내려야 했다. 이왕이면 빨리.

"소림을 비롯한 명문정파들이 북해빙궁을 가까스로 밀어내면 좋겠지만, 그건 그야말로 최상의 결과이고 저희는 최악의 상황도 대비해야 합니다."

"중원무림이 굴복한 때를 말이지."

"예."

늘 중원무림이 세외무림의 침공을 막아낸 것은 아니었다. 암흑 시기도 분명히 있었다. 다만 끈질긴 저항 끝에 중원을 다시 되찾은 것뿐.

그런 만큼 북해빙궁과 오독문이 중원을 정복할 가능성은 충분했다.

"이번만큼 어려운 선택은 없을 것 같군."

"저도 그렇습니다. 마음 같아서는 곤륜파가 전면에 나서서 방패막이가 되어주었으면 합니다만, 현재 상황에서는 힘들죠."

"사실 충돌한 건 곤륜파인데 말이지."

"어쩌면 중원무림에서 노린 걸지도 모릅니다. 북해빙궁의 시선을 분산시키기 위해서요. 아니면 곤륜파를 끌어들이거나. 자신들만 피해를 입을 수는 없다고 생각할 수도 있습니다."

"잔머리는 또 기가 막히게 굴리는 것들이니까. 우리도 좀 기막히게 돌려야 할 텐데."

허정근이 머리를 부여잡았다. 아무리 궁리를 해도 딱히 좋은 묘수가 떠오르지가 않아서였다.

하지만 상황이 어느 한쪽을 택하게 강요하고 있었다.

"청해성에는 관심을 가지지 않았으면 좋겠습니다만, 그럴 가능성은 희박하죠."

"그나마 시간이 좀 있다는 것 정도일까. 하지만 곧 제대로 격돌하겠지. 소림사가 가만히 있지 않을 테니까."

"공멸이 가장 좋은 결과겠지만, 문제는 그다음입니다. 천년 마교도 생각해야 합니다."

"하아."

허정근의 얼굴이 더욱 어두워졌다.

처음에는 청해성의 패권을 쥐면 모든 것이 행복할 줄 알았다. 그런데 쥐는 게 많을수록 걱정거리도 그만큼 배가 되는 느낌이었다.

"곤륜파에 가보시는 건 어떻습니까? 일단 의중을 알아보는 것도 저는 나쁘지 않다고 생각합니다."

"아무래도 이리로 오라고 하면 안 되겠지?"

"오긴 오겠지만 일단 패악질부터 부리지 않을까요? 주먹으로 방주님과 저부터 때려잡을 것 같은데요."

설규가 식겁한 표정을 지었다.

아무리 대호방이 청해성의 패권을 쥐고 있다고 하나 그가 생각하기에는 반쪽짜리에 불과한 자리이고 위상이었다.

비록 세력은 대호방이 훨씬 클지 모르나 그 모든 걸 뒤집을 고수가 곤륜파에게는 있었기에 아무리 허정근이라도 조금은 눈치를 보지 않을 수가 없었다.

"그렇겠지. 하아. 뭐 하나 마음대로 할 수 있는 게 없네."

"대신 돈은 많이 거둬들이지 않습니까. 곤륜파만 제외하면 딱히 눈치 볼 곳도 없고요."

"다른 이의 눈치를 보는 자를 일인자라 할 수 있을까."

"수많은 곳의 눈치를 보는 것보다는 한 곳만 보는 게 낫지 않겠습니다."

틀린 말은 아니었지만 그렇다고 기분이 나아지지는 않았다.

그리고 허정근 역시 개인적으로 궁금했다. 곤륜파의 장문인이 어떤 생각으로 북해빙궁을 적으로 돌렸는지가 말이다. 아니, 어쩌면 아주 희박한 가능성이기는 하지만 중원무림과 모종의 약속을 맺은 걸지도 몰랐다.

'장문인의 성격을 생각하면 진짜 말도 안 되는 소리이기도 하지만 정치질을 아예 안 할 수는 없으니까.'

지금으로써는 모든 가능성을 열어두는 게 나았다. 그래야 대처할 때 당황하지 않을 테니까.

"아, 그리고 의외로 무모한 도전을 시도하는 것들이 제법 되는 모양입니다. 북해빙궁과 오독문을 이용해 무명을 쌓으려는 이들이 꽤 많다고 합니다."

"위기는 곧 기회이기도 하니까. 충분히 모험을 할 만하지."

"방주님은 아니시죠?"

"당연히. 난 길고 굵직하게 살고 싶다고. 괜히 도박을 해서 가진 것을 다 날리는 멍청이가 아니야."

허정근이 단호하게 고개를 저었다.

확실히 북해빙궁에 적지 않은 타격을 입힌다면 엄청난 무명을 얻을 게 분명했다. 또한 대호방을 지금보다 더욱 키울 수 있을 터이고. 그러나 허정근은 자신의 주제를 잘 알았다.

"정말 다행입니다."

"일단 곤륜산에 가봐야겠어. 겸사겸사 청해성의 정세도 알려주면서 친분도 다지고. 지난번에는 너무 정신없이 나왔잖아."

"탁월한 선택이십니다."

"그러니까 준비해. 수행원은 소수로 후딱 다녀오자."

허정근이 결정을 내렸다.

○

거적때기를 입은 중년인이 머리를 벅벅 긁었다. 그러자 몇 년째 감지 못한 머리카락에서 새하얀 이가 후두둑 떨어졌다.

하지만 정작 당사자는 그 사실도 인지하지 못한 채 눈알을 뒤룩뒤룩 굴렸다. 여기까지 오면서 봤던 광경들을 머릿속으로 빠르게 되새기고 있었던 것이다.

'알려진 대로 인원은 그리 많지 않았어. 비호표국을 인수해서 인원을 늘렸다고 하나 아무리 곤륜파라 하더라도 단기간에 무경을 올리는 것은 불가능하고. 게다가 인원이 부족하다고 하지만 아무에게나 본산절기를 알려줄 리도 없을 테고.'

청해성을 담당하는 서녕 분타주인 그가 자신의 허리춤을 감고 있는 세 개의 매듭을 내려다봤다. 평소에는 그에게 자부심을 주는 세 개의 매듭이지만 오늘은 이상하게 무겁게 느껴졌다.

'제자들을 들였다고 하나 이제 갓 입문한 단계이니 전력으로 보기는 어렵고. 그렇다면 남는 건 장문인과 신원을 알 수 없는 호법들 정도인데……'

더벅머리로 인해 나이가 몇 살인지 도무지 짐작이 가지 않는 중년인이 복잡한 얼굴로 다시 한번 머리를 긁었다. 고작 열한 명으로 무엇을 할 수 있을지 싶어서였다.

하지만 방주에게서 직접 떨어진 명령이었기에 고작 분타주에 불과한 그는 지시에 따를 수밖에 없었다.

'아직 신원도 확실하지 않은데 말이지.'

갑자기 하늘에서 뚝 떨어진 것처럼 등장한 호법들도 이상했지만, 가장 의문인 것은 바로 곤륜파의 장문인이었다.

알아본 바에 의하면 청민과 서진후의 사형이라고 하는데 그러기에는 나이가 너무 젊어 보였다. 환골탈태를 했을 수도 있지만 그렇다고 하더라도 너무 젊은 모습이었다. 가능성은 희박하지만 어쩌면 만들어진 사람일 수도 있었다.

'하지만 중요한 건 장문인을 설득해야 한다는 사실이지.'

북해빙궁의 침공으로 중원의 북부 쪽은 그야말로 쑥대밭이 된 상태였다. 감숙성은 이미 북해빙궁에 귀속된 상태였고, 섬서성은 종남산까지 밀린 상황이었다. 산서성과 하북성 역시 거의 넘어간 상태인 만큼 곤륜파의 도움은 반드시 필요했다.

달칵.

화산검제가 죽었다는 사실에 새삼 울적해졌던 서녕 분타주가 문이 열리는 소리에 자리에서 일어났다. 그러고는 빠르게 접객당 안으로 들어오는 벽우진의 모습을 살폈다.

"처음 뵙겠습니다. 서녕 분타주 흑수개(黑手丐)입니다."

"벽우진이오."

이름이 있기는 하지만 별명과도 같은 별호로 더 많이 불리기에 이제는 이름보다 별호가 더 익숙한 흑수개가 얼굴을 굳혔다. 말투만 봐도 자신을 그리 탐탁지 않게 여기고 있다는 것을 알 수 있어서였다.

심지어 자리조차 권하지 않고 먼저 앉아버리는 벽우진의 모습에 흑수개는 자신의 임무가 역시나 쉽지 않을 것임을 짐작할 수 있었다.

"먼저 약속도 잡지 않고 갑자기 찾아온 점에 대해서 사과를 드리겠습니다."

"입에 발린 사과는 됐소이다. 어차피 하고 싶은 말만 하려고 찾아왔을 텐데."

"으음!"

흑수개가 침음을 흘렸다. 예상했던 대로 벽우진의 태도가 너무나 쌀쌀맞아서였다.

하지만 그렇다고 기분이 나쁘지는 않았다. 곤륜파가 느꼈을 감정을 생각하면 문전 박대를 당하지 않은 것만으로도 다행이었다.

"피차 바쁠 테니 본론으로 넘어갑시다. 알고 있는지 모르겠는데 내가 요즘 많이 바쁜 상태라서 말이오."

"장문인께서 느끼시는 서운한 감정에 대해서는 저희도 잘 알고 있습니다. 잘못했다는 사실도 알고 있고요."

"이제 와서야 느끼는 것이지 않소. 한 손이라도 아쉬우니까. 예전에는 조금도 생각하지 않다가."

"그게 사정이 있었습니다. 다들 큰 피해를 입기도 했고, 사천당가는 봉문까지 하지 않았습니까."

흑수개가 어색한 미소를 머금으며 말을 이었다. 칼같이 쳐 내려는 대화를 이어가기 위해 갖은 노력을 다했던 것이다.

하지만 벽우진도 만만치 않았다.

"본파는 멸문을 입었지. 심지어 청민이 남아 있었음에도 불구하고 찾아오는 이 하나 없고. 뭐, 이해는 하오. 아무래도 자기 식구부터 챙길 수밖에 없을 테니까. 나라도 그랬을 테고."

"그, 그렇습니다."

"하지만 시간이 흘렀음에도 달라지는 것은 없었지."

"그건, 그러니까……."

흑수개의 얼굴에서 땀이 삐질삐질 흘러나왔다.

더불어 그의 몸에서 자연스럽게 흘러나오는 악취 역시 더욱 짙어졌다. 땀이 나오자 체취와 섞이며 기기묘묘한 악취를 생성했던 것이다. 그 냄새에 벽우진이 콧잔등을 살짝 찡그리며 후각을 차단했다.

"그러니 무슨 말을 하든 내 대답은 같소이다. 아마 분타주 역시 알고 있겠지만."

"장문인! 한 번만, 한 번만 다시 기회를 주시면 안 되겠습니까? 다시 시작할 기회를요."

"그동안 시간은 충분했다고 생각하오만. 그리고 썩 보기 좋은 광경도 아니고."

벽우진이 대놓고 눈살을 찌푸렸다. 아쉬울 때가 되어서야 손을 내미는 게 그로서는 너무나 역겨워서였다. 속이 너무 훤히 보이기도 했고 말이다.

"그럼 잠시만 제 말씀을 들어주시면 안 되겠습니까? 반각도 안 걸립니다."

"굳이 들을 필요는 없을 것 같소. 알고 있겠지만, 현재 본파의 상황이 너무 좋지 않은 상황이라. 사천당가와 달리 본파는 피해를 아직 복구하지 못한 상태이기도 하고."

"잠시면 됩니다, 아주 잠시면요."

에둘러 말하는 축객령에 흑수개가 간절하게 매달렸다. 이렇게 제대로 된 말도 못 하고 쫓겨나게 되면 방주에게 불호령이 떨어질 게 분명했다.

그리고 그가 생각하기에도 곤륜파의, 정확하게는 벽우진과 호법들의 도움이 필수였다. 지금의 상황에 변화를 주기 위해서는 말이다.

"무슨 말을 할지 다 아오. 결국에는 도와달라는 거 아니오?"

"본방은 물론이고 소림사와 제갈세가도 약속을 했습니다. 만약 이번에 장문인께서 도움을 주신다면, 다시 한번 중원무림을 구원해 주신다면 곤륜파의 재건에 갖은 지원을 다 하겠다고요. 여기 방장님과 제갈가주님의 직인이 찍힌 서신도 가져왔습니다!"

흑수개가 납작 엎드리며 두 손으로 서신을 내밀었다.

그런데 품속 깊게 안고 있던 서신에서 흘러나오는 고린내가 장난이 아니었다. 벽우진의 눈매가 자기도 모르게 찌푸려질 정도로 말이다.

"말뿐인 약조 아니오? 본파가 다시 한번 멸문지화를 입으면 언제 그랬냐는 듯이 입을 싹 닦을 테고."

"저, 절대 그렇지 않습니다!"

"확신할 수 있소? 분타주 정도의 직급으로?"

"……"

흑수개의 얼굴이 더욱 검게 변했다.

무림은 무인들의 세계이지만 사람들이 살아가는 세상인 만큼 황궁 못지않게 협잡질이 난무하는 곳이었다. 지금이야 급한 상황이니 백지 전표를 내밀 듯 이렇게 약속을 하지만 곤륜파가 다시 한번 멸문지화를 입으면 모른 척할 게 분명했다. 오히려 화산파나 종남파를 지원해 줄 가능성이 더 컸다.

'세월이 너무 많이 흘렀으니까.'

곤륜파 역시 한때는 구파일방의 한 자리를 차지했던 문파지만 이제는 너무 오래된 얘기였다. 게다가 적지 않은 교분을 맺고 있던 공동파와 점창파조차도 멸문에 가까운 피해를 입자 반쯤 포기하지 않았던가. 그러니 곤륜파는 두말할 필요도 없었다.

"……북해빙궁과 오독문의 야욕에 수많은 무인들이, 후기지수들이 애꿎게 죽어나가고 있습니다. 그 아이들을 위해서라도 제발 힘을 빌려주십시오."

흑수개가 두 손으로 서신을 든 채로 깊숙이 고개를 숙였다. 거의 조아렸다는 표현이 어울릴 정도로 머리는 물론이고 허리조차 깊게 굽혔던 것이다.

하지만 그럴수록 벽우진의 표정은 더욱더 싸늘해졌다. 사천당가를 찾은 제갈명과 토씨 하나 틀리지 않고 똑같은 말을 흑수개가 하고 있어서였다.

"생각했던 것보다 더 허술한데. 아니면 본파가 그 정도로 만만하게 보였던 건가?"

"예?"

벽우진의 말투가 달라졌다. 그 변화에 흑수개가 당혹스러운 표정으로 고개를 들었다.

"제갈명과 똑같은 말을 하고 있잖아, 그쪽이."

"그게 무슨……."

"마치 짜고 치는 것처럼. 얕잡아 봤다면 그건 또 그거 나름대로 자존심이 상하는데."

"절대, 절대 그런 뜻이 아닙니다. 다만 명문대파인 만큼 다시 한번 아량을 베풀어주시면 안 될까 싶어 말씀드린 것입니다. 곤륜파는 의와 협을 아는 문파이지 않습니까."

흑수개가 다급하게 말을 이었다.

하지만 그 모습에 벽우진은 오히려 코웃음을 쳤다. 어려 보인다고, 세상 경험이 적다고 자신을 너무 무시하는 게 눈에 보여서였다.

"명문대파도 이제는 과거의 말이지. 이제는 기억조차 가물가물한 문파가 본파 아니었던가. 중원무림은 아예 잊어버렸고."

"그렇지 않습니다!"

흑수개의 외침이 방 안을 쩌렁쩌렁하게 울렸다. 하지만 그럴수록 벽우진의 표정은 더욱더 굳어질 따름이었다. 강한 부정은 강한 긍정이라는 말이 절로 떠올랐다.

"어쨌든 답은 거절이야. 본파는 그럴 여력이 없다."

"장문인과 호법들이 나서준다면 분명 큰 힘이 될 것입니다."

"말귀를 못 알아듣는 건가? 여력이 없다니까? 장난질을 눈 감아준 걸로 감지덕지하지는 못할망정. 설마 사마세가가 뒤로 공작질한 것을 모를 줄 알았더냐?"

부르르르!

태산 같은 벽우진의 기도에 흑수개가 몸을 떨었다. 묵직한 기세에 절로 압도되었던 것이다. 하지만 동공만큼은 그 어느 때보다 격렬하게 반응했다.

물론 그 반응은 창졸간에 사라졌지만 벽우진은 그 변화를 놓치지 않았다.

"무, 무슨 말씀을 하시는 건지 모르겠습니다."

"모른다면 개방도 더 이상 예전의 개방이 아니라는 뜻이겠지. 아니면 너에게는 통제가 되었거나."

"그럴 리가……"

흑수개가 고개를 숙였다. 하지만 그의 머리는 이미 복잡해질 대로 복잡해진 상태였다.

그리고 뒤늦게 깨달았다. 곤륜파를 움직이는 건 불가능하다는 사실을 말이다.

"나가라. 괜히 본파에서 얼쩡거리지 말고. 꾸물꾸물거리면 내가 직접 손을 쓸 것이다."

"……다음에 다시 인사드리겠습니다, 장문인."

단호한 축객령에 흑수개가 뜯지도 않은 서신을 다시 품속에 넣으며 일어났다. 그러고는 기가 팍 죽은 모습으로 접객당을 나섰다.

하지만 그 모습조차도 벽우진에게는 연기로 보였다.

"염치없는 것들."

벽우진이 중얼거렸다.

물론 그 말은 멀어지던 흑수개의 귓전에 정확히 파고들었다. 하나 흑수개는 감히 그 말에 딴죽을 걸지 못했다. 곤륜파와 벽우진의 입장에서는 충분히 그렇게 생각할 수 있었으니까.

'후우. 예상은 했지만, 더 심하구나.'

곤륜파를 외면한 것은 사실이었기에 흑수개로서도 할 말이 없었다. 그가 사과한다고 달라질 것도 아니었고, 벽우진의 말마따나 그는 고작 청해성의 서녕 분타주일 뿐이었다.

'일단은 보고부터 해야지.'

방주의 역정이 걱정되었지만, 그로서는 할 수 있는 건 다 했다. 그렇기에 흑수개는 홀가분하게 곤륜파를 떠났다.

"실패했단 말이지."

"예."

사방이 꽉 막힌, 창문조차 없는 완전히 폐쇄된 방 안에서 사마륭이 느릿하게 차를 들이켜며 물었다.

그러자 앞에 부복해 있던 장년인이 짧게 대답했다.

"단칼에 거절했다라. 그렇게 자신의 무위에 자신이 있나? 북해빙궁과의 격돌은 피할 수가 없을 텐데?"

사마룡이 미간을 좁혔다.

지금껏 북해빙궁이 보여준 태도는 명확했다. 휘하로 들어오든지, 아니면 멸문하든지. 그중에 저항했다가 복속된 경우는 단 한 번도 없었다.

"아니면 사천당가를 믿고 있는 건가?"

제갈세가의 이인자라 할 수 있는 제갈명이 직접 사천당가를 찾아갔다는 소식은 그 역시 들어서 알고 있었다. 이독제독이라고 오독문을 상대하기 위해서는 사천당가가 제격이었기 때문이다. 더불어 소원해진 관계 개선을 위해서라도 사천당가와 끈을 만들어두는 건 반드시 필요했다.

그런데 사천당가는 힘을 합치자는 제안을 단칼에 거절했다.

"지도상으로는 가깝다고 하나, 그렇다고 또 아주 인접해 있는 건 아닌데 말이지. 게다가 전력을 대부분 회복한 사천당가와 달리 곤륜파는 이제 막 재건을 시작한 단계고."

사마룡의 시선이 탁자 위의 지도로 향했다. 정확하게는 청해성과 사천성, 감숙성과 운남성으로 말이다.

이 중 사마룡은 특히 청해성과 감숙성을 주시했다.

"곤륜파와 공동파가 연합해서 북해빙궁의 뒤를 노리고, 사천당가와 점창파가 합심해서 오독문을 상대하는 게 가장 좋은 그림인데 말이지."

사마룡이 입맛을 다셨다.

잔뜩 성이 나 있지만, 힘이 부족한 공동파와 점창파는 곤륜파와 사천당가가 힘을 보태면 얼씨구나 하면서 북해빙궁과 오독문에게 달려들 터였다. 두 곳에게 있어 북해빙궁과 오독문은 사문을 멸문시킨 불구대천의 원수였으니까.

그런데 그 그림은 말 그대로 그림으로 끝나고 말았다.

"뒤에서 흔들어줘야 앞으로의 전투가 편해지는데 말이지."

제갈세가가 무당파를 도와 오독문을 상대하고 있듯이 사마세가는 소림사를 중심으로 규합된 명문정파들과 함께 북해빙궁과 싸우고 있었다.

때문에 그는 머리가 복잡했다. 쓸 만한 패라고 생각했던 두 곳이 좀처럼 그의 뜻대로 움직이지 않아서였다.

"도대체 뭘 바라는 거지? 그 정도면 감지덕지 아닌가? 물론 기분은 나쁘겠지만, 연합 전선을 꾸리는 게 앞으로를 생각하면 나쁠 거 없잖아? 고집만 꺾으면 그 이상의 실리를 챙길 수 있는데 말이지."

사마륭이 인상을 썼다. 아무리 생각해 봐도 벽우진의 저의가 무엇인지 감이 잡히지 않아서였다.

더구나 그는 제갈세가주와 마찬가지로 북해빙궁과 오독문만 보고 있지 않았다. 그 너머까지 생각하고 있었기에 더더욱 답답했다.

"분명 천년마교를 생각하지 않을 수가 없을 텐데. 그냥 아무 생각 없는 독불장군인 건가?"

곤륜파의 장문인에 대해 판단을 내리기에는 정보가 너무나 부족했다. 그렇기에 사마룡은 섣불리 확단할 수가 없었다.

"답답하군."

벽우진의 성향을 정확히 파악할 수는 없었지만 한 가지만은 확실하게 알 수 있었다. 그가 과한 배짱을 부리고 있다는 사실을 말이다.

하지만 그럼에도 사마룡은 곤륜파를 이 전쟁에 끌어들이고 싶었다. 피해를 최소화해야만 이다음을 준비할 수 있어서였다.

'제갈가주는 아예 두 곳을 제외해서 그곳을 상대하게 하려는 모양인데 그것도 나쁘진 않지만 그래도 쓸 수 있는 패는 모조리 사용해야지.'

곤륜파의 역량은 그저 변수를 내는 게 전부였다.

그가 보기에는 저지선을 맡을 정도의 전력이 아니었기에 이참에 최대한 효율적으로 사용하고 싶었다. 더불어 곤륜파의 저력도 파악하고 말이다.

'친해질 수 없다면 미리 쳐내는 것도 한 가지 방법이니까.'

제8장

곤륜산에는 패선(覇仙)이 산다

곤륜파는 하루가 다르게 변화해 갔다. 새롭게 입문한 제자들로 인해 을씨년스러웠던 분위기가 말끔히 사라졌고, 더불어 매일 같이 뜨거운 기합성이 터져 나왔다.

물론 비호표국의 경우 기합이라기보다는 신음 쪽에 가까웠다. 진구가 워낙에 지독하게 굴리니 쟁자수들은 물론이고 표사들도 다 앓아누웠던 것이다.

하지만 분명한 것은 실력 역시 빠르게 늘어나고 있다는 점이었다. 힘들어도 절정무공을 배웠기에 악착같이 버티기도 했고 말이다.

"흐으음."

때문에 벽우진은 비호표국에 대해서는 크게 걱정하지 않았다. 의외로 진구가 무공 교두에 소질이 있어서였다.

물론 훈련을 받는 사람들이야 죽어나가겠지만 그래도 실제로 죽는 것보다는 나을 터였다.

"근심이 많아 보이십니다."

"아무래도 걱정이 안 될 수가 없는 상황이니까요. 대련을 많이 했다고 하나, 실전은 엄연히 다르지 않습니까."

웬일로 연무장에 모습을 드러낸 설백을 향해 벽우진이 조금은 굳은 얼굴로 말했다. 양선에게서 들은 소식이 있기에 얼굴에 근심 걱정이 서려 있었던 것이다.

"장문인께서도 걱정이라는 것을 하시는군요. 허허허."

"저도 사람이니까요. 아직은 사람이고 싶기도 하고요."

설백이 빙그레 웃었다. 다른 이는 몰라도 오직 그만은 벽우진이 말한 의미를 알고 있었으니까.

동시에 다시 한번 벽우진이 대단하다고 생각했다. 그는 벽우진의 나이 때 고작해야 길을 찾았을 뿐이었기 때문이다.

"숫자가 많다고 하나, 별일은 없을 것입니다. 저희들도 가만히 있지는 않을 테니까요. 다들 정이 많이 들어서 말이지요."

설백의 인자한 눈빛이 둘씩 짝지어 대련을 하고 있는 제자들에게로 향했다.

설백은 유독 도일수를 유심히 쳐다봤다.

"다른 걱정은 안 합니다. 다만 실전의 무게를 잘 견딜 수 있을지 모르겠습니다. 아시겠지만 그 무게가 결코 가볍지 않으니까요. 그렇다고 미리 겪을 수 있는 일도 아니고."

"보기보다 심지와 의지가 굳센 아이들입니다. 큰 문제는 없을 거라고 생각합니다. 게다가 전면에 나설 일도 없을 테고요."

"그래도 워낙에 많은 이들이 이동 중이라. 제일 위험한 칼이 눈먼 칼이지 않습니까."

벽우진은 사실 전쟁이 두렵지 않았다. 질 거라는 생각도 하지 않았다. 다만 걱정이 되는 것은 이제 막 무공에 입문한 제자들이었다.

약하게 키우지도 않았고, 다들 그릇을 완성한 상태였지만 그래 봤자 실전 경험 하나 없는 햇병아리에 불과했다.

"오히려 이번을 기회로 더 큰 성장을 이룰 수도 있습니다. 그리고 무인이라면 한 번쯤 꼭 겪어야 하는 일이기도 하고요."

"흐음."

"저희들이 있으니 너무 걱정하지 않으셔도 될 것 같습니다."

"부탁드리겠습니다."

"맡겨주시길."

설백이 옅은 미소를 지었다.

그 미소는 벽우진에게 너무나 믿음직스럽게 다가왔다. 다른 이도 아니고 설백이 직접 뱉은 말이었기 때문이다.

"저도 있습니다, 사형."

"청민아."

"예전의 제가 아닙니다."

벽우진의 곁으로 청민이 다가왔다.

그의 분위기는 사뭇 달라져 있었다. 완숙한 반박귀진의 경지인 듯 기도가 차분히 가라앉아 있었다. 모르는 사람이 보면 무공을 익히지 않은 평범한 노도사로 보일 정도로 말이다.

"그렇다고 너무 자만하지는 말고. 아이들보다 낫기는 하겠지만 그래도 방심하다가 훅 간다."

"명심하겠습니다. 다만 제가 드리고 싶은 말은 너무 혼자 짊어지지 않으셨으면 해서요."

"어쩔 수 없어. 내가 선택한 길이니. 그리고 아직 넌 그런 표정 짓기에는 이르다. 한참 멀었어, 인마."

"저도 알고 있습니다. 그래서 많이 배우고 있는 중이고요."

"더 분발해."

칭찬을 해줄 수도 있지만 벽우진은 그렇지 않았다. 곤륜파의 상황이 그렇게 여유롭지만은 않아서였다.

"그런데 생각보다 빠르네요. 전 여기까지 신경 쓸 여력이 없을 거라고 생각했는데."

"십존의 무위가 생각했던 것보다 대단해서겠지. 화산검제와 벽력도왕이 일대일로 싸워서 패배했으니까."

"어쩌면 그중 한 명이 올지도 모르겠네요."

"무시해서 따까리들만 보낼 수도 있고. 다만 문제는 그 정도만으로도 위협적이라는 거지."

벽우진이 어깨를 으쓱거렸다.

양선이 보내준 서신에는 예상치 못한 숫자가 적혀 있었지만, 그렇다고 해서 기가 죽을 벽우진이 아니었다.

"필교도 있으니까. 그리고 우리 집 앞마당인 만큼 유리한 쪽은 우리야. 게다가 우리는 알고 있기도 하고. 그러니 준비는 나에게 맡기고 청민이 넌 애들이나 잘 다독여. 각오를 했다고 하지만 막상 닥치면 달라질 수 있으니."

"예."

벽우진의 시선이 동쪽으로 향했다.

○

휘이익!

하나의 그림자가 빠르게 숲속을 갈랐다.

그런데 뒷짐을 지고 날아가는 인영의 뒤로 수십, 수백 개의 사람이 나타났다가 사라졌다가를 반복했다. 우거진 수풀로 인해 잠시 가려졌다가 나타났던 것이다.

"쯧쯧!"

한데 뒤따라오는 이들을 향해 선두에서 달려가던 백발의 장년인이 혀를 찼다. 고작 이 정도 속도에 헉헉거리는 게 그로서는 이해가 되지 않았다.

"약해 빠졌어."

사문의 무인들하고는 너무나 비교되는 경공에 장년인이 고개를 저었다. 실망스러워도 그렇게 실망스러울 수가 없었다.

하지만 한편으로는 이해가 가기도 했다. 이 정도 수준밖에 안 되니 저항은 아예 생각도 하지 못했을 터였다.

"크흠!"

하나 그렇다고 온전히 이해한 건 또 아니었다.

지금 이 순간에도 낙오자가 빠르게 늘어나고 있었다. 처음 집결시킬 때만 해도 이천 명에 근접했던 숫자가 지금은 천오백 명이 채 되지 않았다. 그리고 목적지에 도착할 즈음에는 더더욱 줄어 있을 터.

"천 명이 넘을지 모르겠군."

오십보백보이기는 했지만 그래도 좀 나은 녀석들이 있기는 했다. 가까스로 그와 일정 거리를 두고서 따라오는 이들이 분명히 있었으니까. 하지만 그건 말 그대로 소수에 불과했다.

"뭐, 애초에 기대도 하지 않았으니까."

근성도 없고, 눈치만 살피던 기회주의자들을 집결시켜 데려온 것이었기에 장년인은 딱히 기대하지 않았다. 어차피 머릿수를 채우려고 데려온 이들이었기 때문이다. 그렇기에 중년인은 낙오자가 늘어나건 말건 계속해서 나아갔다.

"곤륜파의 새 장문인이라. 실력이 어느 정도는 있었으면 좋겠는데. 이 몸이 직접 움직였는데 허약한 놈이 있으면 그것만큼 허무한 일도 없으니."

장년인은 자신을 이리 보낸 파천도존을 떠올렸다.

십존의 위치는 동등하지만 그렇다고 무경이 똑같지만은 않았다. 열 명 중에서도 무공의 고하는 비교적 뚜렷했다.

그중 궁주님을 지근거리에서 모시는 옥면검존(玉面劍尊)과 파천도존은 열 명 중에서도 독보적이었다. 실력으로 따지자면 1, 2위라고 말해도 과언이 아닐 정도로 말이다. 게다가 나이도 많은 축에 들어갔기에 아무리 같은 십존이라도 마냥 무시할 수만은 없었다.

"궁주님께서도 궁금해하셨다고 하니."

장년인이 입술을 삐죽 내밀었다.

만약 궁주님께서 관심을 보이지 않았다면 제아무리 파천도존의 권유에도 그가 직접 나서는 일은 없었을 것이기 때문이다.

더불어 그 역시 파천도존의 생각에 어느 정도는 동의했다. 지금이야 관계가 소원해졌다고 하나 한때는 구파일방이라는 이름하에 깊게 엮여 있던 곳이 곤륜파였다. 그런 만큼 겉으로는 데면데면하지만, 속으로는 다른 연막작전을 펼치는 중일지도 몰랐다.

"이래나저래나 거슬리는 건 사실이니까. 그럼 밀어버려야지."

몇십 년 동안 천하를 위진시켜 왔던 화산검제와 벽력도왕이 죽었다. 그것이 뜻하는 바는 명백했다. 새로운 시대가 열리고 있는 것이었다.

그리고 그 시대의 주인공은 북해빙궁이 될 터였다.

"장강 이남 지역은 잠시 맡겨두는 것뿐이니까."

수백 년 동안 쌓아온 북해빙궁의 힘은 절대 약하지 않았다. 단독으로도 중원무림 전체와 싸울 수 있을 정도로 말이다.

그런데도 오독문과 손을 잡은 이유는, 피해를 최소화하면서 천년마교와의 전쟁에 대비하기 위해서였다. 오독문 역시 그 부분을 염려했기에 북해빙궁과 손잡는 것을 마다하지 않았고. 두 곳 다 오랜 세월을 준비했지만 천년마교를 단독으로 상대하기에는 부담스러웠던 것이다.

하지만 그렇다고 영원히 동맹을 맺을 생각은 없었다.

"오독문 역시 마찬가지일 테고 말이지."

장년인이 묘한 눈빛을 뿌리며 중얼거렸다.

결국 하늘 위에 떠 있는 태양은 하나뿐이었다. 또한, 하나의 산에 두 마리의 호랑이가 함께 지낼 수도 없었고.

"음?"

뒷짐을 진 채로 여유롭게 경신술을 펼치던 장년인이 갑자기 눈을 부릅떴다. 언제 나타난 것인지 멀찍이 떨어져 있는 언덕 위에 하나의 인영이 나타나서였다.

그런데 시간이 흐를수록 그 뒤로 노도사들이 하나둘 모습을 드러냈다.

"호오. 마중을 나온 건가."

"헉헉! 혹시 적입니까? 어르신?"

"아무래도 그런 것 같은데."

얼굴 가득 비지땀을 흘리며 가까스로 뒤따라오던 중년인이 소매로 이마를 훔쳤다. 그러면서 장년인을 힐끔거렸다.

강할 거라고 예상하기는 했지만 정말 상상 이상의 경지를 보여주고 있어서였다. 다들 달리는 것만으로도 죽을상을 하고 있는데 장년인은 하루 종일 달렸음에도 마치 막 경신술을 펼친 것처럼 멀쩡했다.

'역시 납작 엎드리기를 잘했어.'

염소수염이 인상적인 중년인이 속으로 중얼거렸다.

자신도 나름 감숙성에서는 무명이 있는 무인이었지만 장년인하고는 감히 비교할 수 없었다. 아니, 처음으로 대면한 순간 그는 알았다. 자신 따위와는 비교도 할 수 없는 무인이라는 사실을 말이다.

'이 기회를 잘 살려야 해. 저분의 눈에 들어야 한 자리를 차지할 수 있다.'

시류를 읽을 줄 아는 자가 진정으로 현명한 자라고 했다.

그는 자신의 그릇이 어느 정도인지 너무나 잘 알고 있었다. 때문에 북해빙궁이 곤륜파를 공격하기 위해 무인들을 소집한다고 했을 때 가장 먼저 나섰다. 지금 잘 보여야 앞으로 탄탄대로가 펼쳐질 것임을 본능적으로 알아서였다.

'게다가 곤륜파도 예전의 곤륜파가 아니고 말이지.'

예전이었다면, 멸문하기 전의 곤륜파였다면 그는 절대 나서지 않았을 것이다. 부와 명예도 좋지만, 그 모든 건 살아 있을 때나 누릴 수 있는 것이었다. 시체가 되면 아무짝에도 쓸모없는 것들이기에 아무리 북해빙궁이 닦달을 하더라도 나서지 않았을 터였다.

하지만 지금의 곤륜파는 달랐다.

'장문인과 호법들이 한가락 한다고 하지만 그래 봤자 열한 명일 뿐이지.'

중년인이 조소를 머금었다.

아무리 강해도 인해 전술, 물량 공세에는 어쩔 수 없었다. 뒷골목 왈패들이 흔히 하는 말처럼 다구리에는 장사 없는 법이었다.

'앞으로는 북해빙궁과 오독문의 시대다. 그야말로 판도가 달라지는 거지!'

중년인의 두 눈에 탐욕이 짙게 서렸다. 앞에 있는 장년인의 심복으로서 감숙성을 호령할 자신의 모습을 떠올리는 것만으로도 가슴이 격동했던 것이다.

하지만 정작 장년인은 그런 그의 시선을 조금도 신경 쓰지 않고 있었다.

"곤륜파더냐?"

"아니라고 하면 그냥 지나가게?"

"그럴 수는 없지. 근데 어떻게 알았지? 따로 정보 조직을 운용할 능력이 없는 것으로 아는데."

장년인, 북해빙궁에서는 빙화파산존(氷化破山尊)이라 불리는 그가 솥뚜껑만 한 주먹을 늘어뜨리며 형형한 안광을 뿌렸다.

그런 그의 시선은 정확히 벽우진에게 닿았다.

"여력은 없어도 도와주는 사람들은 제법 있지. 꽤나 능력 있는 이들이 말이지. 근데 고작 이 정도로 되겠어? 숫자만 많지, 어중이떠중이만 데려온 거 같은데."

"저 자식이!"

"누구냐! 정체를 밝혀라!"

어중이떠중이라는 말에 속속 합류하던 무인들이 버럭 소리를 질렀다. 시뻘겋게 달아오른 얼굴을 애써 숨기려 고함을 질렀던 것이다.

하지만 벽우진은 그런 그들이 안중에도 없다는 듯이 빙화파산존만 주시했다.

"근데 혼자 온 모양이야?"

"나 혼자면 충분하다 못해 과분하지. 현재의 곤륜파를 생각하면."

벽우진이 입가에 미소가 떠올랐다.

그 반응에 빙화파산존 역시 웃었다. 의미는 사뭇 달랐지만 말이다.

○

또르륵.

조용한 집무실에 깊은 차향이 은은하게 퍼져 나갔다. 손수 재배해서 직접 말린 화차(花茶)에서 그윽한 향기가 흘러나온 것이다.

하지만 갖은 정성이 들어간 화차를 받았음에도 양선의 얼굴은 어두웠다.

"막을 수 있을까요, 문주님?"

"사석에서는 편히 말하래도."

"어떻게 그래요."

나이를 짐작하기 힘든, 얼굴에 주름이 자글자글한 노파를 향해 양선이 고개를 저었다.

설 대모(大母)라 불리는 그녀와 아무리 특별한 사이라도 그럴 수는 없었다. 단둘이 있는 것도 아니었고 말이다.

"애가 나이를 먹더니 점점 더 꼬장꼬장해져 가네. 어렸을 때는 그렇게 귀엽더니만."

"저도 이제 서른을 훌쩍 넘었으니까요."

"시집도 안 가고 밤새 일이나 하니 그렇게 먹었지. 요새 만나는 남자는 없고?"

노파가 마치 진짜 엄마라도 되는 것처럼 친근하게 물었다.

하지만 양선은 단호하게 고개를 저었다.

"남자에는 관심이 없어요."

"쯧쯧! 좋은 시절은 딱 한때이건만. 지금이 지나가면 더 이상 없어."

"혼례를 올릴 수 없는 몸이라는 거, 잘 아시잖아요."

"왜 못 해. 사지 육신 멀쩡해, 돈도 잘 벌어. 거기에 영리하기까지 한데 왜 혼인을 못 해? 나야 늙은 꼬부랑 할머니라서 어쩔 수 없다지만. 만약 내가 네 나이였다면 나는 한 번이 뭐야. 갈 수 있는 만큼 식을 올렸을 것이야."

노파가 끌끌 웃으며 말했다. 그녀에 비하면 양선은 정말 한창때였기 때문이다.

"석녀(石女)를 어느 남자가 거두겠어요."

"다르게 생각하면 정말 좋은 게 석녀인데 말이지."

"기녀로서는 타고난 재능일지 모르나, 전 그 생활에 진절머리가 나요."

후르릅.

노파가 말없이 찻잔을 들어 올렸다. 그 부분에 대해서는 아무리 그녀라도 뭐라 할 수가 없어서였다. 때문에 그녀는 묵묵히 화차만 들이켰다.

"지금쯤 만났을 텐데, 어떻게 되었을지 궁금하네요."

"네가 생각하기에는 어떻게 되었을 것 같으냐?"

"조금, 힘들지 않을까요. 다른 이도 아니고 십존의 일인으로 보이는 이가 직접 나섰으니까요. 물론 십존이라고 해서 다 같은 수준은 아니라고 하지만 지금껏 드러난 십존의 무위를 생각하면 대호방주라도 오십 초를 채 견디지 못할 것으로 예상돼요."

"오십 초라."

노파가 고개를 주억거렸다. 그녀 역시 양선과 같은 생각이었기 때문이다.

대호방주가 청해성에서는 세 손가락 안에 들어가는 무인이라고 하나, 중원 전체에서 보면 평범한 고수에 불과했다.

반면에 북해빙궁의 십존들은 무지막지한 무위를 선보이며 혁혁한 전공을 세웠다. 그중 하나가 바로 화산검제와 벽력도왕을 처치한 것이었고.

'정말 상상조차 못 한 일이었지.'

적어도 검술 하나만으로는 천하제일이라 할 수 있는 이가 화산검제였다.

한데 그런 무인이 검에 무너졌다. 십존의 일인인 옥면검존에게 말이다.

그 소식을 처음 들었을 때 그녀가 받은 충격은 엄청났다.

'설마하니 똑같은 검객에게 무너질 줄은……'

그뿐만 아니라 벽력도왕마저도 어렵지 않게 쓰러뜨린 십존의 무위에 경악을 금치 않을 수가 없었다.

솔직히 그녀는 빙혼강시보다 십존이 훨씬 더 무서웠다. 빙혼강시가 아무리 끔찍한 마물이라지만 상대할 방법이 없는 것은 아니었다.

하지만 십존은 생각하는 것만으로도 막막했다. 삼제오왕칠성 중에서도 손꼽히는 무인이라 할 수 있는 화산검제와 벽력도왕이 죽었기에 누구로 상대해야 할지 감이 잡히지 않았던 것이다.

"문주님?"

"아, 잠시 다른 생각을 하느라고. 뭐라고 했느냐?"

"감숙성에서 넘어온 무인들의 숫자가 너무 많아요. 호법들이 있고, 비호표국의 인원들이 남아 있다고 하나, 그래도 중과부적이에요. 심지어 청하상단은 서녕에서 꼼짝도 하지 않는 상태고요."

"서신을 보냈음에도 별다른 반응을 보이지 않는다는 건 둘 중에 하나겠지. 숫자가 아무리 많아도 상대할 자신이 있던지, 아니면 숨겨놓은 비장의 한 수가 있던지."

양선의 표정이 달라졌다. 사천당가의 기술자들이 곤륜파 내부에서 비밀스럽게 공사를 하고 있다는 사실을 그녀는 알고 있어서였다.

하지만 양선은 이내 고개를 작게 저었다. 어떤 공사일지 자세히는 모르지만, 곤륜파에 들어간 자재의 양을 생각해 볼 때 결코 작은 공사는 아니었다. 그런 만큼 공사가 끝났을 가능성은 희박했다.

"곤륜파가 패배하면 청해성도 순식간에 북해빙궁의 손에 넘어갈 거예요."

"그렇겠지. 하지만 우리가 할 수 있는 건 없단다."

"……그렇지요."

양선이 무겁게 고개를 끄덕였다.

정보력으로는 천하제일을 논할 만한 곳이 하오문이었지만 안타깝게도 딱 거기까지였다. 무력은 별 볼 일 없었다.

그 사실을 너무도 잘 알기에 어떻게든 뛰어난 무공서를 구해서 고수를 양성하려고 했지만, 사방에서 들어오는 방해 공작으로 인해 매번 실패했다.

"그래서 네 생각은 어떻더냐? 북해빙궁이 이길 것 같아?"

"냉정하게 따져보면 그럴 가능성이 높은데, 이상하게 기대가 되요. 곤륜파의 장문인이 무언가를 보여줄 것만 같다고나 할까요."

"종잡을 수 없는 인물이라 평했지?"

"제가 보기에는요. 저조차도 가늠이 되지 않는 인물이라고나 할까요."

"만천독황과도 인연이 있고 말이지."

당민호를 거론하는 말에 양선이 눈을 빛냈다. 전대의 고수이자 독인의 경지를 넘어 독성에 이른 당민호가 만약 곤륜파에 있다면 상황은 단번에 역전될 수 있었다.

그런데 그 기색을 읽은 것인지 노파가 고개를 저었다.

"만천독황은 사천당가에 있다. 어제저녁에 장원에 있는 걸 확인했지. 아무리 그가 날고 기는 재주가 있다고 하더라도 반나절 만에 곤륜산에 오는 건 불가능해."

"으음!"

"그러니 이번의 위기는 곤륜파 혼자서 이겨내야 한다는 소리지. 그것도 핏덩어리들을 데리고서 말이야. 근데 네 말을 들으니 나도 기대가 되는구나. 만약에 곤륜파의 장문인이 십존을 쓰러뜨린다면……."

"흐름이 바뀔 것입니다. 또한, 많은 변화가 일어날 테고요."

양선이 눈을 빛내며 입을 열었다. 그러자 노파도 고개를 주억거렸다.

확실히 벽우진이 십존을 제압한다면, 아니, 쓰러뜨린다면 새로운 바람이 일어날 터였다. 중원무림의 명문정파들은 머리가 복잡해지겠지만 말이다.

"그렇게 된다면 나도 한번 만나보고 싶구나. 그토록 기이하다던 장문인을 말이다. 그 정도의 인물이라면 안면을 터놓아서 나쁠 것은 없지."

"일단은 결과를 봐야 할 것 같습니다."

"어쩌면 이미 끝났을지도 모르겠구나."

노파가 알 수 없는 얼굴로 찻잔을 들어 올렸다.

그러나 양선은 차를 마시기보다는 창밖을 응시했다. 멀리 곤륜산이 있는 방향을.

○

휘이이잉!

한여름이건만 왠지 모르게 두 사람을 가로지르는 바람에는 한기가 서려 있었다. 벽우진과 빙화파산존에게서 흘러나오는 기세가 바람이 물든 것이었다.

"확실히 본파가 얕잡아 보이기는 하는 모양이야. 기껏해야 한 명만 보낸 것을 보면."

"오히려 과분한 처사지. 빙혼강시 두 구를 잡은 것뿐인데 이 몸이 직접 왔으니까."

"영광이라고 대답해 주어야 하나?"

벽우진이 이죽거리듯이 말했다.

그러나 빙화파산존도 만만치 않았다. 그는 벽우진의 도발을 아무렇지 않게 흘려 넘겼다.

"당연히 영광이라고 생각해야지. 다른 사람도 아닌, 이 몸의 손에 직접 죽게 될 테니까. 적어도 어중이떠중이들에게 죽는 것보다는 십존의 일인인 내 손에 죽는 게 더 낫지."

"자신감이 상당해."

"그건 네놈에게 돌려주고 싶은데. 곤륜산으로 몰려오는 걸 알면서도 도망치지 않는다니. 심지어 애송이들까지 데려오고 말이야."

빙화파산존의 싸늘한 눈빛이 벽우진의 너머로 향했다.

그곳에는 곤륜파의 문도들이 삼삼오오 모여 있었다. 누가 봐도 이마에 피도 마르지 않은 아이들이 말이다. 심지어 여차하면 병기를 뽑아 들고서 달려들 것처럼 자세를 취하고 있는 모습에 빙화파산존은 실소가 절로 나왔다.

"다 훈련을 위해서다. 간접적으로라도 실전을 겪었으면 했거든. 그리고 생사결하고 전쟁은 또 다르니까. 개미 떼처럼 달려드는 전쟁을 언제 또 보겠어? 일종의 조기 교육인 셈이랄까."

"푸하하핫!"

어이가 없어도 너무나 없는 발언을 서슴없이 하는 벽우진의 모습에 빙화파산존이 파안대소를 터뜨렸다.

그뿐만 아니라 감숙성에서 넘어온 사도(邪道)와 정사 중간의 방파들에 속해 있는 무인들 역시 두 눈에서 살기를 뿜었다. 한마디 한 마디에서 자신들을 무시하고 있음을 너무나 명백히 느낄 수 있어서였다.

"그러니 슬슬 시작하자고. 내가 오늘 일정이 좀 빡빡해서 말이지."

"오만한 게 아니라 정신 나간 놈이었구나."

"놈, 놈 거리지 마라. 이래 보여도 네놈보다 나이가 훨씬 많으니까."

"난 나이로 윗사람을 정하지 않아. 나보다 강하느냐, 약하느냐가 중요하지."

목젖이 보일 정도로 파안대소를 터뜨리던 빙화파산존이 정색하며 입을 열었다. 그러고는 두 주먹을 그러쥐며 앞으로 나섰다.

"내가 보기에는 천둥벌거숭이 같은데."

"그럴 리가."

"뭐, 그럴 수밖에 없기는 하겠지만. 산기슭에 서 있는데 산전체가 가늠이 되겠어. 어림짐작만 할 수 있겠지."

타아앗!

세상 여유로운 태도로 뒷짐을 지고 서 있는 벽우진을 향해 빙화파산존이 땅을 박찼다. 시시껄렁하게 지껄이는 저 주둥이부터 일단은 뜯어내고 훈계를 시작해야 할 것 같아서였다.

하지만 그렇다고 해서 그의 운신이 가벼운 것은 아니었다. 나름 청해성에서는 고수로 인정받는 무인이 벽우진인 만큼 빙화파산존은 긴장의 끈을 아예 놓지는 않았다.

'그래 봤자 별거 아닐 테지만.'

빙화파산존의 두 눈이 번뜩였다. 그 대단하다던 화산검제 역시 십존의 일인인 옥면검존의 손에 유명을 달리했다.

물론 그의 수준이 옥면검존과 비슷하지는 않지만 그래도 화산검제와 싸울 때 빙화파산존은 느낄 수 있다. 십 할의 승리를 장담하지는 못하더라도 삼제(三帝)의 일인인 화산검제에게 쉽게 지지는 않을 거라고 말이다.

'화산검제와 비교하면 쓰레기지. 조족지혈이라는 말도 아까운.'

빠르게 가까워지는 벽우진의 얼굴을 주시하며 빙화파산존이 입매를 비틀었다. 제법 무위가 높아 보이기는 하지만 그래 봤자 망해 버린 문파의 수장이었다. 더구나 누가 봐도 강자의 기도를 풍겼던 화산검제와 비교하면 눈살이 찌푸려질 정도로 품격이 낮은 인물이었기에 빙화파산존은 이번 일격에 벽우진이 처참하게 주저앉을 것을 의심치 않았다.

부우우웅!

극한의 냉기를 머금은, 북해의 만년설보다 더한 한기를 뿜어내는 거대한 주먹이 벽우진의 안면을 정확히 노리고서 파고들었다. 단 한 방에 머리통을 날려 버리겠다는 무지막지한 일권이었다.

그런데 맹렬한 기세로 뻗어 나가던 빙화파산존의 주먹이 허공을 얼렸다. 목표했던 벽우진의 얼굴이 아닌, 허공을.

"어?"

자신의 일격이 실패할 거라고는 눈곱만큼도 생각하지 않았기에 빙화파산존이 순간 멍한 표정을 지었다.

그는 빠르게 벽우진을 찾았다. 그리고 벽우진의 위치를 확인한 빙화파산존이 기막힌 표정을 지었다.

놀랍게도 벽우진은 그의 주먹을 고개만 옆으로 꺾어 피해냈던 것이다.

"흐아암!"

심지어 여전히 뒷짐을 지고서 늘어지게 하품을 하는 모습에 빙화파산존의 동공에서 불꽃이 일었다.

"이놈이!"

노성과 함께 빙화파산존이 움켜쥐었던 손을 펼쳤다. 그리고는 그대로 손날을 안쪽으로 당겨 벽우진의 멱을 따려는 듯이 팔을 쭉 뻗은 상태 그대로 휘둘렀다.

스으윽.

그런데 그 간결하면서도 신속한 공격을 벽우진은 너무나 쉽게 피해냈다. 그것도 여전히 뒷짐을 진 채로 몸만 뒤로 젖혀 가볍게.

"말했을 텐데. 놈, 놈 거리지 말라고."

흠칫!

뒤로 몸을 젖힌 채로 입을 여는 벽우진의 모습에 빙화파산존이 순간 움찔거렸다. 왠지 모를 오한이 등골을 타고 올라왔던 것이다.

하지만 그는 이내 그 생각을 털어냈다. 지금은 벽우진을 쓰러뜨리는 게 먼저였다.

'일단 맞추기만 하면……!'

빙화파산존이 눈을 번뜩였다.

괜히 그의 별호가 빙화파산존이 아니었다. 일단 적중시키기만 하면 극한의 냉기로 상대방을 얼려 버렸기에 그는 일단 두 손이 벽우진에 몸에 닿게 만드는 것만 신경 썼다.

휘이익!

하지만 벽우진은 마치 미꾸라지처럼 그의 공세를 미끄러지듯이 피해냈다. 그것도 종이 한 장 차이로 미세하게.

그 모습에 빙화파산존이 자기도 모르게 입술을 깨물었다. 격돌 한 번 없었지만 움직임만 봐도 벽우진이 만만치 않은 무인이라는 것을 알 수 있어서였다.

'어째서 둔해지지 않는 거지?'

그러나 가장 큰 놀람은 따로 있었다.

북해빙궁 소속의 무인들은 전부 다 빙공을 익히고 있었다. 사시사철 얼어 있는 동토에서 흘러나오는 한기를 자연스럽게 흡수해서 빙공을 수련했고, 그렇기에 북해빙궁의 무인들은 기본적으로 극한의 냉기를 내뿜었다.

중원의 무인들이 빙혼강시에 맥을 못 추는 이유 중 하나가 바로 이것이었다. 근처에만 가면 흘러나오는 냉기로 인해 몸이 경직되어 둔해지니 제 실력을 발휘하지 못했던 것이다.

그런데 벽우진의 몸놀림에서는 그런 기색을 볼 수가 없었다.

"십존이라 불린다기에, 나름 실력 좀 있을 거라 생각했는데. 이거 영 아닌데?"

"크하압!"

대놓고 비아냥거리는 말에 빙화파산존이 더욱더 빠르게 공세를 펼쳤다.

그는 거구의 체격에 어울리지 않게 상당히 민첩한 모습을 보여주었으나, 벽우진의 사혈만을 정확히 노리는 공격 중에 제대로 적중되는 건 단 하나도 없었다.

"좀 맞아라!"

미꾸라지처럼 요리조리 회피하는 벽우진을 향해 빙화파산존이 다시 한번 노성을 터뜨리며 공력을 가일층 끌어올렸다. 그러나 점점 더 빨리지는 공세에 맞춰 벽우진의 움직임 역시 점점 더 표홀해졌다.

"우와……."

"지금 펼치시는 거 천기신보 맞지?"

"신행미종보 아냐?"

신묘한 움직임으로 빙화파산존을 농락하는 벽우진의 모습에 잔뜩 긴장해서 두 눈에 핏발이 잔뜩 서 있던 제자들이 감탄한 얼굴로 중얼거렸다. 자신들도 배운 절기이지만 벽우진이 펼치니 확실히 격이 달랐다.

그리고 벽우진이 왜 그렇게 자신만만해했는지도 알 수 있었다. 십존이라 불리는 거물을 벽우진은 말 그대로 농락하고 있었다.

"크아아아! 죽여 버리겠다!"

결국, 참다못한 빙화파산존이 괴성을 지르는 모습에 제자들이 몸을 부르르 떨었다. 빙화파산존에게서 흘러나오는 기세가 너무나 살벌해서였다. 동시에 진정한 고수가 지닌 힘이 얼마나 대단하며 위협적인지 온몸으로 깨달았다.

"이거 덜떨어진 놈이었네?"

이죽대는 얼굴로 회피만 하는 벽우진의 모습에 결국 빙화파산존의 인내심이 끊어졌다.

그의 전신에서 무시무시한 살기와 냉기가 뿜어져 나왔다. 그리고 사방을 일시에 덮을 정도의 새하얀 냉기와 어마어마한 기운이 흩뿌려졌다.

쑤아아앙!

그와 동시에 무지막지한 기운이 서린 백색의 권강이 벽우진에게 쇄도했다. 벽우진을 그대로 집어삼킬 법한 크기의 권강이 벼락처럼 뿜어졌던 것이다.

"흠."

그 모습에 벽우진도 더 이상 뒷짐을 지고 있을 수는 없었다. 전력을 다하는 빙화파산존의 무위는 결코 경시할 만한 수준이 아니었으니까.

콰아아앙!

게다가 피할 수도 없었다. 호법들이야 괜찮았지만, 뒤에 있는 제자들은 아니었기 때문이다. 그렇기에 벽우진은 왼손만 들어 올렸다.

"걸렸구나!"

처음으로 들린 폭발음에 빙화파산존이 반색하며 소리쳤다. 일단 한 번 부딪치면 그다음부터는 일사천리였기 때문이다.

음한기공이나 양강기공이 괜히 무서운 게 아니었다. 기본적으로 다른 특성이 있고, 그 특성을 무시하기가 힘들었기에 두려워하는 것이었다.

"뭘 걸려?"

"어?"

"설마하니 고작 이 정도 냉기로 날 어찌할 수 있다고 생각하는 건 아니겠지? 그렇다면 너무 오만한데."

"……!"

빙화파산존의 동공이 흔들렸다.

분명 제대로 충돌했음에도 불구하고 벽우진의 왼손이 너무나 멀쩡했다. 최소한 서리라도 맺혀 있어야 하는 게 정상인데 벽우진의 손에는 물기 하나 맺혀 있지 않았다.

"손님에 대한 배려는 이쯤 하면 되겠지? 그래도 먼 곳에서 왔는데 곧바로 죽으면 억울하니까."

콰우우우!

빙화파산존이 전력을 끌어올렸다. 지금 이 순간 그의 뇌리에 경종이 울리는 게 느껴졌다. 더불어 벽우진을 무시하던 생각 역시 싹 다 사라졌다. 이제야 벽우진이 만만한 존재가 아니라는 걸 제대로 직시한 것이다.

'이번 공격으로 끝내야 해!'

길게 가면 자신이 불리하다는 생각에 빙화파산존은 자신의 비전절기를 준비했다. 구명절초라고 할 수 있는 최후의 무공이었다. 보는 눈들이 엄청나게 많았지만 어쩔 수 없었다. 이게 아니라면 벽우진을 끝장낼 수 있을 거라는 생각이 들지 않아서였다.

그렇기에 빙화파산존은 평생을 수련한, 지금껏 몇 번 펼치지 않았던 무공을 펼치려 했다.

덥석!

다만 문제는 벽우진이 그 사실을 알아차렸다는 점이었다.

"어?"

사방을 묵직하게 짓누르는 극한의 냉기에 조금도 영향을 받지 않는다는 듯이 벽우진의 손이 그의 뒷목을 잡았다. 그러고는 접근과 동시에 왼손을 뻗어 한참이나 큰 그의 뒷덜미를 벼락같이 낚아챘다.

이후 빙화파산존이 본 것은 갈색빛이 도는 땅바닥이었다.

콰앙!

벽우진이 뒷덜미를 잡은 그대로 냅다 땅에 찍어버렸던 것이다. 그것도 자신의 두 배 가까이 차이 나는 거구의 빙화파산존을 말이다.

"쿠엑!"

생각지도 못한 순간에 들어온 기습과도 같은 일격에 빙화파산존이 괴상한 비명을 질렀다.

하지만 그는 자신이 그런 소리를 냈다는 것조차 인지하지 못했다. 두 눈은 물론이고 콧구멍과 입속으로 들어오는 텁텁한 곤륜산의 흙 맛에 정신을 차리지 못했기에.

"어르신!"

그 광경에 당연히 빙화파산존이 이길 거라 예상했던 감숙성의 무인들이 경악성을 터뜨렸다. 예상했던 것과는 정반대의 광경에 하나같이 다들 기겁한 것이다.

그러나 그들의 부름에도 빙화파산존은 대답을 할 수가 없었다. 머리에서 느껴지는 고통에 머리가 새하얗게 변했기 때문이었다.

퍼퍼퍽!

머리의 고통이 채 가시기도 전에 벽우진의 폭력이 시작되었다. 그는 말 그대로, 두 발로 빙화파산존을 지르밟았다. 엎어져 있는 빙화파산존의 등짝이며 팔다리며 가리지 않고 이어지는 발길질에 곤륜파의 제자들은 물론이고 어느새 합류해서 천이백 명가량 되는 감숙성의 무인들도 입을 쩍 벌렸다.

오직 호법들만이 이럴 줄 알았다는 듯이 무덤덤한 눈빛을 뿌리고 있었다.

"끄아아악!"

이어지는 폭력에 빙화파산존이 비명을 질렀다. 하지만 그런다고 한들 달라지는 것은 없었다.

물론 빙화파산존도 순순히 당하기만 하지는 않았다. 자세가 불리하다고 하나 그가 걸어온 사선들도 만만치 않았다. 때문에 어떻게든 벽우진의 권역에서 빠져나오려고 했지만, 그 무엇 하나 성공하지 못했다.

부르르르!

무려 한 식경 가까이 이어진 잔인한 폭력에 빙화파산존이 축 늘어졌다.

모든 것을 얼려 버리며 산산 조각내는 북해의 잔혹한 고수가 복날에 두들겨 맞은 개 마냥 대(大)자로 퍼진 모습에 호법들을 제외한 모두가 얼빠진 표정을 지었다.

"빙화파산존이라고 하기에 기대했는데, 영 부실하네?"

"그러기에 나한테 넘기라고 하지 않았소이까. 장문인의 격을 생각해서라도."

"언제부터 제 품격을 신경 써주셨다고요."

"크흠!"

뒤에서 구경만 하고 있던 진구가 헛기침을 했다. 벽우진의 면박에 달리 할 말이 없어서였다.

하지만 그럼에도 그는 연신 아쉬운 표정을 지었다. 보는 순간 빙화파산존이 나쁘지 않은 상대라는 걸 본능적으로 느꼈기 때문이었다.

"그리고 아직 전쟁은 끝나지 않았습니다."

꿀꺽!

정신을 잃은 빙화파산존의 머리에 발을 올리며 벽우진이 싸늘한 눈빛으로 몰려온 무인들을 주시했다. 그러자 눈이 마주친 무인들이 자기도 모르게 마른침을 삼켰다.

눈빛에 딱히 살기라고 할 기운이 담겨 있지 않음에도 왠지 모르게 몸이 바짝 얼었던 것이다.

동시에 많은 이들의 머릿속이 복잡해졌다.

"그러고 보니 손님이 아직 남아 있었구려."

파앙! 팡!

벽우진의 눈빛이 무엇을 뜻하는지 모르지 않기에 진구가 히죽 웃었다.

반면에 설백을 비롯한 호법들은 시종일관 무덤덤한 눈빛이었다. 물론, 개인의 수행을 중시하는 도인들이었지만 그렇다고 살생을 피할 생각은 없었다. 더구나 5년 동안 곤륜파를 도와주겠다고 약속을 했기에 호법들은 오늘만큼은 살계를 열 생각이었다.

"주, 죽여!"

"숫자는 우리가 더 많다!"

"이참에 청해성도 정복하는 거다!"

"우아아아!"

빙화파산존을 너무나 가볍게 쓰러뜨린 벽우진의 무위에 잔뜩 얼어 있던 무인들이 갑자기 달려들었다.

분명 벽우진의 무위는 대단했지만 그래 봤자 혼자였다. 또한 구릉 위의 인원들을 모두 합쳐봐야 스무 명도 채 안 되었기에 빙화파산존을 따라온 무인들이 일제히 몸을 날렸다.

"흠."

하지만 천이백여 명이나 되는 대인원이 달려드는데도 벽우진의 표정은 심드렁했다. 개미 떼를 연상케 할 정도로 엄청난 숫자였지만 아까 전 말했던 대로 어중이떠중이들만 모여 있을 뿐이었다.

물론 개중에는 절정고수도, 최절정고수도 제법 있었지만 안타깝게도 이쪽에는 진구가 있었다.

"막내야."

"으랏차!"

가장 연장자인 설백의 말이 끝나기도 전에 진구가 뛰쳐나갔다.

언덕에서 크게 뛰어내리며 저돌적으로 달려 나가는 모습에 설백을 비롯한 호법들이 고개를 절레절레 저었다. 도저히 마인인지 도사인지 구분이 가지 않았다.

"우리도 가지."

"예."

"오랜만에 몸 좀 풀겠군요."

연단가인 비현을 제외한 일곱 명이 설백을 보좌하듯 좌우로 길게 흩어졌다. 전선을 만들기 위해서였다.

그리고 그 이유의 중심에는 제자들이 있었다. 무공에 막 입문한 제자들을 전투에 참여시킬 마음이 없기에 다들 똑같은 마음으로 각오를 다졌다.

'혹시 모르니까 말이지.'

벽우진이 남아 있다고 하나 숫자가 워낙에 많았다. 그렇기에 설백은 물론이고 다른 호법들 역시 가급적이면 진격해 오는 적들을 단 한 명도 통과시키지 않을 생각이었다.

"늙은이들이!"

"관짝에나 들어가!"

하나같이 백발이 성성한 호법들의 모습에 감숙성의 무인들이 도발하듯 소리쳤다.

그러나 그들의 최후는 전부가 똑같았다. 달려들던 기세 그대로 목이 잘리든 몸통이 터져 나가든, 죽어서야 호법들의 지근거리에 도착했다.

"무, 무슨!"

"자, 자, 잠깐만!"

호기롭게 달려들던 절정고수들이 별다른 반항조차 하지 못하고 썰려 버리거나 폭사하는 광경에 뒤따르던 무인들이 멈칫거렸다.

분명 자신들의 숫자가 몇십 배나 많았지만 덤벼들 엄두가 나지 않았다. 결과가 뻔한데, 부나방이 되고 싶지는 않았던 것이다.

"멈춘다고 한들 달라지는 것은 없다."

"이미 검을 뽑은 이상, 결과는 하나뿐이지."

"죽든가, 죽이든가. 그게 무인의 숙명 아니더냐."

물론 진격을 멈춘다고 해서 싸움이 끝나지는 않았다. 시작은 빙화파산존과 감숙성의 무인들이 했지만 끝내는 건 곤륜파였기 때문이다.

그렇기에 호법들은 자신들의 무위를 보고 머뭇거리는 감숙성의 무인들에게 망설임 없이 살수를 뿌렸다. 어중간한 마음으로 봐주거나 아량을 베풀었다간 나중에 비수가 되어 자신

에게 되돌아온다는 사실을 알았기에 씁쓸하기는 하지만 살초
를 멈추지는 않았다.

"끄아아악!"

"사, 살려주시오! 제, 제발!"

"눈이 삐어 고인을 못 알아봤습니다. 제발 아량을 베풀어……!"

꽈아아앙!

여기저기에서 목숨을 구걸하는 소리가 들려왔지만, 호법들
은 멈추지 않았다.

지금이야 간이고 쓸개고 다 줄 것처럼 말하지만 사람 마음
이라는 게 뒷간에 들어가기 전과 나온 후가 다를 수밖에 없었
다. 때문에 호법들은 더욱 독하게 손을 썼다. 후환은 아예 생
기지 않게 만드는 게 최선이었다.

"저 애송이들을 노려!"

"녀석들을 사로잡아!"

하지만 모두가 그런 것은 아니었다. 십인십색이라는 말처럼
몇몇 무인들은 사파인이라는 말이 절로 떠오를 정도로 비겁한
수를 쓰려고 했다.

누가 봐도 어려 보이고 갓 입문한 것이 분명해 보이는 제자
들을 인질로 사용하고자 달려들었던 것이다. 무력으로 호법들
이나 벽우진을 상대할 자신이 없으니 제자들을 이용해 자신
의 몸을 건사할 생각으로 수십 명이 몸을 날렸다.

"어딜!"

"흐으읍!"

호법들이 구축한 전선의 틈을 향해 무인들이 몸을 들이밀었다. 아무래도 인원이 아홉뿐인 만큼 헐거울 수밖에 없는 틈 사이로 파고들어 제자들에게 접근하고자 했던 것이다.

그러나 몸을 날린 무인 중에 성공한 이들은 손에 꼽았다. 속셈이 뻔히 보이는 움직임을 호법들이 좌시할 리가 없었으니까.

"성공했다!"

"잡아!"

하지만 아무리 호법들이 막강한 실력을 가지고 있어도 모두 다 막아내는 건 역부족이었다. 호법들 사이사이의 틈이 넓기도 했고, 적들의 수가 많았기에 몇 명이 운 좋게 전선을 통과했다.

꾸욱!

그 모습에 서예지를 비롯한 제자들이 자세를 바로잡았다. 뒤에 멀찍이 떨어져 있기는 했지만 다들 각오는 하고 있었다. 어쩌면 자신들도 싸워야 할지 모른다고 말이다.

때문에 살기 가득한 무인들의 쇄도에도 긴장하는 이들은 없었다.

'싸워야 해!'

'나도 곤륜의 제자야! 이곳을 지켜야 하는!'

무공에 입문한 순간부터 언젠가는 생사결을 치러야 한다는 사실을 제자들 역시 알고 있었다. 또한 그만한 각오를 하고서 무공을 익히기도 했고.

하지만 살갗에 느껴지는 저릿저릿한 살기에 제자들은 반사적으로 굳고 말았다. 단순히 생각으로 각오한 것과 직접 목숨을 걸고 싸우는 것에는 어마어마한 차이가 있었기 때문이다.

"이익!"

"움직여⋯⋯!"

살기로 번들거리는 안광을 번뜩이며 쇄도하는 무인들의 모습에 제자들이 이를 악물었다.

그리고 그건 서예지도 마찬가지였다. 이들 중 가장 뛰어난 실력과 경험을 지니고 있는 그녀였지만 이렇게 목숨을 걸고 싸우는 건 처음이었다.

그렇기에 서예지의 안색도 창백하게 변해 있었다.

"너희들까지 나설 필요는 없다. 그저 너희들은 간접적으로나마 느껴보기만 하면 된다. 전쟁이 이렇게 참혹하고 처절하며 끔찍하다는 것을 말이다. 그리고 무인으로서의 숙명이 어떤 것인지도."

쩌어억!

부드러운 음성이 제자들의 귓전으로 파고들었다. 동시에 선두에서 살기를 줄기줄기 흩뿌리며 달려들던 장한이 심장에서 피를 쏟아내며 고꾸라졌다.

"사숙!"

"아직은 너희들이 나설 때가 아니다. 그러니 지켜보기만 하거라. 우리가 사문을 어떻게 지키는지."

전면에 나선 호법들과 달리 청민은 지금까지 제자들과 함께 있었다. 이런 상황을 예상하고 벽우진이 따로 그를 남겨두었던 것이다. 그리고 그 결정에는 청민에 대한 믿음이 있었다.

"저 늙은이만 잡으면……!"

"흩어져!"

가장 앞에서 달려가던 장정이 죽었지만, 누구 하나 신경 쓰지 않았다. 그저 기습과도 같은 공격에 죽었다고 생각했다.

하지만 실상은 달랐다. 그들은 그저 제대로 보지 못한 것이었다.

우우우웅!

아래로 편하게 늘어뜨린 청명의 검이 울었다. 거의 평생 동안 그와 함께했던 애검이 검명을 토해내더니 마치 곤륜산의 푸른 하늘빛을 닮은 검기가 천천히 검신을 감쌌다.

"어어어?"

이어진 광경에 청민에게 달려들던 무인들의 두 눈이 부릅떠졌다.

검신을 감싼 푸른빛의 검기가 점점 거대해지더니 일순 3장(대략 9미터) 가까이 커졌다. 청민은 그 검기를 조금의 망설임도 없이 달려들던 무인들에게 휘둘렀다.

쯔가가각!

무심한 얼굴로 휘두른 일검에 십여 명이 양분되었다.

들고 있던 대감도, 유엽도, 거치도, 철창 등등 청민의 검기는 병장기와 육신을 가리지 않고 갈라 버렸다.

찌어엉!

그나마 절정에 오른 몇몇 이들만이 가까스로 청민의 일격을 막아냈다.

하지만 그들도 상태가 좋지는 못했다. 단순히 검기라고 치

부하기에는 그 안에 담긴 힘이 심상치 않았던 것이다.

"쿨럭!"

막아내기는 했지만, 내상마저 피할 수는 없었는지 살아남은 이들 대다수가 바닥에 주저앉아 새빨간 피를 토했다. 단 한 번의 충격에 오장육부가 뒤틀렸던 탓이었다.

개중에 몇몇은 전신을 부르르 떨고 있었다.

"제, 제길……!"

서걱.

단 일격으로 달려들던 이들 대부분을 저지시킨 청민이 무표정한 얼굴로 재차 검을 휘둘러 확실하게 목숨을 끊어버렸다.

물론 강자라 할 수 있는 절정고수들은 선연한 빛의 강기를 일으키며 반항했지만, 청민은 더 이상 예전의 청민이 아니었다. 벽우진뿐만 아니라 호법들에게서 실전을 방불케 하는 경험을 쌓고, 거기다 환골까지 이루었기에 가볍게 강기들을 박살 내며 달려든 모든 이들을 처치했다.

"저쪽은 끝났고."

청민이 무사히 장내를 정리한 것을 확인한 벽우진이 다시 전방으로 고개를 돌렸다. 그러자 여전히 피가 난무하는 격전지의 모습이 눈에 들어왔다.

마치 개 떼 사이로 파고든 맹수처럼 호법들이 무시무시한 신위를 선보이며 말 그대로 적들을 도륙하고 있었다. 하지만 호법 중에 도복에 피를 묻힌 이는 아무도 없었다.

"대단하신 분들이라니까."

특히 물 만난 고기 마냥 싱글벙글한 얼굴로 날뛰는 진구의 모습에 벽우진은 피식 웃었다.

정말 도인인지 마인인지 구분이 가지 않았다. 저러면서 왜 그렇게 산속에서의 수행에 목을 매는지 이해가 가지 않았다. 누가 봐도 진구에게는 속세가 어울렸는데 말이다.

웅웅웅!

곤륜파의 장문인으로서 더 이상 구경만 할 수 없기에 벽우진은 뒷짐을 지고 있는 오른손으로 지풍을 날려 빙화파산존의 마혈과 아혈을 점혈하고는 왼손을 슬쩍 들어 올렸다.

번쩍 정도는 아니고 누가 봐도 건성으로 보일 만큼 손을 대충 든 벽우진은 진기를 집중시켰다. 그러자 공명음과 함께 적들의 허공에 새파란 강기로 이루어진 손바닥이 떠올랐다. 청민이 뿌린 검기와 너무나 흡사한 빛깔의 장인(掌印)이었다.

"어?"

"피, 피해!"

"미친! 도대체 누가 저 정도의 강기를……!"

무려 3장은 훌쩍 넘을 것 같은 어마어마한 크기의 장인이 떠오르자 밑에 있던 무인들이 대경실색했다. 그림자만 해도 엄청났기에 다들 경악했던 것이다.

하지만 놀람은 잠시뿐 그들은 이미 사방팔방으로 흩어지기 시작했다.

"어림없다."

그런 그들을 향해 벽우진이 나른한 어조로 중얼거림과 동시에 왼손을 까딱였다. 거리가 제법 떨어져 있었지만, 장인을 조종하는 것쯤은 그에게 있어 너무나 쉬운 일이었다.

퍼퍼펑! 퍼펑!

거대한 크기와는 어울리지 않는 무시무시한 속도에 적들이 말 그대로 쓸려 나갔다. 푸른빛을 머금은 장인이 전후좌우 할 것 없이 휩쓸고 다니자 웬만한 무인들은 피하지도 못했고, 결국 육신이 터져 나갔다.

"허허허……."

그 광경에 설백이 헛웃음을 흘렸다. 저런 공격은 오직 벽우진만이 가능했기 때문이다.

물론 그나 다른 호법들도 할 수는 있었다. 하지만 내공 소모가 극심하기에 저렇게 오랫동안 유지하는 건 불가능했다.

"어후, 괴물."

"어허! 장문인께 괴물이라니."

"형님은 저걸 보고도 아무렇지 않으십니까?"

"든든하고 좋은데 뭘. 그리고 장문인의 강함이 알려져야 하루빨리 곤륜파가 번창하지 않겠느냐? 그럼 우리의 일도 줄어들 테고."

"그건 그렇습니다만……."

진구가 머리를 긁적였다.

확실히 오늘의 전투는 분명히 중원 전체로 알려질 게 분명했다. 그리고 그건 곧 새로운 바람이 일어나는 걸 뜻했고.

한데 과거의 성세를 회복한 곤륜파를 상상하자 진구는 살짝 섭섭해졌다.

"젊어서 그런가. 금세 세속에 물들었구나."

"저도 팔십이 넘었는데요."

"그럼 뭐 해. 우리들 중에는 막내인데."

두 번째로 나이가 많은 허륭의 말에 진구가 실소를 흘렸다. 이 나이 먹고 막내 취급을 받는다는 사실에 웃음이 새어 나왔다.

"도대체 어디까지 올라가 있을까요?"

"누구 말이냐? 장문인?"

"예."

"글쎄다. 형님도 제대로 가늠할 수 없을 정도라고 하니 엄청난 경지인 것만은 분명하겠지."

"왜 하필 저런 사람에게……."

진구가 자기도 모르게 본심을 꺼냈다. 그러다가 뒤늦게 실수를 파악하고는 입을 다물었지만 이미 허륭이나 다른 호법들이 다 들은 후였다.

"말조심해라. 만약 그 말을 장문인께서 들었다면……."

"으으으!"

진구가 몸을 부르르 떨었다.

나이는 어리지만 벽우진은 곤륜산의 종주였다. 게다가 생긴 것 그대로 폭력적인 성격을 가지고 있었기에 조심하고 또 조심해야 했다.

"다행히 못 들으신 것 같다만."

"전 도망친 녀석들을 쫓아가 깡그리 정리하겠습니다!"

"그래, 그런 일은 막내가 해야지."

"맡겨주십쇼!"

눈치 빠른 이들은 승기가 기울기 무섭게 덤벼들기보다는 도주를 선택했다. 애초에 곤륜파와 적대 관계가 아닐뿐더러 따로 원한이 있는 것도 아니었기에 전황이 불리하다고 느낀 순간 냅다 몸을 돌렸던 것. 그게 처음에는 한두 명이었으나 나중에는 수십, 수백 명이 되었다.

"근데 진짜 어중이떠중이들만 모아서 데려왔네."

"어차피 인원만 맞추려고 끌어모은 것 아니겠습니까. 숫자의 힘도 무시할 수는 없으니까요."

"근데 상대가 나빴어. 하필이면 이곳을 찾아오다니."

적들의 대부분이 이류무사와 삼류무사들이었다. 숫자만 많을 뿐 고수라고 할 수 있는 일류무사와 절정고수는 정말 소수였다. 그렇기에 빙화파산존이 제압당하기 무섭게 도망친 이들이 속출한 것이기도 했고.

"모르는 게 죄지요. 알면 이렇게 왔겠습니까."

"우리를 무시한 것도 좀 있겠고 말이지."

"그럴 수밖에요."

호법들이 여유롭게 잔당들을 정리했다.

항복하는 이들을 죽여야 한다는 게 조금 께름칙하기는 했지만 어쩔 수 없었다. 후환을 남겨두면 자신도 문제지만 아이들에게도 피해가 갈 수 있었다.

그리고 이건 어떻게 보면 교육이기도 했다. 강호에서 무인으로서 살아간다는 게 어떤 의미인지 알려주는 교육 말이다.

'포기하기에는 이미 너무 멀리 온 감이 없지 않아 있지만 말이지.'

설백의 시선이 창백하게 변한 아이들에게로 향했다.

그런데 비록 안색은 좋지 않을지언정 서예지와 도일수를 비롯한 아이들은 그나 다른 호법들에게서 고개를 돌리지 않았다. 오히려 더욱 눈을 부릅뜨고 그와 시체들을 직시했다.

"정리하자."

"예!"

"토해도 괜찮으니까 억지로 참지는 말고."

어느새 쥐 죽은 듯이 조용해진 공터에 벽우진의 음성이 울려 퍼졌다.

하지만 염려하는 그의 말과 달리 누구 하나 토악질을 하지 않았다. 대신 묵묵히 땅을 파고 시체들을 묻으며 주변을 정리했다.

to be continued

목마 퓨전 판타지 장편소설
WISHBOOKS FUSION FANTASY STORY

"무(武)를 아느냐?"

잠결에 들린 처음 듣는 목소리에 눈을 떴을 때,
눈앞에 노인이 앉아 있었다.

"싸움해 본 적 있나?"
"없는데요."

[무공을 배우다.]

20년 동안 무공을 배운 백현,
어비스에 침식된 현대로 귀환하다!

'현실은 고작 5년밖에 지나지 않았다고?'

막장 악역이 되다

크레도 퓨전 판타지 장편소설
WISHBOOKS FUSION FANTASY STORY

자고 일어나니 소설속. 그런데……

[이진우]

재벌 3세, 안하무인, 호색남, 이상 성욕자, 변태.
가장 찌질했던 악역. 양판소에나 등장할 법한 전형적인 악인.

"잠깐, 설마…… 아니겠지."

소설대로 가면 끔찍하게 죽는다.
주인공을 방해하면 세계는 멸망한다.

막장 악역이 되다

흙수저 이진우의 티타늄수저 악역 생활!

만 년 만에 귀환한 플레이어

나비계곡 퓨전 판타지 장편소설
WISHBOOKS FUSION FANTASY STORY

어느 날, 갑작스럽게 떨어진 지옥.
가진 것은 살고 싶다는 갈망과 포식의 권능뿐.

일천의 지옥부터 구천의 지옥까지.
수십만의 악마를 잡아먹고 일곱 대공마저 무릎 꿇렸다.

"어째서 돌아가려 하십니까?"
"김치찌개가… 김치찌개가 먹고 싶다고."

먹을 것도, 즐길 것도 없다.
있는 거라고는 황량한 대지와 끔찍한 악마뿐!

"난 돌아갈 거야."

「만 년 만에 귀환한 플레이어」

밥만 먹고 레벨업

박민규 게임 판타지 장편소설
WISHBOOKS GAME FANTASY STORY

바사삭, 치킨, 새벽 1시에 먹는 라면!
그런데 먹기만 해도 생명이 위험하다고?

가상현실게임 아테네.
먹고 싶은 음식을 먹을 수 있는 유일한 방법!

[식신의 진가가 발동됩니다.]
[힘 1, 체력 1을 획득합니다.]

「밥만 먹고 레벨업」

"천년설삼으로 삼계탕 국물 내는 놈이 세상에 어디 있냐!"
"여기."